莎士比亚全集

IX

人民文学出版社

# 目次

裘力斯·凯撒…………………………………………… *1*

哈姆莱特……………………………………………… *91*

安东尼与克莉奥佩特拉……………………………… *227*

# 裘力斯·凯撒

朱生豪 译
方　　重 校

Act III. Sc. 1.

# 剧中人物

裘力斯·凯撒

奥克泰维斯·凯撒 ⎫
玛克·安东尼 ⎬ 凯撒死后的三人执政
伊米力斯·莱必多斯 ⎭

西塞罗 ⎫
坡勃律斯 ⎬ 元老
波匹律斯·里那 ⎭

玛克斯·勃鲁托斯 ⎫
凯歇斯 ⎪
凯斯卡 ⎪
特莱包涅斯 ⎬ 反对凯撒的叛党
里加律斯 ⎪
狄歇斯·勃鲁托斯 ⎪
麦泰勒斯·辛伯 ⎪
西那 ⎭

弗莱维斯 ⎫
马鲁勒斯 ⎬ 护民官

阿特米多勒斯　克尼陀斯的诡辩学者

预言者

西那　诗人

另一诗人

路西律斯　⎫
泰提涅斯　　⎪
梅萨拉　　　⎬　勃鲁托斯及凯歇斯的友人
小凯图　　　⎪
伏伦涅斯　⎭

凡罗　　　　⎫
克列特斯　　⎪
克劳狄斯　　⎪
斯特莱托　　⎬　勃鲁托斯的仆人
路歇斯　　　⎪
达台涅斯　⎭

品达勒斯　凯歇斯的仆人


凯尔弗妮娅　凯撒之妻

鲍西娅　勃鲁托斯之妻


元老、市民、卫队、侍从等

# 地　　点

大部分在罗马；后半一部分在萨狄斯，一部分在腓利比附近

# 第 一 幕

### 第一场　罗马。街道

<small>弗莱维斯、马鲁勒斯及若干市民上。</small>

弗莱维斯　去！回家去,你们这些懒得做事的东西,回家去。今天是放假的日子吗？嘿！你们难道不知道,你们做手艺的人,在工作的日子走到街上来,一定要把你们职业的符号带在身上吗？说,你是干哪种行业的？

市民甲　呃,先生,我是一个木匠。

马鲁勒斯　你的革裙、你的尺呢？你穿起新衣服来干什么？你,你是干哪种行业的？

市民乙　说老实话,先生,我说不上有高等手艺,我无非是你们所谓的粗工匠罢了。

马鲁勒斯　可是你究竟是什么行业的人,简单地回答我。

市民乙　先生,我希望我干的行业可以对得起自己的良心;我不过是个替人家补缺补漏的。

马鲁勒斯　混账东西,说明白一些你是干什么的？

市民乙　嗳,先生,请您不要对我生气;要是您有什么漏洞,先生,我也可以替您补一补。

马鲁勒斯　你这话是什么意思？替我补一补,你这坏蛋？

市民乙　对不起,先生,替你补破鞋洞。

弗莱维斯　你是一个补鞋匠吗？

市民乙　不瞒您说,先生,我的吃饭家伙就只有一把锥子；我也不会动斧头锯子,我也不会做针线女工,我就只有一把锥子。实实在在,先生,我是专治破旧靴鞋的外科医生；它们倘然害着危险的重病,我都可以把它们救活过来。那些脚踏牛皮的体面绅士,都曾请教过我哩。

弗莱维斯　可是你今天为什么不在你的铺子里做工？为什么你要领着这些人在街上走来走去？

市民乙　不瞒您说,先生,我要叫他们多走破几双鞋子,让我好多做几注生意。可是实实在在,先生,我们今天因为要迎接凯撒,庆祝他的凯旋,所以才放了一天假。

马鲁勒斯　为什么要庆祝呢？他带了些什么胜利回来？他的战车后面缚着几个纳士称臣的俘囚君长？你们这些木头石块,冥顽不灵的东西！冷酷无情的罗马人啊,你们忘记了庞贝吗？好多次你们爬到城墙上、雉堞上,有的登在塔顶,有的倚着楼窗,还有人高踞烟囱的顶上,手里抱着婴孩,整天坐着耐心等候,为了要看一看伟大的庞贝经过罗马的街道；当你们看见他的战车出现的时候,你们不是齐声欢呼,使台伯河里的流水因为听见你们的声音在凹陷的河岸上发出反响而颤栗吗？现在你们却穿起了新衣服,放假庆祝,把鲜花散布在踏着庞贝的血迹凯旋回来的那人的路上吗？快去！奔回你们的屋子里,跪在地上,祈祷神明饶恕你们的忘恩负义吧,否则上天的灾祸一定要降在你们头上了。

弗莱维斯　去,去,各位同胞,为了你们这一个错误,赶快把你们所有的伙伴们集合在一起,带他们到台伯河岸上,把你们的眼泪洒入河中,让那最低的水流也会漫过那最高的堤岸。(众市民下)瞧这些下流的材料也会天良发现;他们因为自知有罪,一个个哑口无言地去了。您打那一条路向圣殿走去;我打这一条路走。要是您看见他们在偶像上披着锦衣彩饰,就把它撕下来。

马鲁勒斯　我们可以这样做吗?您知道今天是卢柏克节①。

弗莱维斯　别管它;不要让偶像身上悬挂着凯撒的胜利品。我要去驱散街上的愚民;您要是看见什么地方有许多人聚集在一起,也要把他们赶散。我们应当趁早剪拔凯撒的羽毛,让他无力高飞;要是他羽毛既长,一飞冲天,我们大家都要在他的足下俯伏听命了。(各下。)

## 第二场　同前。广场

　　　　凯撒率众列队奏乐上;安东尼作竞走装束,凯尔弗妮娅、鲍西娅、狄歇斯、西塞罗、勃鲁托斯、凯歇斯、凯斯卡同上;大群民众随后,其中有一预言者。

凯　撒　凯尔弗妮娅!

凯斯卡　肃静!凯撒有话。(乐止。)

凯　撒　凯尔弗妮娅!

凯尔弗妮娅　有,我的主。

凯　撒　你等安东尼快要跑到终点的时候,就到跑道中间站在和他当面的地方。安东尼!

---

① 卢柏克节(Lupercal),二月十五日,罗马为畜牧神卢柏克葛斯的节日。

安东尼　有,凯撒,我的主。

凯　撒　安东尼,你在奔走的时候,不要忘记用手碰一碰凯尔弗妮娅的身体;因为有年纪的人都说,不孕的妇人要是被这神圣的竞走中的勇士碰了,就可以解除乏嗣的咒诅。

安东尼　我一定记得。凯撒吩咐做什么事,就得立刻照办。

凯　撒　现在开始吧;不要遗漏了任何仪式。(音乐。)

预言者　凯撒!

凯　撒　嘿!谁在叫我?

凯斯卡　所有的声音都静下来;肃静!(乐止。)

凯　撒　谁在人丛中叫我?我听见一个比一切乐声更尖锐的声音喊着"凯撒"的名字。说吧;凯撒在听着。

预言者　留心三月十五日。

凯　撒　那是什么人?

勃鲁托斯　一个预言者请您留心三月十五日。

凯　撒　把他带到我的面前;让我瞧瞧他的脸。

凯斯卡　家伙,跑出来见凯撒。

凯　撒　你刚才对我说什么?再说一遍。

预言者　留心三月十五日。

凯　撒　他是个做梦的人;不要理他。过去。(吹号;除勃鲁托斯、凯歇斯外均下。)

凯歇斯　您也去看他们赛跑吗?

勃鲁托斯　我不去。

凯歇斯　去看看也好。

勃鲁托斯　我不喜欢干这种陶情作乐的事;我没有安东尼那样活泼的精神。不要让我打断您的兴致,凯歇斯;我先去了。

凯歇斯　勃鲁托斯,我近来留心观察您的态度,从您的眼光之中，我觉得您对于我已经没有从前那样的温情和友爱；您对于爱您的朋友，太冷淡而疏远了。

勃鲁托斯　凯歇斯，不要误会。要是我在自己的脸上罩着一层阴云，那只是因为我自己心里有些烦恼。我近来为某种情绪所困苦，某种不可告人的隐忧，使我在行为上也许有些反常的地方；可是，凯歇斯，您是我的好朋友，请您不要因此而不快，也不要因为可怜的勃鲁托斯和他自己交战，忘记了对别人的礼貌，而责怪我的怠慢。

凯歇斯　那么，勃鲁托斯，我大大地误会了您的心绪了；我因为疑心您对我有什么不满，所以有许多重要的值得考虑的意见我都藏在自己的心头，没有对您提起。告诉我，好勃鲁托斯，您能够瞧见您自己的脸吗？

勃鲁托斯　不，凯歇斯；因为眼睛不能瞧见它自己，必须借着反射，借着外物的力量。

凯歇斯　不错，勃鲁托斯，可惜您却没有这样的镜子，可以把您隐藏着的贤德照到您的眼里，让您看见您自己的影子。我曾经听见那些在罗马最有名望的人——除了不朽的凯撒以外——说起勃鲁托斯，他们呻吟于当前的桎梏之下，都希望高贵的勃鲁托斯睁开他的眼睛。

勃鲁托斯　凯歇斯，您要我在我自己身上寻找我所没有的东西，到底是要引导我去干什么危险的事呢？

凯歇斯　所以，好勃鲁托斯，留心听着吧；您既然知道您不能瞧见您自己，像在镜子里照得那样清楚，我就可以做您的镜子，并不夸大地把您自己所不知道的自己揭露给您看。不要疑心我，善良的勃鲁托斯；倘然我是一个胁肩谄笑之徒，惯用千篇一律的盟誓向每一个人矢陈我的忠诚；倘然您知道我会当着人家的面向他们献媚，把他们搂抱，背了他们就用诽语毁谤他们；倘然您知道我是一个常常跟下贱的平民酒食征逐的人，那么您就认为我是一个危险分子吧。（喇叭奏花腔。众欢呼声。）

勃鲁托斯　这一阵欢呼是什么意思？我怕人民会选举凯撒做他们的王。

凯歇斯　嗯，您怕吗？那么看来您是不赞成这回事了。

勃鲁托斯　我不赞成，凯歇斯；虽然我很敬爱他。可是您为什么拉住我在这儿？您有什么话要对我说？倘然那是对大众有利的事，那么让我的一只眼睛看见光荣，另一只眼睛看见死亡，我也会同样无动于衷地正视着它们；因为我喜爱光荣的名字，甚于恐惧死亡，这自有神明作证。

凯歇斯　我知道您有那样内心的美德，勃鲁托斯，正像我知道您的外貌一样。好，光荣正是我的谈话的题目。我不知道您和其他的人对于这一个人生抱着怎样的观念；可是拿我个人而论，假如要我为了自己而担惊受怕，那么我还是不要活着的好。我生下来就跟凯撒同样的自由；您也是一样。我们都跟他同样地享受过，同样地能够忍耐冬天的寒冷。记得有一次，在一个狂风暴雨的白昼，台伯河里的怒浪正冲击着它的堤岸，凯撒对我说，"凯歇斯，你现在敢不敢跟我跳下这汹涌的波涛里，泅到对面去？"我一听见他的话，就穿着随身的衣服跳了下去，叫他跟着我；他也跳了下去。那时候滚滚的急流迎面而来，我们用壮健的膂力拼命抵抗，用顽强的心破浪前进；可是我们还没有达到预定的目标，凯撒就叫起来说，"救救我，凯歇斯，我要沉下去了！"正像我们伟大的祖先埃涅阿斯从特洛亚的烈焰之中把年老的安喀西斯肩负而出一样,我把力竭的凯撒负出了台伯河的怒浪。这个人现在变成了一尊天神,凯歇斯却是一个倒霉的家伙,要是凯撒偶然向他点一点头,也必须俯下他的身子。他在西班牙的时候,曾经害过一次热病,我看见那热病在他身上发作,他的浑身都战抖起来;是的,这位天神也会战抖;他的懦怯的嘴唇失去了血色,那使全世界惊悚的眼睛也没有了光彩;我听见他的呻吟;是的,他那使罗马人耸耳而听、使他们把他的话记载在书册上的舌头,唉!却吐出了这样的呼声,"给我一些水喝,泰提涅斯,"就像一个害病的女儿一样。神啊,像这样一个心神软弱的人,却会征服这个伟大的世界,独占着胜利的光荣,真是我再也想不到的事。(喇叭奏花腔。欢呼声。)

勃鲁托斯　又是一阵大众的欢呼!我相信他们一定又把新的荣誉加在凯撒的身上,所以才有这些喝彩的声音。

凯歇斯　嘿,老兄,他像一个巨人似的跨越这狭隘的世界;我们这些渺小的凡人一个个在他粗大的两腿下行走,四处张望着,替自己寻找不光荣的坟墓。人们有时可以支配他们自己的命运;要是我们受制于人,亲爱的勃鲁托斯,那错处并不在我们的命运,而在我们自己。勃鲁托斯和凯撒;"凯撒"那个名字又有什么了不得?为什么人们只是提起它而不提起勃鲁托斯?把那两个名字写在一起,您的名字并不比他的难看;放在嘴上念起来,它也一样顺口;称起重量来,它们是一样的重;要是用它们呼神召鬼,"勃鲁托斯"也可以同样感动幽灵,正像"凯撒"一样。凭着一切天神的名字,我们这位凯撒究竟吃些什么美食,才会长得这样伟大?可耻的时代!罗马啊,你的高贵的血统已经中断了!自从洪水以后，什么时代你不曾产生比一个更多的著名人物？直到现在为止，什么时候人们谈起罗马，能够说，她的广大的城墙之内，只是一个人的世界？要是罗马给一个人独占了去，那么它真的变成无人之境了。啊！你我都曾听见我们的父老说过，从前罗马有一个勃鲁托斯，不愿让他的国家被一个君主所统治，正像他不愿让它被永劫的恶魔统治一样。

勃鲁托斯　我一点儿不怀疑您对我的诚意；我也有点儿明白您打算鼓动我去干什么事；我对于这件事的意见，以及对于目前这一种局面所取的态度，以后可以告诉您知道，可是现在却不愿作进一步的表示或行动，请您也不必向我多说。您已经说过的话，我愿意仔细考虑；您还有些什么话要对我说的，我也愿意耐心静听，等有了适当的机会，我一定洗耳以待，畅聆您的高论，并且还要把我的意思向您提出。在那个时候没有到来以前，我的好友，请您记住这一句话：勃鲁托斯宁愿做一个乡野的贱民，不愿在这种将要加到我们身上来的难堪的重压之下自命为罗马的儿子。

凯歇斯　我很高兴我的微弱的言辞已经在勃鲁托斯的心中激起了这一点点火花。

勃鲁托斯　竞赛已经完毕，凯撒就要回来了。

凯歇斯　当他们经过的时候，您去拉一拉凯斯卡的衣袖，他就会用他那种尖酸刻薄的口气，把今天值得注意的事情告诉您。

　　　　凯撒及随从诸人重上。

勃鲁托斯　很好。可是瞧，凯歇斯，凯撒的额角上闪动着怒火，跟在他后面的那些人一个个垂头丧气，好像挨了一顿骂似的：凯尔弗妮娅面颊惨白；西塞罗的眼睛里充满着懊丧愤恨的神色,就像我们看见他在议会里遭到什么元老的驳斥的时候一样。

凯歇斯　凯斯卡会告诉我们为了什么事。

凯　撒　安东尼!

安东尼　凯撒。

凯　撒　我要那些身体长得胖胖的、头发梳得光光的、夜里睡得好好的人在我的左右。那个凯歇斯有一张消瘦憔悴的脸;他用心思太多;这种人是危险的。

安东尼　别怕他,凯撒,他没有什么危险;他是一个高贵的罗马人,有很好的天赋。

凯　撒　我希望他再胖一点!可是我不怕他;不过要是我的名字可以和恐惧连在一起的话,那么我不知道还有谁比那个瘦瘦的凯歇斯更应该避得远远的了。他读过许多书;他的眼光很厉害,能够窥测他人的行动;他不像你,安东尼,那样喜欢游戏;他从来不听音乐;他不大露笑容,笑起来的时候,那神气之间,好像在讥笑他自己竟会被一些琐屑的事情所引笑。像他这种人,要是看见有人高过他们,心里就会觉得不舒服,所以他们是很危险的。我现在不过告诉你哪一种人是可怕的,并不是说我惧怕他们,因为我永远是凯撒。跑到我的右边来,因为这一只耳朵是聋的;实实在在告诉我你觉得他这个人怎么样。(吹号;凯撒及随从诸人下,凯斯卡留后。)

凯斯卡　您拉我的外套;要跟我说话吗?

勃鲁托斯　是的,凯斯卡;告诉我们为什么今天凯撒的脸上显出心事重重的样子。

凯斯卡　怎么,您不是也跟他在一起吗?

勃鲁托斯　要是我跟他在一起,那么我也用不着问凯斯卡了。

凯斯卡　嘿,有人把一项王冠献给他;他用他的手背这么一摆拒绝了;于是民众欢呼起来。

勃鲁托斯　第二次的喧哗又为着什么?

凯斯卡　嘿,也是为了那件事。

凯歇斯　他们一共欢呼了三次;最后一次的呼声是为着什么?

凯斯卡　嘿,也是为了那件事。

勃鲁托斯　他们把王冠献给他三次吗?

凯斯卡　嗯,是的,他三次拒绝了,每一次都比前一次更客气;他拒绝了一次,我身旁那些好心肠的人便欢呼起来。

凯歇斯　谁把王冠献给他的?

凯斯卡　嘿,安东尼。

勃鲁托斯　把他献冠的情形告诉我们,好凯斯卡。

凯斯卡　要我把那情形讲出来,还不如把我吊死了吧。那全然是一幕滑稽丑剧;我瞧也不去瞧它。我看见玛克·安东尼献给他一项王冠;其实那也不是什么王冠,不过是一项普通的冠;我已经对您说过,他第一次把它拒绝了;可是虽然拒绝,我觉得他心里却巴不得把它拿了过来。于是他再把它献给他;他又把它拒绝了;可是我觉得他的手指头却恋恋不舍地不愿意离开它。于是他又第三次把它献上去;他第三次把它拒绝了;当他拒绝的时候,那些乌合之众便高声欢呼,拍着他们粗糙的手掌,抛掷他们汗臭的睡帽,把他们令人作呕的气息散满在空气之中,因为凯撒拒绝了王冠,结果几乎把凯撒都熏死了;他一闻到这气息,便晕了过去倒在地上。我那时候瞧着这光景,虽然觉得好笑,可是竭力抿住我的嘴唇,不让它笑出来,生怕把这种恶浊的空气吸进去。

14

凯歇斯　可是且慢；您说凯撒晕了过去吗？

凯斯卡　他在市场上倒了下来，嘴边冒着白沫，话都说不出来。

勃鲁托斯　这是很可能的；他素来就有这种倒下去的毛病。

凯歇斯　不，凯撒没有这种病；您、我，还有正直的凯斯卡，我们才害着这种倒下去的病。

凯斯卡　我不知道您这句话是什么意思；可是我可以确定凯撒是倒了下去。那些下流的群众有的拍手，有的发出嘘嘘的声音，就像在戏院里一样；要是我编造了一句谣言，我就是个骗人的混蛋。

勃鲁托斯　他清醒过来以后说些什么？

凯斯卡　嘿，他在没有倒下以前，看见群众因为他拒绝了王冠而欢欣，就要我解开他的衬衣，露出他的咽喉来请他们宰割。倘然我是一个干活儿做买卖的人，我一定会听从他的话，否则让我跟那些恶人们一起下地狱去，于是他就倒下去了。等到他一醒过来，他就说，要是他做错了什么事，说错了什么话，他要请他们各位原谅他是一个有病的人。在我站立的地方，有三四个姑娘喊着说，"唉，好人儿！"从心底里原谅了他；可是不必注意她们，要是凯撒刺死了她们的母亲，她们也会同样原谅他的。

勃鲁托斯　后来他就这样满怀着心事走了吗？

凯斯卡　嗯。

凯歇斯　西塞罗说了些什么？

凯斯卡　嗯，他说的是希腊话。

凯歇斯　怎么说的？

凯斯卡　嗳哟，要是我把那些话告诉了您，那我以后再也不好意思看见您啦；可是那些听得懂他话的人都互相瞧着笑笑，摇摇他们的头；至于讲到我自己，那我可一点儿都不懂。我还可以告诉你们其他的新闻；马鲁勒斯和弗莱维斯因为扯去了凯撒像上的彩带，已经被剥夺了发言的权利。再会。滑稽丑剧还多着呢，可惜我记不起来啦。

凯歇斯　凯斯卡，您今天晚上愿意陪我吃晚饭吗？

凯斯卡　不，我已经跟人家有了约会了。

凯歇斯　明天陪我吃午饭好不好？

凯斯卡　嗯，要是我明天还活着，要是您的心思没有改变，要是您的午饭值得一吃，那么我是会来的。

凯歇斯　好；我等着您。

凯斯卡　好。再见，两位。（下。）

勃鲁托斯　这家伙越来越乖僻了！他在求学的时候，却是很伶俐的。

凯歇斯　他现在虽然装出这一副迟钝的形状，可是干起勇敢壮烈的事业来，却不会落人之后。他的乖僻对于他的智慧是一种调味品，使人们在咀嚼他的言语的时候，可以感到一种深长的滋味。

勃鲁托斯　正是。现在我要暂时失陪了。明天您要是愿意跟我谈谈的话，我可以到您府上来看您；或者要是您愿意，就请您到我家里来也好，我一定等着您。

凯歇斯　好，我明天一定来拜访。再会；同时，不要忘了周围的世界。（勃鲁托斯下）好，勃鲁托斯，你是个仁人义士；可是我知道你的高贵的天性却可以被人诱入歧途；所以正直的人必须和正直的人为伍，因为谁是那样刚强，能够不受诱惑呢？凯撒对我很不好；可是他很喜欢勃鲁托斯；倘然现在我是勃鲁托斯，他是凯歇斯，他就打不动我的心。今天晚上我要摹仿几个人的不同的笔迹,写几封匿名信丢进他的窗里,假装那是好几个市民写给他的,里面所说的话,都是指出罗马人对于他抱着多大的信仰,同时隐隐约约地暗示着凯撒的野心。我这样布置好了以后,让凯撒坐得安稳一些吧,因为我们倘不能把他摇落下来,就要忍受更黑暗的命运了。(下。)

## 第三场　同前。街道

*雷电交作;凯斯卡拔剑上,西塞罗自相对方向上。*

西塞罗　晚安,凯斯卡;您送凯撒回去了吗?您为什么气都喘不过来?为什么把眼睛睁得这样大?

凯斯卡　您看见一切地上的权力战栗得像一件摇摇欲坠的东西,不觉得有动于心吗?啊,西塞罗!我曾经看见过咆哮的狂风劈碎多节的橡树;我曾经看见过野心的海洋奔腾澎湃,把浪沫喷涌到阴郁的黑云之上;可是我从来没有经历过像今晚这样一场从天上掉下火块来的狂风暴雨。倘不是天上起了纷争,一定因为世人的侮慢激怒了神明,使他们决心把这世界毁灭。

西塞罗　啊,您还看见什么奇怪的事情吗?

凯斯卡　一个卑贱的奴隶举起他的左手,那手上燃烧着二十个火炬合起来似的烈焰,可是他一点儿不觉得灼痛,他的手上没有一点儿火烙过的痕迹。在圣殿之前,我又遇见一头狮子,它睨视着我,生气似的走了过去,却没有跟我为难;到现在我都没有收起我的剑。一百个面无人色的女人吓得缩成一团,她们发誓说她们看见浑身发着火焰的男子在街道上来来去去。昨天正午的时候,夜枭栖在市场上,发出凄厉的鸣声。这种种怪兆同时出现,谁都不能说,"这些都是不足为奇的自然的现象";我相信它们都是上天的示意,预兆着将有什么重大的变故到来。

西塞罗　是的,这是一个变异的时世;可是人们可以照着自己的意思解释一切事物的原因,实际却和这些事物本身的目的完全相反。凯撒明天到圣殿去吗?

凯斯卡　去的;他曾经叫安东尼传信告诉您他明天要到那边去。

西塞罗　那么晚安,凯斯卡;这样坏的天气,还是待在家里好。

凯斯卡　再会,西塞罗。(西塞罗下。)

　　　　凯歇斯上。

凯歇斯　那边是谁?

凯斯卡　一个罗马人。

凯歇斯　听您的声音像是凯斯卡。

凯斯卡　您的耳朵很好。凯歇斯,这是一个多么可怕的晚上!

凯歇斯　对于居心正直的人,这是一个很可爱的晚上。

凯斯卡　谁见过这样吓人的天气?

凯歇斯　地上有这么多的罪恶,天上自然有这么多的灾异。讲到我自己,那么我刚才就在这样危险的夜里在街上跑来跑去,像这样松开了钮扣,袒露着我的胸膛去迎接雷霆的怒击;当那青色的交叉的电光似乎把天空当胸劈裂的时候,我就挺着我自己的身体去领受神火的威力。

凯斯卡　可是您为什么要这样冒渎天威呢?当威灵显赫的天神们用这种可怕的天象惊骇我们的时候,人们是应该战栗畏惧的。

凯歇斯　凯斯卡,您太冥顽了,您缺少一个罗马人所应该有的生

命的热力,否则您就是把它藏起来不用。您看见上天发怒,
就吓得面无人色,呆若木鸡;可是您要是想到究竟为什么天
上会掉下火来,为什么有这些鬼魂来来去去,为什么鸟兽都
改变了常性,为什么老翁、愚人和婴孩都会变得工于心计起
来,为什么一切都脱离了常道,发生那样妖妄怪异的现象,
啊,您要是思索到这一切的真正的原因,您就会明白这是上
天假手于它们,警告人们预防着将要到来的一种非常的巨
变。凯斯卡,我现在可以向您提起一个人的名字,他就像这
个可怕的夜一样,能够叱咤雷电,震裂坟墓,像圣殿前的狮
子一样怒吼,他在个人的行动上并不比你我更强,可是他的
势力已经扶摇直上,变得像这些异兆一样可怕了。

凯斯卡　您说的是凯撒,是不是,凯歇斯?

凯歇斯　不管他是谁。罗马人现在有的是跟他们的祖先同样的
筋骨手脚;可是唉!我们祖先的精神却已经死去,我们是被
我们母亲的灵魂所统治着,我们的束缚和痛苦显出我们缺
少男子的气概。

凯斯卡　不错,他们说元老们明天预备立凯撒为王;他可以君临
海上和陆上的每一处地方,可是我们不能让他在这儿意大
利称王。

凯歇斯　那么我知道我的刀子应当用在什么地方了;凯歇斯将
要从奴隶的羁缚之下把凯歇斯解放出来。就在这种地方,
神啊,你们使弱者变成最强壮的;就在这种地方,神啊,你们
把暴君击败。无论铜墙石塔、密不透风的牢狱或是坚不可
摧的锁链,都不能拘囚坚强的心灵;生命在厌倦于这些尘世
的束缚以后,决不会缺少解脱它自身的力量。要是我知道
我也肩负着一部分暴力的压迫,我就可以立刻挣脱这一种

压力。(雷声继续。)

凯斯卡　我也能够；每一个被束缚的奴隶都可以凭着他自己的手挣脱他的锁链。

凯歇斯　那么为什么要让凯撒做一个暴君呢？可怜的人！我知道他只是因为看见罗马人都是绵羊，所以才做一头狼；罗马人倘不是一群鹿，他就不会成为一头狮子。谁要是急于生起一场旺火来，必须先用柔弱的草秆点燃；罗马是一些什么不中用的糠屑草料，要去点亮像凯撒这样一个卑劣庸碌的人物！可是唉，糟了！你引得我说出些什么话来啦？也许我是在一个甘心做奴隶的人的面前讲这种话，那么我知道我必须因此而受祸；可是我已经准备好了，一切危险我都不以为意。

凯斯卡　您在对凯斯卡讲话，他并不是一个摇唇弄舌、泄漏秘密的人。握着我的手；只要允许我跟您合作推翻暴力的压制，我愿意赴汤蹈火，踊跃前驱。

凯歇斯　那么很好，我们一言为定。现在我要告诉你，凯斯卡，我已经联络了几个勇敢的罗马义士，叫他们跟我去干一件轰轰烈烈的冒险事业，我知道他们现在一定在庞贝走廊下等我；因为在这样可怕的夜里，街上是不能行走的；天色是那么充满了杀机和愤怒，正像我们所要干的事情一样。

凯斯卡　暂避一避，什么人急忙忙地来了。

凯歇斯　那是西那；我从他走路的姿势上认得出来。他也是我们的同志。

　　　　西那上。

凯歇斯　西那，您这样忙到哪儿去？

西　那　特为找您来的。那位是谁?麦泰勒斯·辛伯吗?

凯歇斯　不,这是凯斯卡;他也是参与我们的计划的。他们在等着我吗,西那?

西　那　那很好。真是一个可怕的晚上!我们中间有两三个人看见过怪事哩。

凯歇斯　他们在等着我吗?回答我。

西　那　是的,在等着您。啊,凯歇斯!只要您能够劝高贵的勃鲁托斯加入我们的一党——

凯歇斯　您放心吧。好西那,把这封信拿去放在市长的坐椅上,也许它会被勃鲁托斯看见;这一封信拿去丢在他的窗户里;这一封信用蜡胶在老勃鲁托斯的铜像上;这些事情办好以后,就到庞贝走廊去,我们都在那儿。狄歇斯·勃鲁托斯和特莱包涅斯都到了没有?

西　那　除了麦泰勒斯·辛伯以外,都到齐了;他是到您家里去找您的。好,我马上就去,照您的吩咐把这几封信放好。

凯歇斯　放好了以后,就到庞贝剧场来。(西那下)来,凯斯卡,我们两人在天明以前,还要到勃鲁托斯家里去看他一次。他已经有四分之三属于我们,只要再跟他谈谈,他就可以完全加入我们这一边了。

凯斯卡　啊!他是众望所归的人;在我们似乎是罪恶的事情,有了他便可以像幻术一样变成正大光明的义举。

凯歇斯　您对于他、他的才德和我们对他的极大的需要,都看得很明白。我们去吧,现在已经过了半夜了;天明以前,我们必须把他叫醒,探探他的决心究竟如何。(同下。)

# 第 二 幕

### 第一场  罗马。勃鲁托斯的花园

　　勃鲁托斯上。

勃鲁托斯  喂,路歇斯!喂!我不能凭着星辰的运行,猜测现在离天亮还有多少时间。路歇斯,喂!我希望我也睡得像他一样熟。喂,路歇斯,你什么时候才会醒来?醒醒吧!喂,路歇斯!

　　路歇斯上。

路歇斯  您叫我吗,主人?

勃鲁托斯  替我到书斋里拿一支蜡烛,路歇斯;把它点亮了到这儿来叫我。

路歇斯  是,主人。(下。)

勃鲁托斯  只有叫他死这一个办法;我自己对他并没有私怨,只是为了大众的利益。他将要戴上王冠;那会不会改变他的性格是一个问题;蝮蛇是在光天化日之下出现的,所以步行的人必须刻刻提防。让他戴上王冠?——不!那等于我们把一个毒刺给了他,使他可以随意加害于人。把不忍之心和威权分开,那威权就会被人误用;讲到凯撒这

个人,说一句公平话,我还不曾知道他什么时候曾经一味感情用事,不受理智的支配。可是微贱往往是初期野心的阶梯,凭借着它一步步爬上了高处;当他一旦登上了最高的一级之后,他便不再回顾那梯子,他的眼光仰望着云霄,瞧不起他从前所恃为凭借的低下的阶段。凯撒何尝不会这样?所以,为了怕他有这一天,必须早一点儿防备。既然我们反对他的理由,不是因为他现在有什么可以指责的地方,所以就得这样说:照他现在的地位要是再扩大些权力,一定会引起这样那样的后患;我们应当把他当作一颗蛇蛋,与其让他孵出以后害人,不如趁他还在壳里的时候就把他杀死。

  路歇斯重上。

路歇斯　主人,蜡烛已经点在您的书斋里了。我在窗口找寻打火石的时候,发现了这封信;我明明记得我去睡觉的时候,并没有什么信放在那儿。

勃鲁托斯　你再去睡吧;天还没有亮哩。孩子,明天不是三月十五吗?

路歇斯　我不知道,主人。

勃鲁托斯　看看日历,回来告诉我。

路歇斯　是,主人。(下。)

勃鲁托斯　天上一闪一闪的电光,亮得可以使我读出信上的字来。(拆信)"勃鲁托斯,你在睡觉;醒来瞧瞧你自己吧。难道罗马将要——说话呀,攻击呀,拯救呀! 勃鲁托斯,你睡着了;醒来吧!"他们常常把这种煽动的信丢在我的屋子附近。"难道罗马将要——"我必须替它把意思补足:难道罗马将要处于独夫的严威之下? 什么,罗马? 当塔昆称王的时候,我们的祖先曾经把他从罗马的街道上赶走。"说话呀,攻击呀,拯救呀!"他们请求我仗义执言,挥戈除暴吗?
罗马啊!我允许你,勃鲁托斯一定会全力把你拯救!

    路歇斯重上。

路歇斯　主人,三月已经有十四天过去了。(内叩门声。)

勃鲁托斯　很好。到门口瞧瞧去;有人打门。(路歇斯下)自从凯歇斯鼓动我反对凯撒那一天起,我一直没有睡过。在计划一件危险的行动和开始行动之间的一段时间里,一个人就好像置身于一场可怖的噩梦之中,遍历种种的幻象;他的精神和身体上的各部分正在彼此磋商;整个的身心像一个小小的国家,临到了叛变突发的前夕。

    路歇斯重上。

路歇斯　主人,您的兄弟凯歇斯在门口,他要求见您。

勃鲁托斯　他一个人来吗?

路歇斯　不,主人,还有些人跟他在一起。

勃鲁托斯　你认识他们吗?

路歇斯　不,主人;他们的帽子都拉到耳边,他们的脸一半裹在外套里面,我不能从他们的外貌上认出他们来。

勃鲁托斯　请他们进来。(路歇斯下)他们就是那一伙党徒。阴谋啊!你在百鬼横行的夜里,还觉得不好意思显露你的险恶的容貌吗?啊!那么你在白天什么地方可以找到一处幽暗的巢窟,遮掩你的奇丑的脸相呢?不要找寻吧,阴谋,还是把它隐藏在和颜悦色的后面;因为要是您用本来面目招摇过市,即使幽冥的地府也不能把你遮掩过人家的眼睛的。

    凯歇斯、凯斯卡、狄歇斯、西那、麦泰勒斯·辛伯及特莱包涅斯等诸党徒同上。

凯歇斯　我想我们未免太冒昧了,打搅了您的安息。早安,勃鲁

25

托斯；我们惊吵您了吧？

勃鲁托斯　我整夜没有睡觉，早就起来了。跟您同来的这些人，我都认识吗？

凯歇斯　是的，每一个人您都认识；这儿没有一个人不敬重您；谁都希望您能够看重您自己就像每一个高贵的罗马人看重您一样。这是特莱包涅斯。

勃鲁托斯　欢迎他到这儿来。

凯歇斯　这是狄歇斯·勃鲁托斯。

勃鲁托斯　我也同样欢迎他。

凯歇斯　这是凯斯卡；这是西那；这是麦泰勒斯·辛伯。

勃鲁托斯　我都同样欢迎他们。可是各位为了什么烦心的事情，在这样的深夜不去睡觉？

凯歇斯　我可以跟您说句话吗？（勃鲁托斯、凯歇斯二人耳语。）

狄歇斯　这儿是东方；天不是从这儿亮起来的吗？

凯斯卡　不。

西　那　啊！对不起，先生，它是从这儿亮起来的；那边镶嵌在云中的灰白色的条纹，便是预报天明的使者。

凯斯卡　你们将要承认你们两人都弄错了。这儿我用剑指着的所在，就是太阳升起的地方；在这样初春的季节，它正在南方逐渐增加它的热力；再过两个月，它就要更高地向北方升起，吐射它的烈焰了。这儿才是正东，也就是圣殿所在的地方。

勃鲁托斯　再让我一个一个握你们的手。

凯歇斯　让我们宣誓表示我们的决心。

勃鲁托斯　不，不要发誓。要是人们的神色、我们心灵上的苦难和这时代的腐恶算不得有力的动机，那么还是早些散了伙，各人回去高枕而卧吧;让凌越一切的暴力肆意横行,每一个人等候着命运替他安排好的死期吧。可是我相信我们眼前这些人心里都有着可以使懦夫奋起的蓬勃的怒焰,都有着可以使柔弱的妇女变为钢铁的坚强的勇气,那么,各位同胞,我们只要凭着我们自己堂皇正大的理由,便可以激励我们改造这当前的局面,何必还要什么其他的鞭策呢?我们都是守口如瓶、言而有信的罗马人,何必还要什么其他的约束呢?我们彼此赤诚相示,倘然不能达到目的,宁愿以身为殉,何必还要什么其他的盟誓呢?祭司们、懦夫们、奸诈的小人、老朽的陈尸腐肉和这一类自甘沉沦的不幸的人们才有发誓的需要;他们为了不正当的理由,恐怕不能见信于人,所以不得不用誓言来替他们圆谎;可是不要以为我们的宗旨或是我们的行动是需要盟誓的,因为那无异污蔑了我们堂堂正正的义举和我们不可压抑的精神;作为一个罗马人,要是对于他已经出口的诺言略微有一点儿违背之处,那么他身上光荣地载着的每一滴血,就都要蒙上数重的耻辱。

**凯歇斯** 可是西塞罗呢?我们要不要探探他的意向?我想他一定会跟我们全力合作的。

**凯斯卡** 让我们不要把他遗漏了。

**西那** 是的,我们不要把他遗漏了。

**麦泰勒斯** 啊!让我们招他参加我们的阵线;因为他的白发可以替我们赢得好感,使世人对我们的行动表示同情。人家一定会说他的见识支配着我们的胳臂;我们的少年孟浪可以不致于被世人所发现,因为一切都埋葬在他的老成练达的阅历之下了。

**勃鲁托斯** 啊!不要提起他;让我们不要对他说起,因为他是决不愿跟在后面去干别人所发起的事情的。

凯歇斯　那就不要叫他参加。

凯斯卡　他的确不大适宜。

狄歇斯　除了凯撒以外,别的人一个也不要碰吗?

凯歇斯　狄歇斯,你问得很好。我想玛克·安东尼这样被凯撒宠爱,我们不应该让他在凯撒死后继续留在世上。他是一个诡计多端的人;你们知道要是他利用他现在的力量,很可以给我们极大的阻梗;为了避免那样的可能起见,让安东尼跟凯撒一起丧命吧。

勃鲁托斯　卡厄斯·凯歇斯,我们割下了头,再去切断肢体,不但泄愤于生前,并且迁怒于死后,那瞧上去未免太残忍了;因为安东尼不过是凯撒的一只胳臂。让我们做献祭的人,不要做屠夫,卡厄斯。我们一致奋起反对凯撒的精神,我们的目的并不是要他流血;啊!要是我们能够直接战胜凯撒的精神,我们就可以不必戕害他的身体。可是唉!凯撒必须因此而流血。所以,善良的朋友们,让我们勇敢地,却不是残暴地,把他杀死;让我们把他当作一盘祭神的牺牲而宰割,不要把他当作一具饲犬的腐尸而脔切;让我们的心像聪明的主人一样,在鼓动他们的仆人去行暴以后,再在表面上装作责备他们的神气。这样可以昭示世人,使他们知道我们采取如此步骤,只是迫不得已,并不是出于私心的嫉恨;在世人的眼中,我们将被认为恶势力的清扫者,而不是杀人的凶手。至于玛克·安东尼,我们尽可不必把他放在心上,因为凯撒的头要是落了地,他这条凯撒的胳臂是无能为力的。

凯歇斯　可是我怕他,因为他对凯撒有很深切的感情——

勃鲁托斯　唉！好凯歇斯，不要想到他。要是他爱凯撒，他所能做的事情不过是忧思哀悼，用一死报答凯撒；可是那未必是他所做得到的，因为他是一个喜欢游乐、放荡、交际和饮宴的人。

特莱包涅斯　不用担心他这个人；让他保全了性命吧。等到事过境迁，他会把这种事情付之一笑的。（钟鸣。）

勃鲁托斯　静！听钟声敲几下。

凯歇斯　敲了三下。

特莱包涅斯　是应该分手的时候了。

凯歇斯　可是凯撒今天会不会出来，还是一个问题；因为他近来变得很迷信，完全改变了从前对怪异梦兆这一类事情的见解。这种明显的预兆、这晚上空前恐怖的天象以及他的卜者的劝告，也许会阻止他今天到圣殿里去。

狄歇斯　不用担心，要是他决定不出来，我可以叫他改变他的决心；因为他喜欢听人家说犀牛见欺于树木，熊见欺于镜子，象见欺于土穴，狮子见欺于罗网，人类见欺于谄媚；可是当我告诉他他憎恶谄媚之徒的时候，他就会欣然首肯，不知道他已经中了我深入痒处的谄媚了。让我试一试我的手段；我可以看准他的脾气下手，哄他到圣殿里去。

凯歇斯　我们大家都要到那边去迎接他。

勃鲁托斯　最迟要在八点钟到齐，是不是？

西　那　最迟八点钟大家不可有误。

麦泰勒斯　卡厄斯·里加律斯对凯撒也很怀恨，因为他说了庞贝的好话，受到凯撒的斥责；你们怎么没有人想到他。

勃鲁托斯　啊，好麦泰勒斯，带他一起来吧；他对我感情很好，我也有恩于他；叫他到我这儿来，我可以劝他跟我们合作。

凯歇斯　天正在亮起来了；我们现在要离开您，勃鲁托斯。朋友们，各人散开；可是大家记住你们说过的话，显一显你们是真正的罗马人。

勃鲁托斯　各位好朋友们，大家脸色放高兴一些；不要让我们的脸上堆起我们的心事；应当像罗马的伶人一样，用不倦的精神和坚定的仪表肩负我们的重任。祝你们各位早安。（除勃鲁托斯外均下）孩子！路歇斯！睡熟了吗？很好，享受你的甜蜜而沉重的睡眠的甘露吧；你没有那些充满着烦忧的人们脑中的种种幻象，所以你会睡得这样安稳。

　　　　　　鲍西娅上。

鲍西娅　勃鲁托斯，我的主！

勃鲁托斯　鲍西娅，你来做什么？为什么你现在就起来？你这样娇弱的身体，是受不住清晨的寒风的。

鲍西娅　那对于您的身体也是同样不适宜的。您也太狠心了，勃鲁托斯，偷偷地从我的床上溜了出来。昨天晚上吃饭的时候，您也是突然立起身来，在屋子里跑来跑去，交叉着两臂，边想心事边叹气；当我问您为了什么事的时候，您用凶狠的眼光瞪着我；我再向您追问，您就搔您的头，非常暴躁地顿您的脚；可是我仍旧问下去，您还是不回答我，只是怒气冲冲地向我挥手，叫我走开。我因为您在盛怒之中，不愿格外触动您的烦恼，所以就遵从您的意思走开了，心里在希望这不过是您一时心境恶劣，人是谁都免不了有心里不痛快的时候。它不让您吃饭、说话或是睡觉，要是它能够改变您的形体，就像它改变您的脾气一样，那么勃鲁托斯，我就要完全不认识您了。我的亲爱的主，让我知道您的忧虑的原因吧。

勃鲁托斯　我因为身体不舒服,所以有点儿烦躁。

鲍西娅　勃鲁托斯是个聪明人,要是他身体不舒服,他一定会知道怎样才可以得到健康。

勃鲁托斯　对了。好鲍西娅,去睡吧。

鲍西娅　勃鲁托斯要是有病,他应该松开了衣带,在多露的清晨步行,呼吸那种潮湿的空气吗?什么!勃鲁托斯害了病,他还要偷偷地从温暖的眠床上溜了出去,向那恶毒的夜气挑战,使他自己病上加病吗?不,我的勃鲁托斯,您害的是心里的病,凭着我的地位和权利,您应该让我知道。我现在向您跪下,凭着我的曾经受人赞美的美貌,凭着您的一切爱情的誓言,以及那使我们两人结为一体的伟大的盟约,我请求您告诉我,您的自身,您的一半,为什么您这样郁郁不乐,今天晚上有什么人来看过您;因为我知道这儿曾经来过六七个人,他们在黑暗之中还是不敢露出他们的脸来。

勃鲁托斯　不要跪,温柔的鲍西娅。

鲍西娅　假如您是温柔的勃鲁托斯,我就用不着下跪。在我们夫妇的名分之内,告诉我,勃鲁托斯,难道我是不应该知道您的秘密的吗?我虽然是您自身的一部分,可是那只是有限制的一部分,除了陪着您吃饭,在枕席上安慰安慰您,有时候跟您谈谈话以外,没有别的任务了吗?难道您只要我跟着您的好恶打转吗?假如不过是这样,那么鲍西娅只是勃鲁托斯的娼妓,不是他的妻子了。

勃鲁托斯　你是我的忠贞的妻子,正像滋润我悲哀的心的鲜红血液一样宝贵。

鲍西娅　这句话倘然是真的,那么我就应该知道您的心事。我承认我只是一个女流之辈,可是我却是勃鲁托斯娶为妻子的一个女人；我承认我只是一个女流之辈，可是我却是凯图的女儿，不是一个碌碌无名的女人。您以为我有了这样的父亲和丈夫，还是跟一般女人同样不中用吗？把您的心事告诉我，我一定不向人泄漏。我为了保证对你的坚贞，曾经自愿把我的贞操献给了你；难道我能够忍耐那样的痛苦，却不能保守我丈夫的秘密吗？

勃鲁托斯　神啊！保佑我不要辜负了这样一位高贵的妻子。（内叩门声）听，听！有人在打门，鲍西娅，你先暂时进去；等会儿你就可以知道我的心底的秘密。我要向你解释我的全部的计划，以及藏在我的脑中的一切思想。赶快进去。（鲍西娅下）路歇斯，谁在打门？

　　　　路歇斯率里加律斯重上。

路歇斯　这儿是一个病人，要跟您说话。
勃鲁托斯　卡厄斯·里加律斯，刚才麦泰勒斯向我提起过的。孩子，站在一旁。卡厄斯·里加律斯！怎么？
里加律斯　请您允许我这病弱的舌头向您吐出一声早安。
勃鲁托斯　啊！勇敢的卡厄斯，您怎么在这样早的时间扶病而起？要是您没有病那才好。
里加律斯　要是勃鲁托斯有什么无愧于荣誉的事情要吩咐我去做，那么我是没有病的。
勃鲁托斯　要是您有一双健康的耳朵可以听我诉说，里加律斯，那么我手头正有这样的一件事情。
里加律斯　凭着罗马人所崇拜的一切神明，我现在抛弃了我的疾病。罗马的灵魂！光荣的祖先所生的英勇的子孙！您像一个驱策鬼神的术士一样，已经把我奄奄一息的精神呼唤回来了。现在您只要叫我为您奔走，我就会冒着一切的危险迈进,克服一切前途的困难。您要我做什么事？

勃鲁托斯　我要叫您干一件可以使病人痊愈的事。

里加律斯　可是我们不是要叫有些不害病的人不舒服吗？

勃鲁托斯　是的,我们也要叫有些不害病的人不舒服。我的卡厄斯,我们现在就要到我们预备下手的地方去,一路上我可以告诉你那是件什么工作。

里加律斯　请您举步先行,我用一颗新燃的心跟随您,去干一件我还没有知道的事情；在勃鲁托斯的领导之下,一定不会有错。

勃鲁托斯　那么跟我来。(同下。)

## 第二场　同前。凯撒家中

*雷电交作；凯撒披寝衣上。*

凯　撒　今晚天地都不得安宁。凯尔弗妮娅在睡梦之中三次高声叫喊,说"救命！他们杀了凯撒啦！"里面有人吗？

*一仆人上。*

仆　人　主人有什么吩咐？

凯　撒　你去叫那些祭司们到神前献祭,问问他们我的吉凶休咎。

仆　人　是,主人。(下。)

*凯尔弗妮娅上。*

凯尔弗妮娅　凯撒,您要做什么？您想出去吗？今天可不能让您走出这屋子。

凯　撒　凯撒一定要出去。恐吓我的东西只敢在我背后装腔作势；它们一看见凯撒的脸,就会销声匿迹。

凯尔弗妮娅　凯撒,我从来不讲究什么禁忌,可是现在却有些惴惴不安。里边有一个人,他除了我们所听到看到的一切之外,还讲给我听巡夜的人所看见的许多可怕的异象。一头母狮在街道上生产;坟墓裂开了口,放鬼魂出来;凶猛的骑士在云端里列队交战,他们的血洒到了圣庙的屋上;战斗的声音在空中震响,人们听见马的嘶鸣、濒死者的呻吟,还有在街道上悲号的鬼魂。凯撒啊!这些事情都是从来不曾有过的,我害怕得很哩。

凯　撒　天意注定的事,难道是人力所能逃避的吗?凯撒一定要出去;因为这些预兆不是给凯撒一个人看,而是给所有的世人看的。

凯尔弗妮娅　乞丐死了的时候,天上不会有彗星出现;君王们的凋殒才会上感天象。

凯　撒　懦夫在未死以前,就已经死过好多次;勇士一生只死一次。在我所听到过的一切怪事之中,人们的贪生怕死是一件最奇怪的事情,因为死本来是一个人免不了的结局,它要来的时候谁也不能叫它不来。

　　　　仆人重上。

凯　撒　卜者们怎么说?

仆　人　他们叫您今天不要出外走动。他们剖开一头献祭的牲畜的肚子,预备掏出它的内脏来,不料找来找去找不到它的心。

凯　撒　神明显示这样的奇迹,是要叫懦怯的人知道惭愧;凯撒要是今天为了恐惧而躲在家里,他就是一头没有心的牲畜。不,凯撒决不躲在家里。凯撒是比危险更危险的,我们是两头同日产生的雄狮,我却比它更大更凶。凯撒一定要出去。

凯尔弗妮娅　唉！我的主，您的智慧被自信泪没了。今天不要出去；就算是我的恐惧把您留在家里的吧，这不能说是您自己胆小。我们可以叫玛克·安东尼到元老院去，叫他对他们说您今天身体不大舒服。让我跪在地上，求求您答应了我吧。

凯　　撒　那么就叫玛克·安东尼去说我今天不大舒服；为了不忍拂你的意思，我就待在家里吧。

　　　　　　狄歇斯上。

凯　　撒　狄歇斯·勃鲁托斯来了，他可以去替我告诉他们。

狄歇斯　凯撒，万福！祝您早安，尊贵的凯撒；我来接您到元老院去。

凯　　撒　你来得正好，请你替我去向元老们致意，对他们说我今天不来了；不是不能来，更不是不敢来，我只是不高兴来；就对他们这么说吧，狄歇斯。

凯尔弗妮娅　你说他有病。

凯　　撒　凯撒是叫人去说谎的吗？难道我南征北战，攻下了这许多地方，却不敢对一班白须老头子们讲真话吗？狄歇斯，去告诉他们凯撒不高兴来。

狄歇斯　最伟大的凯撒，让我知道一些理由，否则我这样告诉了他们，会被他们嘲笑的。

凯　　撒　我不高兴去，这就是我的理由；你就这样去告诉元老们吧。可是为了我们私人间的感情，我愿意让你知道，我的妻子凯尔弗妮娅不放我出去。昨天晚上她梦见我的雕像仿佛一座有一百个喷水孔的水池，浑身流着鲜血；许多壮健的罗马人欢欢喜喜地都来把他们的手浸在血里。她以为这个梦是不祥之兆，所以跪着求我今天不要出去。

狄歇斯　这个梦完全解释错了;那明明是一个大吉大利之兆:您的雕像喷着鲜血,许多欢欢喜喜的罗马人把手浸在血里,这表示伟大的罗马将要从您的身上吸取复活的新血,许多有地位的人都要来向您要求分到一点儿余泽。这才是凯尔弗妮娅的梦的真正的意义。

凯　撒　你这样解释得很好。

狄歇斯　我还有一些话要告诉您,您听了以后,就会知道我解释得一点儿不错。元老院已经决定要在今天替伟大的凯撒加冕;要是您叫人去对他们说您今天不去,他们也许会变了卦。而且这种事情给人家传扬出去,很容易变成笑柄,人家会这样说,"等凯撒的妻子做过了好梦以后,再让元老院开会吧。"要是凯撒躲在家里,他们不会窃窃私语,说"瞧!凯撒在害怕呢"吗?恕我,凯撒,因为我对您的深切的关心,使我向您说了这样的话。

凯　撒　你的恐惧现在瞧上去是多么傻气,凯尔弗妮娅!我刚才听了你的话,现在倒有些惭愧起来了。把我的袍子给我,我要去。

　　　　坡勃律斯、勃鲁托斯、里加律斯、麦泰勒斯、凯斯卡、特莱包涅斯及西那同上。

凯　撒　瞧,坡勃律斯来迎接我了。

坡勃律斯　早安,凯撒。

凯　撒　欢迎,坡勃律斯。啊!勃鲁托斯,你也这样早就出来了吗?早安,凯斯卡。卡厄斯·里加律斯,你的贵恙害得你这样消瘦,凯撒可没有这样欺侮过你哩。现在几点钟啦?

勃鲁托斯　凯撒,已经敲过八点了。

凯　撒　谢谢你们的跋涉和好意。

安东尼上。

凯　撒　瞧！通宵狂欢的安东尼也已经起身了。早安，安东尼。

安东尼　早安，最尊贵的凯撒。

凯　撒　叫他们里面预备起来；我不该让他们久等。你好，西那；你好，麦泰勒斯；啊，特莱包涅斯！我有可以足足讲一个钟点的话预备跟你谈哩；记住今天你还要来看我一次；站得离我近一些，免得我把你忘了。

特莱包涅斯　是，凯撒。（旁白）我要站得离开你这么近，让你的好朋友们将来怪我不站远一些呢。

凯　撒　好朋友们，进去陪我喝口酒；喝过了酒，我们就像朋友一样，大家一块儿去。

勃鲁托斯　（旁白）唉，凯撒！人家的心可不跟您一样，我勃鲁托斯想到这一点不免有些惆怅。（同下。）

## 第三场　同前。圣殿附近的街道

阿特米多勒斯上，读信。

阿特米多勒斯　"凯撒，留心勃鲁托斯；注意凯歇斯；不要走近凯斯卡；看着西那；不要相信特莱包涅斯；仔细察看麦泰勒斯·辛伯；狄歇斯·勃鲁托斯不喜欢你；卡厄斯·里加律斯受过你的委屈。这些人只有一条心，那就是要推翻凯撒。要是你不是永生不死的，那么警戒你的四周吧；阴谋是会毁坏你的安全的。伟大的神明护佑你！爱你的人，阿特米多勒斯。"我要站在这儿，等候凯撒经过，像一个请愿的人似的，我要把这信交给他。我一想到德行逃不过争胜的利齿，就觉得万分伤心。要是你读了这封信，凯撒啊！也许你还可以活命；否则命运也变成叛徒的同谋者了。（下。）

## 第四场 同前。同一街道的另一部分，
## 勃鲁托斯家门前

　　　　　鲍西娅及路歇斯上。

鲍西娅　孩子,请你赶快跑到元老院去；不要停留在这儿回答我,快去,你为什么还不去？

路歇斯　我还不知道您要我去做什么事哩,太太。

鲍西娅　我要你到那边去,去了再回来,可是我说不出我要你去做什么事。啊,坚强的精神！不要离开我；替我在我的心和舌头之间堆起一座高山；我有一颗男子的心,却只有妇女的能力。叫一个女人保守一桩秘密是一件多大的难事！你还在这儿吗？

路歇斯　太太,您要我去做什么呢？就是跑到圣殿里去,没有别的事了吗？去了再回来,就是这样吗？

鲍西娅　是的,孩子,你回来告诉我,主人的脸色怎样,因为他出去的时候,好像不大舒服；你还要留心看着凯撒的行动,向他请愿的有些什么人。听,孩子！那是什么声音？

路歇斯　我听不见,太太。

鲍西娅　仔细听着。我好像听见一阵骚乱的声音,仿佛在吵架似的；那声音从风里传了过来,好像就在圣殿那边。

路歇斯　真的,太太,我什么都听不见。

　　　　　预言者上。

鲍西娅　过来,朋友；你从哪儿来？

预言者　从我自己的家里,好太太。

鲍西娅　现在几点钟啦?

预言者　大约九点钟了,太太。

鲍西娅　凯撒到圣殿里去了没有?

预言者　太太,还没有。我要去拣一处站立的地方,瞧他从街上经过到圣殿里去。

鲍西娅　你也要向凯撒提出什么请愿吗?

预言者　是的,太太。要是凯撒为了他自己的好处,愿意听我的话,我要请求他照顾照顾他自己。

鲍西娅　怎么,你知道有人要谋害他吗?

预言者　我不知道有什么人要谋害他,可是我怕有许多人要谋害他。再会。这儿街道很狭,那些跟在凯撒背后的元老们、官吏们,还有请愿的民众们,一定拥挤得很;像我这样瘦弱的人,怕要给他们挤死。我要去找一处空旷一些的地方,等伟大的凯撒走过的时候,就可以向他说话。(下。)

鲍西娅　我必须进去。唉!女人的心是一件多么软弱的东西!勃鲁托斯啊!愿上天保佑你的事业成功。哎哟,叫这孩子听了去啦;勃鲁托斯要向凯撒请愿,可是凯撒不见得会答应他。啊!我的身子快要支持不住了。路歇斯,快去,替我致意我的主,说我现在很快乐。去了你再回来,告诉我他对你说些什么。(各下。)

# 第 三 幕

**第一场** 罗马。圣殿前。元老院在上层聚会

　　阿特米多勒斯及预言者杂在大群民众中上;喇叭奏花腔。凯撒、勃鲁托斯、凯歇斯、凯斯卡、狄歇斯、麦泰勒斯、特莱包涅斯、西那、安东尼、莱必多斯、波匹律斯、坡勃律斯及余人等上。

凯　撒　(向预言者)三月十五已经来了。

预言者　是的,凯撒,可是它还没有去。

阿特米多勒斯　祝福,凯撒!请您把这张单子读一遍。

狄歇斯　这是特莱包涅斯的一个卑微的请愿,请您有空把它看一看。

阿特米多勒斯　啊,凯撒!先读我的;因为我的请愿是对凯撒很有关系的。读吧,伟大的凯撒。

凯　撒　有关我自己的事情,应当放在末了办。

阿特米多勒斯　不要把它搁置,凯撒;立刻就读。

凯　撒　什么!这家伙疯了吗?

坡勃律斯　喂,让开。

凯　撒　什么!你们要在街上呈递你们的请愿吗?到圣殿里来吧。

凯撒走上元老院,余人后随;众元老起立。

波匹律斯　我希望你们今天大事成功。

凯歇斯　什么大事,波匹律斯?

波匹律斯　再见。(至凯撒前。)

勃鲁托斯　波匹律斯·里那怎么说?

凯歇斯　他希望我们今天大事成功。我怕我们的计划已经泄露了。

勃鲁托斯　瞧,他到凯撒面前去了;看着他。

凯歇斯　凯斯卡,事不宜迟,不要让他们有了防备。勃鲁托斯,怎么办?要是事情泄露,那么也许是凯歇斯,也许是凯撒,总有一个人今天不能回去,因为我们这次倘然失败,我一定自杀。

勃鲁托斯　凯歇斯,别慌;波匹律斯·里那并没有把我们的计划告诉他;瞧,他在笑,凯撒也没有变脸色。

凯歇斯　特莱包涅斯很机警,你瞧,勃鲁托斯,他把玛克·安东尼拉开去了。(安东尼、特莱包涅斯同下;凯撒及众元老就坐。)

狄歇斯　麦泰勒斯·辛伯在哪儿?叫他立刻过来,向凯撒呈上他的请愿。

勃鲁托斯　在叫麦泰勒斯了;我们站近些帮他说话。

西　那　凯斯卡,你第一个举起手来。

凯　撒　我们都预备好了吗?现在还有什么不对的事情,凯撒和他的元老们必须纠正的?

麦泰勒斯　至高无上、威严无比的凯撒,麦泰勒斯·辛伯在您的座前掬献一颗卑微的心——(跪。)

凯　撒　我必须阻止你,辛伯。这种打躬作揖的玩意儿,也许可以煽动平常人的心,使那已经决定了的命令宣判变成儿戏

41

的法律。可是你不要痴心,以为凯撒也有那样卑劣的血液,会因为这种可以使傻瓜们感动的甘言美语、弯腰屈膝和无耻的摇尾乞怜而融化了他的坚强的意志。按照判决,你的兄弟必须放逐出境;要是你奴颜婢膝地为他说情,我就要把你像狗一样踢开去。告诉你,凯撒是不会错误的,他所决定的事,一定有充分的理由。

麦泰勒斯　这儿难道没有一个比我自己更有价值的、在伟大的凯撒耳中更动听的声音,愿意为我放逐的兄弟恳求撤回成命吗?

勃鲁托斯　我吻你的手,可是这不是向你献媚,凯撒;请你立刻下令赦免坡勃律斯·辛伯。

凯　撒　什么,勃鲁托斯!

凯歇斯　开恩吧,凯撒;凯撒,开恩吧。凯歇斯俯伏在您的足下,请您赦免坡勃律斯·辛伯。

凯　撒　要是我也跟你们一样,我就会被你们所感动;要是我也能够用哀求打动别人的心,那么你们的哀求也会打动我的心;可是我是像北极星一样坚定,它的不可动摇的性质,在天宇中是无与伦比的。天上布满了无数的星辰,每一个星辰都是一个火球,都有它各自的光辉,可是在众星之中,只有一个星卓立不动。在人世间也是这样;无数的人生活在这世间,他们都是有血肉有知觉的,可是我知道只有一个人能够确保他的不可侵犯的地位,任何力量都不能使他动摇。我就是他;让我在这件小小的事上向你们证明,我既然已经决定把辛伯放逐,就要贯彻我的意旨,毫不含糊地执行这一个成命,而且永远不让他再回到罗马来。

西　那　啊,凯撒——

凯　　撒　去！你想把俄林波斯山一手举起吗？

狄歇斯　伟大的凯撒——

凯　　撒　勃鲁托斯不是白白地下跪吗？

凯斯卡　好，那么让我的手代替我说话！（率众刺凯撒。）

凯　　撒　勃鲁托斯，你也在内吗？那么倒下吧，凯撒！（死。）

西　　那　自由！解放！暴君死了！去，到各处街道上宣布这样的消息。

凯歇斯　去几个人到公共讲坛上，高声呼喊，"自由，解放！"

勃鲁托斯　各位民众，各位元老，大家不要惊慌，不要跑走；站定；野心已经偿了它的债了。

凯斯卡　到讲坛上来，勃鲁托斯。

狄歇斯　凯歇斯也上去。

勃鲁托斯　坡勃律斯呢？

西　　那　在这儿，他给这场乱子吓呆了。

麦泰勒斯　大家站在一起不要跑开，也许凯撒的同党们——

勃鲁托斯　别讲这种话。坡勃律斯，放心吧；我们不会加害于你，也不会加害任何其他的罗马人；你这样告诉他们，坡勃律斯。

凯歇斯　离开我们，坡勃律斯；也许人民会向我们冲来，连累您老人家受了伤害。

勃鲁托斯　是的，你去吧；我们干了这种事，我们自己负责，不要连累别人。

　　　　特莱包涅斯上。

凯歇斯　安东尼呢？

特莱包涅斯　吓得逃回家里去了。男人、女人、孩子，大家睁大了眼睛，乱嚷乱叫，到处奔跑，像是末日到来了一般。

43

勃鲁托斯　命运,我们等候着你的旨意。我们谁都免不了一死;与其在世上偷生苟活,拖延着日子,还不如轰轰烈烈地死去。

凯斯卡　嘿,切断了二十年的生命,等于切断了二十年在忧生畏死中过去的时间。

勃鲁托斯　照这样说来,死还是一件好事。所以我们都是凯撒的朋友,帮助他结束了这一段忧生畏死的生命。弯下身去,罗马人,弯下身去;让我们把手浸在凯撒的血里,一直到我们的肘上;让我们用他的血抹我们的剑。然后我们就迈步前进,到市场上去;把我们鲜红的武器在我们头顶挥舞,大家高呼着,"和平,自由,解放!"

凯歇斯　好,大家弯下身去,洗你们的手吧。多少年代以后,我们这一场壮烈的戏剧,将要在尚未产生的国家用我们所不知道的语言表演!

勃鲁托斯　凯撒将要在戏剧中流多少次的血,他现在却长眠在庞贝的像座之下,他的尊严化成了泥土!

凯歇斯　后世的人们搬演今天这一幕的时候,将要称我们这一群为祖国的解放者。

狄歇斯　怎么!我们要不要就去?

凯歇斯　好,大家去吧。让勃鲁托斯领导我们,让我们用罗马最勇敢纯洁的心跟随在他的后面。

　　　　一仆人上。

勃鲁托斯　且慢!谁来啦?一个安东尼手下的人。

仆　人　勃鲁托斯,我的主人玛克·安东尼叫我跪在您的面前,他叫我对您说:勃鲁托斯是聪明正直、勇敢高尚的君子,凯撒是威严勇猛、慷慨仁慈的豪杰;我爱勃鲁托斯,我尊敬他;

我畏惧凯撒,可是我也爱他尊敬他。要是勃鲁托斯愿意保证安东尼的安全,允许他来见一见勃鲁托斯的面,让他明白凯撒何以致死的原因,那么玛克·安东尼将要爱活着的勃鲁托斯甚于已死的凯撒;他将要竭尽他的忠诚,不辞一切的危险,追随着高贵的勃鲁托斯。这是我的主人安东尼所说的话。

勃鲁托斯　你的主人是一个聪明勇敢的罗马人,我一向佩服他。你去告诉他,请他到这儿来,我们可以给他满意的解释;我用我的荣誉向他保证,他决不会受到丝毫的伤害。

仆　人　我立刻就去请他来。(下。)

勃鲁托斯　我知道我们可以跟他做朋友的。

凯歇斯　但愿如此;可是我对他总觉得很不放心。我所疑虑的事情,往往会成为事实。

　　　　　安东尼重上。

勃鲁托斯　安东尼来了。欢迎,玛克·安东尼。

安东尼　啊,伟大的凯撒!你就这样倒下了吗?你的一切赫赫的勋业,你的一切光荣胜利,都化为乌有了吗?再会!各位壮士,我不知道你们的意思,还有些什么人在你们眼中看来是有毒的,应当替他放血。假如是我的话,那么我能够和凯撒死在同一个时辰,让你们手中那沾着全世界最高贵的血的刀剑结果我的生命,实在是再好没有的事。我请求你们,要是你们对我怀着敌视,趁着现在你们血染的手还在发出热气,赶快执行你们的意旨吧。即使我活到一千岁,也找不到像今天这样好的一个死的机会;让我躺在凯撒的旁边,还有比这更好的死处吗?让我死在你们这些当代英俊的手里,还有比这更好的死法吗?

勃鲁托斯　啊,安东尼!不要向我们请求一死。虽然你现在看我们好像是这样残酷残忍,可是你只看见我们血污的手和它们所干的这一场流血的惨剧,你却还没有看见我们的心,它们是慈悲而仁善的。我们因为不忍看见罗马的人民受到暴力的压迫,所以才不得已把凯撒杀死;正像一场大火把小火吞没一样,更大的怜悯使我们放弃了小小的不忍之心。对于你,玛克·安东尼,我们的剑锋是铅铸的;我们用一切的热情、善意和尊敬,张开我们友好的胳臂欢迎你。

凯歇斯　我们重新分配官职的时候,你的意见将要受到同样的尊重。

勃鲁托斯　现在请你暂时忍耐,等我们把惊惶失措的群众安抚好了以后,就可以告诉你为什么我们要采取这样的行动,虽然我在刺死凯撒的一刹那还是没有减却我对他的敬爱。

安东尼　我不怀疑你的智慧。让每一个人把他的血手给我:第一,玛克斯·勃鲁托斯,我要握您的手;其次,卡厄斯·凯歇斯,我要握您的手;狄歇斯·勃鲁托斯、麦泰勒斯、西那,还有我的勇敢的凯斯卡,让我一个一个跟你们握手;虽然是最后一个,可是让我用同样热烈的诚意和您握手,好特莱包涅斯。各位朋友——唉!我应当怎么说呢?我的信誉现在岌岌可危,你们不以为我是一个懦夫,就要以为我是一个阿谀之徒。啊,凯撒!我曾经爱过你,这是一件千真万确的事实;要是你的阴魂现在看着我们,你看见你的安东尼当着你的尸骸之前觍颜事仇,握着你的敌人的血手,那不是要使你觉得比死还难过吗?要是我有像你的伤口那么多的眼睛,我应当让它们流着滔滔的热泪,正像血从你的伤口涌出一样,可是我却忘恩负义,和你的敌人成为朋友了。恕我,裘力斯!你是一头勇敢的鹿,在这儿落到猎人的手里了;啊,世界!你是这头鹿栖息的森林,他是这一座森林中的骄子;你现在躺在这儿,多么像一头中箭的鹿,被许多王子贵人把你射死!

凯歇斯　玛克·安东尼——

安东尼　恕我,卡厄斯·凯歇斯。即使是凯撒的敌人,也会说这样的话;在一个他的朋友的嘴里,这不过是人情上应有的表示。

凯歇斯　我不怪你把凯撒这样赞美;可是你预备怎样跟我们合作?你愿意做我们的一个同志呢,还是各行其是?

安东尼　我因为愿意跟你们合作,所以才跟你们握手;可是因为瞧见了凯撒,所以又说到旁的话头上去了,你们都是我的朋友,我愿意和你们大家相亲相爱,可是我希望你们能够向我解释为什么凯撒是一个危险的人物。

勃鲁托斯　我们倘没有正当的理由,那么今天这一种举动完全是野蛮的暴行了。要是你知道了我们所以要这样干的原因,安东尼,即使你是凯撒的儿子,你也会心悦诚服。

安东尼　那是我所要知道的一切。我还要向你们请求一件事,请你们准许我把他的尸体带到市场上去,让我以一个朋友的地位,在讲坛上为他说几句追悼的话。

勃鲁托斯　我们准许你,玛克·安东尼。

凯歇斯　勃鲁托斯,跟你说句话。(向勃鲁托斯旁白)你太不加考虑了;不要让安东尼发表他的追悼演说。你不知道人民听了他的话,将要受到多大的感动吗?

勃鲁托斯　对不起,我自己先要登上讲坛,说明我们杀死凯撒的理由;我还要声明安东尼将要说的话,事先曾经得到我们的许可,我们并且同意凯撒可以得到一切合礼的身后哀荣。这样不但对我们没有妨害,而且更可以博得舆论对我们的同情。

凯歇斯  我不知道那会引起什么结果;我不赞成这样做。

勃鲁托斯  玛克·安东尼,来,你把凯撒的遗体搬去。在你的哀悼演说里,你不能归罪我们,不过你可以照你所能想到的尽量称道凯撒的好处,同时你必须声明你说这样的话,曾经得到我们的许可;要不然的话,我们就不让你参加他的葬礼。还有你必须跟我在同一讲坛上演说,等我演说完了以后你再上去。

安东尼  就这样吧;我没有其他的奢望了。

勃鲁托斯  那么准备把尸体抬起来,跟着我们来吧。(除安东尼外同下。)

安东尼  啊!你这一块流血的泥土,你这有史以来最高贵的英雄的遗体,恕我跟这些屠夫们曲意周旋。愿灾祸降于溅泼这样宝贵的血的凶手!你的一处处伤口,好像许多无言的嘴,张开了它们殷红的嘴唇,要求我的舌头替它们向世人申诉;我现在就在这些伤口上预言:一个咒诅将要降临在人们的肢体上;残暴残酷的内乱将要使意大利到处陷于混乱;流血和破坏将要成为一时的风尚,恐怖的景象将要每天接触到人们的眼睛,以致于做母亲的人看见她们的婴孩被战争的魔手所肢解,也会毫不在乎地付之一笑;人们因为习惯于残杀,一切怜悯之心将要完全灭绝;凯撒的冤魂借着从地狱的烈火中出来的阿提①的协助,将要用一个君王的口气,向

---

① 阿提(Ate),希腊罗马神话中之复仇女神。

罗马的全境发出屠杀的号令,让战争的猛犬四出蹂躏,为了这一个万恶的罪行,大地上将要弥漫着呻吟求葬的臭皮囊。

　　一仆人上。

安东尼　你是侍候奥克泰维斯·凯撒的吗?

仆　人　是的,玛克·安东尼。

安东尼　凯撒曾经写信叫他到罗马来。

仆　人　他已经接到信,正在动身前来;他叫我口头对您说——(见尸体)啊,凯撒!——

安东尼　你的心肠很仁慈,你走开去哭吧。情感是容易感染的,看见你眼睛里悲哀的泪珠,我自己也忍不住流泪了。你的主人就来吗?

仆　人　他今晚耽搁在离罗马二十多哩的地方。

安东尼　赶快回去,告诉他这儿发生的事。这是一个悲伤的罗马,一个危险的罗马,现在还不是可以让奥克泰维斯安全居住的地方;快去,照这样告诉他。可是且慢,你必须等我把这尸体搬到市场上去了以后再回去;我要在那边用演说试探人民对于这些暴徒们所造成的惨剧有什么反应,你可以根据他们的表示,回去告诉年轻的奥克泰维斯关于这儿的一切情形。帮一帮我。(二人抬凯撒尸体同下。)

## 第二场　同前。大市场

　　勃鲁托斯、凯歇斯及一群市民上。

众市民　我们一定要得到满意的解释;让我们得到满意的解释。

勃鲁托斯　那么跟我来,朋友们,让我讲给你们听。凯歇斯,你到另外一条街上去,把听众分散分散。愿意听我的留在这

49

儿;愿意听凯歇斯的跟他去。我们将要公开宣布凯撒致死的原因。

市民甲　我要听勃鲁托斯讲。

市民乙　我要听凯歇斯讲;我们各人听了以后,可以把他们两人的理由比较比较。(凯歇斯及一部分市民下;勃鲁托斯登讲坛。)

市民丙　尊贵的勃鲁托斯上去了;静!

勃鲁托斯　请耐心听我讲完。各位罗马人,各位亲爱的同胞们!请你们静静地听我解释。为了我的名誉,请你们相信我;尊重我的名誉,这样你们就会相信我的话。用你们的智慧批评我;唤起你们的理智,给我一个公正的评断。要是在今天在场的群众中间,有什么人是凯撒的好朋友,我要对他说,勃鲁托斯也是和他同样地爱着凯撒。要是那位朋友问我为什么勃鲁托斯要起来反对凯撒,这就是我的回答:并不是我不爱凯撒,可是我更爱罗马。你们宁愿让凯撒活在世上,大家作奴隶而死呢,还是让凯撒死去,大家作自由人而生?因为凯撒爱我,所以我为他流泪;因为他是幸运的,所以我为他欣慰;因为他是勇敢的,所以我尊敬他;因为他有野心,所以我杀死他。我用眼泪报答他的友谊,用喜悦庆祝他的幸运,用尊敬崇扬他的勇敢,用死亡惩戒他的野心。这儿有谁愿意自甘卑贱,做一个奴隶?要是有这样的人,请说出来;因为我已经得罪他了。这儿有谁愿意自居化外,不愿做一个罗马人?要是有这样的人,请说出来;因为我已经得罪他了。这儿有谁愿意自处下流,不爱他的国家?要是有这样的人,请说出来;因为我已经得罪他了。我等待着答复。

众市民　没有,勃鲁托斯,没有。

勃鲁托斯　那么我没有得罪什么人。我怎样对待凯撒,你们也可以怎样对待我。他的遇害的经过已经记录在议会的案卷上,他的彪炳的功绩不曾被抹杀,他的错误虽使他伏法受诛,也不曾过分夸大。

　　　　安东尼及余人等抬凯撒尸体上。

勃鲁托斯　玛克·安东尼护送着他的遗体来了。虽然安东尼并不预闻凯撒的死,可是他将要享受凯撒死后的利益,他可以在共和国中得到一个地位,正像你们每一个人都是共和国中的一分子一样。当我临去之前,我还要说一句话:为了罗马的好处,我杀死了我的最好的朋友,要是我的祖国需要我的死,那么无论什么时候,我都可以用那同一把刀子杀死我自己。

众市民　不要死,勃鲁托斯!不要死!不要死!
市民甲　用欢呼护送他回家。
市民乙　替他立一座雕像,和他的祖先们在一起。
市民丙　让他做凯撒。
市民丁　让凯撒的一切光荣都归于勃鲁托斯。
市民甲　我们要一路欢呼送他回去。
勃鲁托斯　同胞们——
市民乙　静!别闹!勃鲁托斯讲话了。
市民甲　静些!
勃鲁托斯　善良的同胞们,让我一个人回去,为了我的缘故,留在这儿听安东尼有些什么话说。你们应该尊敬凯撒的遗体,静听玛克·安东尼赞美他的功业的演说;这是我们已经允许他的。除了我一个人以外,请你们谁也不要走开,等安东尼讲完了他的话。(下。)

市民甲　大家别走！让我们听玛克·安东尼讲话。

市民丙　让他登上讲坛；我们要听他讲话。尊贵的安东尼，上去。

安东尼　为了勃鲁托斯的缘故，我感激你们的好意。（登坛。）

市民丁　他说勃鲁托斯什么话？

市民丙　他说，为了勃鲁托斯的缘故，他感激我们的好意。

市民丁　他最好不要在这儿说勃鲁托斯的坏话。

市民甲　这凯撒是个暴君。

市民丙　嗯，那是不用说的；幸亏罗马除掉了他。

市民乙　静！让我们听听安东尼有些什么话说。

安东尼　各位善良的罗马人——

众市民　静些！让我们听他说。

安东尼　各位朋友，各位罗马人，各位同胞，请你们听我说；我是来埋葬凯撒，不是来赞美他。人们做了恶事，死后免不了遭人唾骂，可是他们所做的善事，往往随着他们的尸骨一齐入土；让凯撒也这样吧。尊贵的勃鲁托斯已经对你们说过，凯撒是有野心的；要是真有这样的事，那诚然是一个重大的过失，凯撒也为了它付出残酷的代价了。现在我得到勃鲁托斯和他的同志们的允许——因为勃鲁托斯是一个正人君子，他们也都是正人君子——到这儿来在凯撒的丧礼中说几句话。他是我的朋友，他对我是那么忠诚公正；然而勃鲁托斯却说他是有野心的，而勃鲁托斯是一个正人君子。他曾经带许多俘虏回到罗马来，他们的赎金都充实了公家的财库；这可以说是野心者的行径吗？穷苦的人哀哭的时候，凯撒曾经为他们流泪；野心者是不应当这样仁慈的。然而勃鲁托斯却说他是有野心的，而勃鲁托斯是一个正人君子。

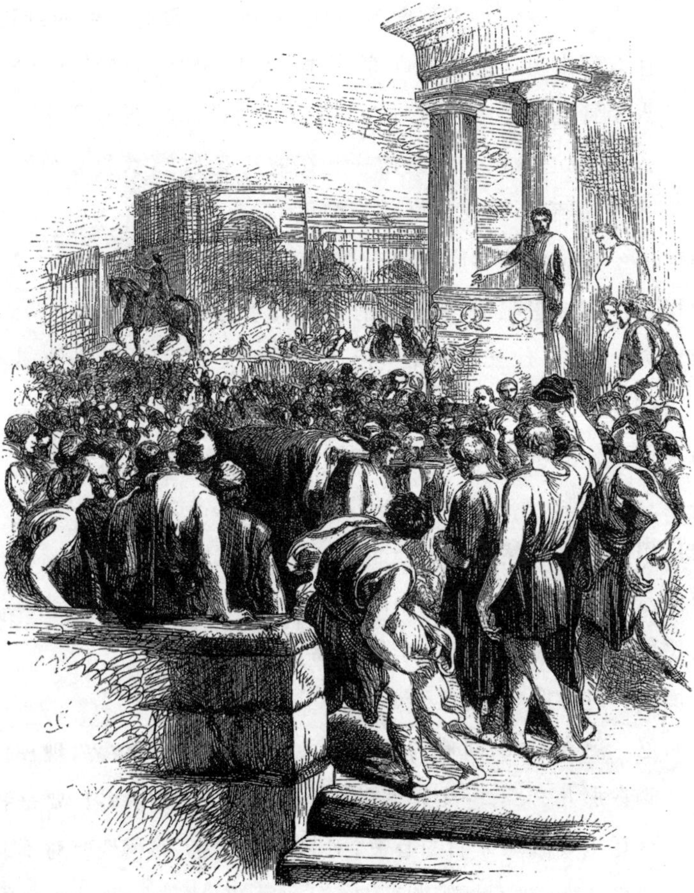

你们大家看见在卢柏克节的那天,我三次献给他一顶王冠,他三次都拒绝了;这难道是野心吗?然而勃鲁托斯却说他是有野心的,而勃鲁托斯的的确确是一个正人君子。我不是要推翻勃鲁托斯所说的话,我所说的只是我自己所知道的事实。你们过去都曾爱过他,那并不是没有理由的;那么什么理由阻止你们现在哀悼他呢?唉,理性啊!你已经遁入了野兽的心中,人们已经失去辨别是非的能力了。原谅我;我的心现在是跟凯撒一起在他的棺木之内,我必须停顿片刻,等它回到我自己的胸腔里。

市民甲　我想他的话说得很有道理。

市民乙　仔细想起来,凯撒是有点儿死得冤枉。

市民丙　列位,他死得冤枉吗?我怕换了一个人来,比他还不如哩。

市民丁　你们听见他的话吗?他不愿接受王冠;所以他的确一点没有野心。

市民甲　要是果然如此,有几个人将要付重大的代价。

市民乙　可怜的人!他的眼睛哭得像火一般红。

市民丙　在罗马没有比安东尼更高贵的人了。

市民丁　现在听着;他又开始说话了。

安东尼　就在昨天,凯撒的一句话可以抵御整个的世界;现在他躺在那儿,没有一个卑贱的人向他致敬。啊,诸君!要是我有意想要激动你们的心灵,引起一场叛乱,那我就要对不起勃鲁托斯,对不起凯歇斯;你们大家知道,他们都是正人君子。我不愿干对不起他们的事;我宁愿对不起死人,对不起我自己,对不起你们,却不愿对不起这些正人君子。可是这儿有一张羊皮纸,上面盖着凯撒的印章;那是我在他的卧室里找到的一张遗嘱。只要让民众一听到这张遗嘱上的话——原谅我,我现在还不想把它宣读——他们就会去吻凯撒尸体上的伤口,用手巾去蘸他神圣的血,还要乞讨他的一根头发回去作纪念,当他们临死的时候,将要在他们的遗嘱上郑重提起,作为传给后嗣的一项贵重的遗产。

市民丁　我们要听那遗嘱;读出来,玛克·安东尼。

众市民　遗嘱,遗嘱!我们要听凯撒的遗嘱。

安东尼　耐心吧,善良的朋友们;我不能读给你们听。你们不应该知道凯撒多么爱你们。你们不是木头,你们不是石块,你们是人;既然是人,听见了凯撒的遗嘱,一定会激起你们心中的火焰,一定会使你们发疯。你们还是不要知道你们是他的后嗣;要是你们知道了,啊!那将会引起一场什么乱子来呢?

市民丁　读那遗嘱!我们要听,安东尼;你必须把那遗嘱读给我们听,那凯撒的遗嘱。

安东尼　你们不能忍耐一些吗?你们不能等一会儿吗?是我一时失口告诉了你们这件事。我怕我对不起那些用刀子杀死凯撒的正人君子;我怕我对不起他们。

市民丁　他们是叛徒;什么正人君子!

众市民　遗嘱!遗嘱!

市民乙　他们是恶人、凶手。遗嘱!读那遗嘱!

安东尼　那么你们一定要逼迫我读那遗嘱吗?好,那么你们大家环绕在凯撒尸体的周围,让我给你们看看那写下这遗嘱的人。我可以下来吗?你们允许我吗?

众市民　下来。

市民乙　下来。(安东尼下坛。)

55

市民丙　我们允许你。

市民丁　大家站成一个圆圈。

市民甲　不要挨着棺材站着；不要挨着尸体站着。

市民乙　留出一些地位给安东尼，最尊贵的安东尼。

安东尼　不，不要挨得我这样紧；站得远一些。

众市民　退后！让出地位来！退后去！

安东尼　要是你们有眼泪，现在准备流起来吧。你们都认识这件外套；我记得凯撒第一次穿上它，是在一个夏天的晚上，在他的营帐里，就在他征服纳维人的那一天。瞧！凯歇斯的刀子是从这地方穿过的；瞧那狠心的凯斯卡割开了一道多深的裂口；他所深爱的勃鲁托斯就从这儿刺了一刀进去，当他拔出他那万恶的武器的时候，瞧凯撒的血是怎样汩汩不断地跟着它出来，好像急于涌到外面来，想要知道究竟是不是勃鲁托斯下这样无情的毒手；因为你们知道，勃鲁托斯是凯撒心目中的天使。神啊，请你们判断判断凯撒是多么爱他！这是最无情的一击，因为当尊贵的凯撒看见他行刺的时候，负心，这一柄比叛徒的武器更锋锐的利剑，就一直刺进了他的心脏，那时候他的伟大的心就碎裂了；他的脸给他的外套蒙着，他的血不停地流着，就在庞贝像座之下，伟大的凯撒倒下了。啊！那是一个多么惊人的陨落，我的同胞们；我、你们，我们大家都随着他一起倒下，残酷的叛逆却在我们头上耀武扬威。啊！现在你们流起眼泪来了，我看见你们已经天良发现；这些是真诚的泪滴。善良的人们，怎么！你们只看见我们凯撒衣服上的伤痕，就哭起来了吗？瞧这儿，这才是他自己，你们看，给叛徒们伤害到这个样子。

市民甲　啊，伤心的景象！

市民乙　啊,尊贵的凯撒!

市民丙　啊,不幸的日子!

市民丁　啊,叛徒!恶贼!

市民甲　啊,最残忍的惨剧!

市民乙　我们一定要复仇。

众市民　复仇!——动手!——捉住他们!——烧!放火!——杀!——杀!不要让一个叛徒活命。

安东尼　且慢,同胞们!

市民甲　静下来!听尊贵的安东尼讲话。

市民乙　我们要听他,我们要跟随他,我们要和他死在一起。

安东尼　好朋友们,亲爱的朋友们,不要让我把你们煽起这样一场暴动的怒潮。干这件事的人都是正人君子;唉!我不知道他们有些什么私人的怨恨,使他们干出这种事来,可是他们都是聪明而正直的,一定有理由可以答复你们。朋友们,我不是来偷取你们的心;我不是一个像勃鲁托斯那样能言善辩的人;你们大家都知道我不过是一个老老实实、爱我的朋友的人;他们也知道这一点,所以才允许我为他公开说几句话。因为我既没有智慧,又没有口才,又没有本领,我也不会用行动或言语来激动人们的血性;我不过照我心里所想到的说出来;我只是把你们已经知道的事情向你们提醒,给你们看看亲爱的凯撒的伤口,可怜的、可怜的无言之口,让它们代替我说话。可是假如我是勃鲁托斯,而勃鲁托斯是安东尼,那么那个安东尼一定会激起你们的愤怒,让凯撒的每一处伤口里都长出一条舌头来,即使罗马的石块也将要大受感动,奋身而起,向叛徒们抗争了。

众市民　我们要暴动!

市民甲　我们要烧掉勃鲁托斯的房子!

市民丙　那么去!来,捉那些奸贼们去!

安东尼　听我说,同胞们,听我说。

众市民　静些!——听安东尼说——最尊贵的安东尼。

安东尼　唉,朋友们,你们不知道你们将要去干些什么事。凯撒在什么地方值得你们这样爱他呢?唉!你们还没有知道,让我来告诉你们吧。你们已经忘记我对你们说起的那张遗嘱了。

众市民　不错。那遗嘱!让我们先听听那遗嘱。

安东尼　这就是凯撒盖过印的遗嘱。他给每一个罗马市民七十五个德拉克马①。

市民乙　最尊贵的凯撒!我们要为他的死复仇。

市民丙　啊,伟大的凯撒!

安东尼　耐心听我说。

众市民　静些!

安东尼　而且,他还把台伯河这一边的他的所有的步道、他的私人的园亭、他的新辟的花圃,全部赠给你们,永远成为你们世袭的产业,供你们自由散步游息之用。这样一个凯撒!几时才会有第二个同样的人?

市民甲　再也不会有了,再也不会有了!来,我们去,我们去!我们要在神圣的地方把他的尸体火化,就用那些火把去焚烧叛徒们的屋子。拾起这尸体来。

市民乙　去点起火来。

市民丙　把凳子拉下来烧。

———————

① 德拉克马(Drachma),古希腊货币名。

市民丁　把椅子、窗门——什么东西一起拉下来烧。(众市民抬尸体下。)

安东尼　现在让它闹起来吧；一场乱事已经发生，随它怎样发展下去吧！

　　　　一仆人上。

安东尼　什么事？

仆　人　大爷，奥克泰维斯已经到罗马了。

安东尼　他在什么地方？

仆　人　他跟莱必多斯都在凯撒家里。

安东尼　我立刻就去看他。他来得正好。命运之神现在很高兴，她会满足我们一切的愿望。

仆　人　我听他说勃鲁托斯和凯歇斯像疯子一样逃出了罗马的城门。

安东尼　大概他们已经注意到人民的态度，人民都被我煽动得十分激昂。领我到奥克泰维斯那儿去。(同下。)

## 第三场　同前。街道

　　　　诗人西那上。

诗人西那　昨天晚上我做了一个梦，梦里我跟凯撒在一起欢宴；许多不祥之兆萦回在我的脑际；我实在不想出来，可是不知不觉地又跑到门外来了。

　　　　众市民上。

市民甲　你叫什么名字？

市民乙　你到哪儿去？

市民丙　你住在哪儿？

市民丁　你是一个结过婚的人,还是一个单身汉子?

市民乙　回答每一个人的问话,要说得爽爽快快。

市民甲　是的,而且要说得简简单单。

市民丁　是的,而且要说得明明白白。

市民丙　是的,而且最好要说得确确实实。

诗人西那　我叫什么名字?我到哪儿去?我住在哪儿?我是一个结过婚的人,还是一个单身汉子?我必须回答每一个人的问话,要说得爽爽快快、简简单单、明明白白,而且确确实实。我就明明白白地回答你们,我是一个单身汉子。

市民乙　那简直就是说,那些结婚的人都是糊里糊涂的家伙;我怕你免不了要挨我一顿打。说下去;爽爽快快地说。

诗人西那　爽爽快快地说,我是去参加凯撒的葬礼的。

市民甲　你用朋友的名义去参加呢,还是用敌人的名义?

诗人西那　用朋友的名义。

市民乙　那个问题他已经爽爽快快地回答了。

市民丁　你的住所呢?简简单单地说。

诗人西那　简简单单地说,我住在圣殿附近。

市民丙　先生,你的名字呢?确确实实地说。

诗人西那　确确实实地说,我的名字是西那。

市民乙　撕碎他的身体;他是一个奸贼。

诗人西那　我是诗人西那,我是诗人西那。

市民丁　撕碎他,因为他做了坏诗;撕碎他,因为他做了坏诗。

诗人西那　我不是参加叛党的西那。

市民乙　不管它,他的名字叫西那;把他的名字从他的心里挖出来,再放他去吧。

市民丙　撕碎他,撕碎他!来,火把!喂!火把!到勃鲁托斯家里,到凯歇斯家里;烧毁他们的一切。去几个人到狄歇斯家里,几个人到凯斯卡家里,还有几个人到里加律斯家里。去!去!(同下。)

# 第四幕

## 第一场　罗马。安东尼家中一室

　　　安东尼、奥克泰维斯及莱必多斯围桌而坐。

安东尼　那么这些人都是应该死的；他们的名字上都作了记号了。

奥克泰维斯　你的兄弟也必须死；你答应吗，莱必多斯？

莱必多斯　我答应。

奥克泰维斯　替他作了记号，安东尼。

莱必多斯　可是有一个条件，坡勃律斯也不能让他活命，他是你的外甥，安东尼。

安东尼　那么就把他处死；瞧，我用一个黑点注定他的死罪了。可是莱必多斯，你到凯撒家里去一趟，把他的遗嘱拿来，让我们决定怎样按照他的意旨替他处分遗产。

莱必多斯　什么！还要我到这儿来找你们吗？

奥克泰维斯　我们要是不在这儿，你到圣殿来找我们好了。（莱必多斯下。）

安东尼　这是一个不足齿数的庸奴，只好替别人供奔走之劳；像他这样的人，也配跟我们鼎足三分，在这世界上称雄道霸吗？

奥克泰维斯　你既然这样瞧不起他，为什么在我们判决哪几个人应当处死的时候，却愿意听从他的意见？

安东尼　奥克泰维斯，我比你多了几年人生经验；虽然我们把这种荣誉加在这个人的身上，使他替我们分去一部分诽谤，可是他负担他的荣誉将会像驴子负担黄金一样，在重荷之下呻吟流汗，不是被人牵曳，就是受人驱策，走一步路都要听我们的指挥；等他替我们把宝物载运到我们预定的地点以后，我们就可以卸下他的负担，把他赶走，让他像一头闲散的驴子一样，耸耸他的耳朵，在旷地上啃嚼他的草料。

奥克泰维斯　你可以照你的意思做；可是他不失为一个经验丰富的勇敢军人。

安东尼　我的马儿也是这样，奥克泰维斯；因为它久历戎行，所以我才用粮草饲养它。我教我的马儿怎样冲锋作战，怎样转弯，怎样停步，怎样向前驰突，它的身体的动作都要受我的精神的节制。莱必多斯也有几分正是如此；他一定要有人教导训练，有人命令他前进；他是一个没有独立精神的家伙，靠着腐败的废物滋养他自己，只知道掇拾他人的牙慧，人家已经习久生厌的事情，在他却还是十分新奇；不要讲起他，除非把他当作一件工具看待。现在，奥克泰维斯，让我们讲些重大的事情吧。勃鲁托斯和凯歇斯正在那儿招募兵马，我们必须立刻准备抵御；让我们集合彼此的力量，拉拢我们最好的朋友，运用我们所有的资财；让我们立刻就去举行会议，商讨怎样揭发秘密的阴谋，抗拒公开的攻击的方法吧。

奥克泰维斯　好，我们就去；我们已经到了存亡的关头，许多敌人环伺在我们的四周;还有许多虽然脸上装着笑容,我怕他们的心头却藏着无数的奸谋。(同下。)

## 第二场 萨狄斯附近的营地。勃鲁托斯营帐之前

鼓声;勃鲁托斯、路西律斯、路歇斯及兵士等上;泰提涅斯及品达勒斯自相对方向上。

勃鲁托斯　喂,站住!

路西律斯　喂,站住!口令!

勃鲁托斯　啊,路西律斯!凯歇斯就要来了吗?

路西律斯　他快要到了;品达勒斯奉他主人之命,来向您致敬。

(品达勒斯以信交勃鲁托斯。)

勃鲁托斯　他信上写得很是客气。品达勒斯,你的主人近来行动有些改变,也许是他用人失当,使我觉得有些事情办得很不满意;不过要是他就要来了,我想他一定会向我解释的。

品达勒斯　我相信我的尊贵的主人一定会向您证明他还是那样一个忠诚正直的人。

勃鲁托斯　我并不怀疑他。路西律斯,我问你一句话,他怎样接待你?

路西律斯　他对我很是客气;可是却不像从前那样亲热,言辞之间,也没有从前那样真诚坦白。

勃鲁托斯　你所讲的正是一个热烈的友谊冷淡下来的情形。路西律斯,你要是看见朋友之间用得着不自然的礼貌的时候,就可以知道他们的感情已经在开始衰落了。坦白质朴的忠诚,是用不着浮文虚饰的;可是没有真情的人,就像一匹尚未试步的倔强的驽马,表现出一副奔腾千里的姿态,等到一

受鞭策,就会颠踬泥涂,显出庸劣的本相。他的军队有没有开拔?

路西律斯　他们预备今晚驻扎在萨狄斯;大部分的人马是跟凯歇斯同来的。

勃鲁托斯　听!他到了。(内军队轻步行进)轻轻地上去迎接他。

　　　　　凯歇斯及兵士等上。

凯歇斯　喂,站住!

勃鲁托斯　喂,站住!口令!

兵士甲　站住!

兵士乙　站住!

兵士丙　站住!

凯歇斯　最尊贵的兄弟,你欺人太甚啦。

勃鲁托斯　神啊,判断我。我欺侮过我的敌人吗?要是我没有欺侮过敌人,我怎么会欺侮一个兄弟呢?

凯歇斯　勃鲁托斯,你用这种庄严的神气掩饰你给我的侮辱——

勃鲁托斯　凯歇斯,别生气;你有什么不痛快的事情,请你轻轻地说吧。当着我们这些兵士的面前,让我们不要争吵,不要让他们看见我们两人不和。打发他们走开;然后,凯歇斯,你可以到我的帐里来诉说你的怨恨;我一定听你。

凯歇斯　品达勒斯,向我们的将领下令,叫他们各人把队伍安顿在离这儿略远一点儿的地方。

勃鲁托斯　路西律斯,你也去下这样的命令;在我们的会谈没有完毕以前,谁也不准进入我们的帐内。叫路歇斯和泰提涅斯替我们把守帐门。(同下。)

## 第三场　勃鲁托斯帐内

　　　　　勃鲁托斯及凯歇斯上。

凯歇斯　你对我的侮辱，可以在这一件事情上看得出来：你把路歇斯·配拉定了罪，因为他在这儿受萨狄斯人的贿赂；可是我因为知道他的为人，写信来替他说情，你却置之不理。

勃鲁托斯　你在这种事情上本来就不该写信。

凯歇斯　在现在这种时候，不该为了一点儿小小的过失就把人谴责。

勃鲁托斯　让我告诉你，凯歇斯，许多人都说你自己的手心也很有点儿痒，常常为了贪图黄金的缘故，把官爵出卖给无功无能的人。

凯歇斯　我的手心痒！说这句话的人，倘不是勃鲁托斯，那么凭着神明起誓，这句话将要成为你的最后一句话。

勃鲁托斯　这种贪污的行为，因为有凯歇斯的名字作护符，所以惩罚还不曾显出它的威严来。

凯歇斯　惩罚！

勃鲁托斯　记得三月十五吗？伟大的凯撒不是为了正义的缘故而流血吗？倘不是为了正义，哪一个恶人可以加害他的身体？什么！我们曾经打倒全世界首屈一指的人物，因为他庇护盗贼；难道就在我们中间，竟有人甘心让卑污的贿赂玷污他的手指，为了盈握的废物，出卖我们伟大的荣誉吗？我宁愿做一头向月亮狂吠的狗，也不愿做这样一个罗马人。

凯歇斯　勃鲁托斯，不要向我吠叫；我受不了这样的侮辱。你这样逼迫我，全然忘记了你自己是什么人。我是一个军人，经验比你多,我知道怎样处置我自己的事情。

勃鲁托斯　哼,不见得吧,凯歇斯。

凯歇斯　我就是这样一个人。

勃鲁托斯　我说你不是。

凯歇斯　别再逼我吧,我快要忘记我自己了;留心你的安全,别再挑拨我了吧。

勃鲁托斯　去,卑鄙的小人!

凯歇斯　有这等事吗?

勃鲁托斯　听着,我要说我的话。难道我必须在你的暴怒之下退让吗?难道一个疯子的怒目就可以把我吓倒吗?

凯歇斯　神啊!神啊!我必须忍受这一切吗?

勃鲁托斯　这一切!嗯,还有哩。你去发怒到把你骄傲的心都气破了吧;给你的奴隶们看看你的脾气多大,让他们吓得乱抖吧。难道我必须让你吗?我必须侍候你的颜色吗?当你心里烦躁的时候,我必须诚惶诚恐地站在一旁,俯首听命吗?凭着神明起誓,即使你气破了肚子,也是你自己的事;因为从今天起,我要把你的发怒当作我的笑料呢。

凯歇斯　居然会有这样的一天吗?

勃鲁托斯　你说你是一个比我更好的军人;很好,你拿事实来证明你的夸口吧,那会使我十分高兴的。拿我自己来说,我很愿意向高贵的人学习呢。

凯歇斯　你在各方面侮辱我;你侮辱我,勃鲁托斯。我说我是一个经验比你丰富的军人,并没有说我是一个比你更好的军人;难道我说过"更好"这两个字吗?

勃鲁托斯　我不管你有没有说过。

凯歇斯　凯撒活在世上的时候,他也不敢这样激怒我。

勃鲁托斯　闭嘴,闭嘴!你也不敢这样挑惹他。

凯歇斯　我不敢!

勃鲁托斯　你不敢。

凯歇斯　什么!不敢挑惹他!

勃鲁托斯　你不敢挑惹他!

凯歇斯　不要太自恃你我的交情;我也许会做出一些将会使我后悔的事情来的。

勃鲁托斯　你已经做了你应该后悔的事。凯歇斯,凭你怎样恐吓,我都不怕;因为正直的居心便是我的有力的护身符,你那些无聊的恐吓,就像一阵微风吹过,引不起我的注意。我曾经差人来向你告借几个钱,你没有答应我;因为我不能用卑鄙的手段搜括金钱;凭着上天发誓,我宁愿剖出我的心来,把我一滴滴的血熔成钱币,也不愿从农人粗硬的手里辗转榨取他们污臭的锱铢。为了分发军队的粮饷,我差人来向你借钱,你却拒绝了我;凯歇斯可以有这样的行为吗?我会不会给卡厄斯·凯歇斯这样的答复?玛克斯·勃鲁托斯要是也会变得这样吝啬,锁住他的鄙贱的银箱,不让他的朋友们染指,那么神啊,用你们的雷火把他殛得粉碎吧!

凯歇斯　我没有拒绝你。

勃鲁托斯　你拒绝我的。

凯歇斯　我没有,传回我的答复的那家伙是个傻瓜。勃鲁托斯把我的心都劈碎了。一个朋友应当原谅他朋友的过失,可是勃鲁托斯却把我的过失格外夸大。

勃鲁托斯　我没有,是你自己对不起我。

凯歇斯　你不喜欢我。

勃鲁托斯　我不喜欢你的错误。

凯歇斯　一个朋友的眼睛决不会注意到这种错误。

勃鲁托斯　在一个佞人的眼中,即使有像俄林波斯山峰一样高大的错误,也会视而不见。

凯歇斯　来,安东尼,来,年轻的奥克泰维斯,你们向凯歇斯一个人复仇吧,因为凯歇斯已经厌倦于人世了:被所爱的人憎恨,被他的兄弟攻击,像一个奴隶似的受人呵斥,他的一切过失都被人注视记录,背诵得烂熟,作为当面揭发的罪状。啊！我可以从我的眼睛里哭出我的灵魂来。这是我的刀子,这儿是我的祖裸的胸膛,这里面藏着一颗比财神普路托斯的宝矿更富有、比黄金更贵重的心;要是你是一个罗马人,请把它挖出来吧,我拒绝给你金钱,却愿意把我的心献给你。就像你向凯撒行刺一样把我刺死了吧,因为我知道,即使在你最恨他的时候,你也爱他远胜于爱凯歇斯。

勃鲁托斯　插好你的刀子。你高兴发怒就发怒吧,高兴怎么干就怎么干吧。啊,凯歇斯！你的伙伴是一头羔羊,愤怒在他的身上,就像燧石里的火星一样,受到重大的打击,也会发出闪烁的光芒,可是一转瞬间就已经冷下去了。

凯歇斯　难道凯歇斯的伤心烦恼,只给他的勃鲁托斯作为笑料吗？

勃鲁托斯　我说那句话的时候,我自己也是脾气太坏。

凯歇斯　你也这样承认吗？把你的手给我。

勃鲁托斯　我连我的心也一起给你。

凯歇斯　啊,勃鲁托斯！

勃鲁托斯　什么事？

凯歇斯　我的母亲给了我这副暴躁的脾气,使我常常忘记我自己,看在我们友谊的情分上,你能够原谅我吗？

勃鲁托斯　是的,我原谅你;从此以后,要是你有时候跟你的勃鲁托斯过分认真,他会当作是你母亲在那儿发脾气,一切都不介意。(内喧声。)

诗　人　(在内)让我进去瞧瞧两位将军;他们彼此之间有些争执,不应该让他们两人在一起。

路西律斯　(在内)你不能进去。

诗　人　(在内)除了死,什么都不能阻止我。

　　　　　诗人上,路西律斯、泰提涅斯及路歇斯随后。

凯歇斯　怎么!什么事?

诗　人　呸,你们这些将军们!你们是什么意思?你们应该相亲相爱,做两个要好的朋友;我的话不会有错,我比你们谁都活得长久。

凯歇斯　哈哈!这个玩世的诗人吟的诗句多臭!

勃鲁托斯　滚出去,放肆的家伙,去!

凯歇斯　不要生他的气,勃鲁托斯;这是他的习惯。

勃鲁托斯　谁叫他胡说八道。在这样战争的年代,要这些胡诌几句歪诗的傻瓜们做什么用?滚开,家伙!

凯歇斯　去,去!出去!(诗人下。)

勃鲁托斯　路西律斯,泰提涅斯,传令各将领,叫他们今晚准备把队伍安营。

凯歇斯　你们传过了令,就带梅萨拉一起回来。(路西律斯、泰提涅斯同下。)

勃鲁托斯　路歇斯,倒一杯酒来!(路歇斯下。)

凯歇斯　我没有想到你会这样动怒。

勃鲁托斯　啊,凯歇斯!我心里有许多烦恼。

凯歇斯　要是你让偶然的不幸把你困扰,那么你自己的哲学对你就毫无用处了。

勃鲁托斯　谁也不比我更能忍受悲哀;鲍西娅已经死了。

凯歇斯　什么!鲍西娅!

勃鲁托斯　她死了。

凯歇斯　我刚才跟你这样吵嘴,你居然没有把我杀死,真是侥幸!唉,难堪的、痛心的损失!害什么病死的?

勃鲁托斯　她因为舍不得跟我远别,又听到了奥克泰维斯和玛克·安东尼的势力这样强大的消息,变得心神狂乱,乘着仆人不在的时候,把火吞了下去。

凯歇斯　就是这样死了吗?

勃鲁托斯　就是这样死了。

凯歇斯　永生的神啊!

　　　　路歇斯持酒及烛重上。

勃鲁托斯　不要再说起她。给我一杯酒。凯歇斯,在这一杯酒里,我捐弃了一切猜嫌。(饮酒。)

凯歇斯　我的心企望着这样高贵的誓言,有如渴者的思饮。来,路歇斯,给我倒满这一杯,我喝着勃鲁托斯的友情,是永远不会餍足的。(饮酒。)

勃鲁托斯　进来,泰提涅斯。(路歇斯下。)

　　　　泰提涅斯率梅萨拉重上。

勃鲁托斯　欢迎,好梅萨拉。让我们现在围烛而坐,讨论我们重要的事情。

凯歇斯　鲍西娅,你去了吗?

勃鲁托斯　请你不要说了。梅萨拉,我已经得到信息,说是奥克泰维斯那小子跟玛克·安东尼带了一支强大的军队,向腓利比进发,要来攻击我们了。

71

梅萨拉　我也得到同样的信息。

勃鲁托斯　你还知道什么其他的事情？

梅萨拉　听说奥克泰维斯、安东尼和莱必多斯三人用非法的手段，把一百个元老宣判了死刑。

勃鲁托斯　那么我们听到的略有不同；我得到的消息是七十个元老被他们判决处死，西塞罗也是其中的一个。

凯歇斯　西塞罗也是一个！

梅萨拉　西塞罗也被他们判决处死。您没有从您的夫人那儿得到信息吗？

勃鲁托斯　没有，梅萨拉。

梅萨拉　别人给您的信上也没有提起她吗？

勃鲁托斯　没有，梅萨拉。

梅萨拉　那可奇怪了。

勃鲁托斯　你为什么问起？你听见什么关于她的消息吗？

梅萨拉　没有，将军。

勃鲁托斯　你是一个罗马人，请你老实告诉我。

梅萨拉　那么请您用一个罗马人的精神，接受我告诉您的噩耗：尊夫人已经死了，而且死得很奇怪。

勃鲁托斯　那么再会了，鲍西娅！我们谁都不免一死，梅萨拉；想到她总有一天会死去，使我现在能够忍受这一个打击。

梅萨拉　这才是伟大的人物善处拂逆的精神。

凯歇斯　我可以在表面上装得跟你同样镇定，可是我的天性却受不了这样的打击。

勃鲁托斯　好，讲我们活人的事吧。你们以为我们应不应该立刻向腓利比进兵？

凯歇斯　我想这不是顶好的办法。

勃鲁托斯　你有什么理由？

凯歇斯　我的理由是这样的：我们最好让敌人来找寻我们，这样可以让他们糜费军需，疲劳兵卒，削弱他们自己的实力；我们却可以以逸待劳，蓄养我们的精锐。

勃鲁托斯　你的理由果然很对，可是我却有比你更好的理由。在腓利比到这儿之间一带地方的人民，都是因为被迫而归顺我们的，他们心里都怀着怨恨，对于我们的征敛早就感到不满。敌人一路前来，这些人民一定会加入他们的队伍，增强他们的力量。要是我们到腓利比去向敌人迎击，把这些人民留在后方，就可以避免给敌人这一种利益。

凯歇斯　听我说，好兄弟。

勃鲁托斯　请你原谅。你还要注意，我们已经集合我们所有的友人，我们的军队已经达到最高的数量，我们行动的时机已经完全成熟；敌人的力量现在还在每天增加中，我们在全盛的顶点上，却有日趋衰落的危险。世事的起伏本来是波浪式的，人们要是能够趁着高潮一往直前，一定可以功成名就；要是不能把握时机，就要终身蹭蹬，一事无成。我们现在正在满潮的海上漂浮，倘不能顺水行舟，我们的事业就会一败涂地。

凯歇斯　那么就照你的意思办吧；我们要亲自前去，在腓利比和他们相会。

勃鲁托斯　我们贪着谈话，不知不觉夜已经深了。疲乏了的精神，必须休息片刻。没有别的话了吗？

凯歇斯　没有了。晚安；明天我们一早就起来，向前方出发。

勃鲁托斯　路歇斯！

　　　路歇斯重上。

勃鲁托斯　拿我的睡衣来。(路歇斯下)再会,好梅萨拉;晚安,泰提涅斯。尊贵的、尊贵的凯歇斯,晚安,愿你好好安息。

凯歇斯　啊,我的亲爱的兄弟!今天晚上的事情真是不幸;但愿我们的灵魂之间再也没有这样的分歧!让我们以后再也不要这样,勃鲁托斯。

勃鲁托斯　什么事情都是好好的。

凯歇斯　晚安,将军。

勃鲁托斯　晚安,好兄弟。

泰提涅斯
梅　萨　拉　晚安,勃鲁托斯将军。

勃鲁托斯　各位再会。(凯歇斯、泰提涅斯、梅萨拉同下。)

　　　路歇斯持睡衣重上。

勃鲁托斯　把睡衣给我。你的乐器呢?

路歇斯　就在这儿帐里。

勃鲁托斯　什么!你说话好像在瞌睡一般?可怜的东西,我不怪你;你睡得太少了。把克劳狄斯和什么其他的仆人叫来;我要叫他们搬两个垫子来睡在我的帐内。

路歇斯　凡罗!克劳狄斯!

　　　凡罗及克劳狄斯上。

凡　罗　主人呼唤我们吗?

勃鲁托斯　请你们两个人就在我的帐内睡下;也许等会儿我有事情要叫你们起来到我的兄弟凯歇斯那边去。

凡　罗　我们愿意站在这儿侍候您。

勃鲁托斯　我不要这样;睡下来吧,好朋友们;也许我没有什么事情。瞧,路歇斯,这就是我找来找去找不到的那本书;我把它放在我的睡衣口袋里了。(凡罗、克劳狄斯睡下。)

路歇斯　我原说您没有把它交给我。

勃鲁托斯　原谅我,好孩子,我的记性太坏了。你能不能够暂时睁开你的倦眼,替我弹一两支曲子?

路歇斯　好的,主人,要是您喜欢的话。

勃鲁托斯　我很喜欢,我的孩子。我太麻烦你了,可是你很愿意出力。

路歇斯　这是我的责任,主人。

勃鲁托斯　我不应该勉强你尽你能力以上的责任;我知道年轻人是需要休息的。

路歇斯　主人,我早已睡过了。

勃鲁托斯　很好,一会儿我就让你再去睡睡;我不愿耽搁你太久的时间。要是我还能够活下去,我一定不会亏待你。(音乐,路歇斯唱歌)这是一支催眠的乐曲;啊,杀人的睡眠!你把你的铅矛加在为你奏乐的我的孩子的身上了吗?好孩子,晚安;我不愿惊醒你的好梦。也许你在瞌睡之中,会打碎了你的乐器;让我替你拿去吧;好孩子,晚安。让我看,让我看,我上次没有读完的地方,不是把书页折下的吗?我想就是这儿。

　　　　凯撒幽灵上。

勃鲁托斯　这蜡烛的光怎么这样暗!嘿!谁来啦?我想我的眼睛有点儿昏花,所以会看见鬼怪。它走近我的身边来了。你是什么东西?你是神呢,天使呢,还是魔鬼,吓得我浑身冷汗,头发直竖?对我说你是什么。

幽　灵　你的冤魂,勃鲁托斯。

勃鲁托斯　你来干什么?

幽　灵　我来告诉你,你将在腓利比看见我。

勃鲁托斯　好,那么我将要再看见你吗?

幽　灵　是的,在腓利比。

勃鲁托斯　好,那么我们在腓利比再见。(幽灵隐去)我刚鼓起一些勇气,你又不见了;冤魂,我还要跟你谈话。孩子,路歇斯!凡罗!克劳狄斯!喂,大家醒醒!克劳狄斯!

路歇斯　主人,弦子还没有调准呢。

勃鲁托斯　他以为他还在弹他的乐器呢。路歇斯,醒来!

路歇斯　主人!

勃鲁托斯　路歇斯,你做了什么梦,在梦中叫喊吗?

路歇斯　主人,我不知道我曾经叫喊过。

勃鲁托斯　你曾经叫喊过。你看见什么没有?

路歇斯　没有,主人。

勃鲁托斯　再睡吧,路歇斯。喂,克劳狄斯!你这家伙!醒来!

凡　罗　主人!

克劳狄斯　主人!

勃鲁托斯　你们为什么在睡梦里大呼小叫的?

凡　罗
克劳狄斯　我们在睡梦里叫喊吗,主人?

勃鲁托斯　嗯,你们瞧见什么没有?

凡　罗　没有,主人,我没有瞧见什么。

克劳狄斯　我也没有瞧见什么,主人。

勃鲁托斯　去向我的兄弟凯歇斯致意,请他赶快先把他的军队开拔,我们随后就来。

凡　罗
克劳狄斯　是,主人。(各下。)

# 第 五 幕

### 第一场　腓利比平原

*奥克泰维斯及安东尼率军队上。*

奥克泰维斯　现在,安东尼,我们的希望已经得到事实的答复了。你说敌人一定坚守山岭高地,不会下来;事实却并不如此,他们的军队已经向我们逼近,似乎有意要在这儿腓利比用先发制人的手段,给我们一个警告。

安东尼　嘿!我熟悉他们的心理,知道他们为什么这样做。他们的目的无非是想先声夺人,让我们看见他们的汹汹之势,认为他们的士气非常旺盛;其实完全不是这样。

*一使者上。*

使　者　两位将军,请你们快些准备起来,敌人正在那儿浩浩荡荡地开过来了;他们已经挂出挑战的旗号,我们必须立刻布置防御的策略。

安东尼　奥克泰维斯,你带领你的一支军队向战地的左翼缓缓前进。

奥克泰维斯　我要向右翼迎击;你去打左翼。

安东尼　为什么你要在这样紧急的时候跟我闹别扭?

奥克泰维斯　我不跟你闹别扭;可是我要这样。(军队行进。)

　　　　鼓声;勃鲁托斯及凯歇斯率军队上;路西律斯、泰提涅斯、梅萨拉及余人等同上。

勃鲁托斯　他们站住了,要跟我们谈判。

凯歇斯　站定,泰提涅斯;我们必须出阵跟他们谈话。

奥克泰维斯　玛克·安东尼,我们要不要发出交战的号令?

安东尼　不,凯撒,等他们向我们进攻的时候,我们再去应战。上去;那几位将军们要谈几句话哩。

奥克泰维斯　不要动,等候号令。

勃鲁托斯　先礼后兵,是不是,各位同胞们?

奥克泰维斯　我们倒不像您那样喜欢空话。

勃鲁托斯　奥克泰维斯,良好的言语胜于拙劣的刺击。

安东尼　勃鲁托斯,您用拙劣的刺击来说您的良好的言语:瞧您刺在凯撒心上的创孔,它们在喊着,"凯撒万岁!"

凯歇斯　安东尼,我们还没有领教过您的剑法;可是我们知道您的舌头上涂满了蜜,蜂巢里的蜜都给你偷光了。

安东尼　我没有把蜜蜂的刺也一起偷走吧?

勃鲁托斯　啊,是的,您连它们的声音也一起偷走了;因为您已经学会了在刺人之前,先用嗡嗡的声音向人威吓。

安东尼　恶贼!你们在凯撒的旁边拔出你们万恶的刀子来的时候,是连半句声音也不透出来的;你们像猴子一样露出你们的牙齿,像狗子一样摇尾乞怜,像奴隶一样卑躬屈节,吻着凯撒的脚;该死的凯斯卡却像一条恶狗似的躲在背后,向凯撒的脖子上挥动他的凶器。啊,你们这些谄媚的家伙!

凯歇斯　谄媚的家伙!勃鲁托斯,谢谢你自己吧。早依了凯歇斯的话,今天决不让他把我们这样信口侮辱。

奥克泰维斯　不用多说；辩论不过使我们流汗，我们却要用流血来判断双方的曲直。瞧，我拔出这一柄剑来跟叛徒们决战；除非等到凯撒身上三十三处伤痕的仇恨完全报复或者另外一个凯撒也死在叛徒们的刀剑之下，这一柄剑是永远不收回去的。

勃鲁托斯　凯撒，你不会死在叛徒们的手里，除非那些叛徒就在你自己的左右。

奥克泰维斯　我也希望这样；天生下我来，不是要我死在勃鲁托斯的剑上的。

勃鲁托斯　啊！孩子，即使你是你的家门中最高贵的后裔，能够死在勃鲁托斯剑上，也要算是莫大的荣幸呢。

凯歇斯　像他这样一个顽劣的学童，跟一个跳舞喝酒的浪子在一起，才不值得污我们的刀剑。

安东尼　还是从前的凯歇斯！

奥克泰维斯　来，安东尼，我们去吧！叛徒们，我们现在当面向你们挑战；要是你们有胆量的话，今天就在战场上相见，否则等你们有了勇气再来。（奥克泰维斯、安东尼率军队下。）

凯歇斯　好，现在狂风已经吹起，波涛已经澎湃，船只要在风浪中颠簸了！一切都要信托给不可知的命运。

勃鲁托斯　喂！路西律斯！有话对你说。

路西律斯　什么事，主将？（勃鲁托斯、路西律斯在一旁谈话。）

凯歇斯　梅萨拉！

梅萨拉　主将有什么吩咐？

凯歇斯　梅萨拉，今天是我的生日；就在这一天，凯歇斯诞生到世上。把你的手给我，梅萨拉。请你做我的见证，正像从前庞贝一样，我是因为万不得已，才把我们全体的自由在这一

79

次战役中作孤注一掷的。你知道我一向很信仰伊璧鸠鲁①的见解;现在我的思想却改变了,有些相信起预兆来了。我们从萨狄斯开拔前来的时候,有两头猛鹰从空中飞下,栖止在我们从前那个旗手的肩上;它们常常啄食我们兵士手里的食物,一路上跟我们作伴,一直到这儿腓利比。今天早晨它们却飞去不见了,代替着它们的,只有一群乌鸦鸱鸢,在我们的头顶盘旋,好像把我们当作垂毙的猎物一般;它们的黑影像是一顶不祥的华盖,掩覆着我们末日在迩的军队。

梅萨拉　不要相信这种事。

凯歇斯　我也不完全相信,因为我的精神很兴奋,我已经决心用坚定不拔的意志,抵御一切的危难。

勃鲁托斯　就这样吧,路西律斯。

凯歇斯　最尊贵的勃鲁托斯,愿神明今天护佑我们,使我们能够在太平的时代做一对亲密的朋友,直到我们的暮年!可是既然人事是这样无常,让我们也考虑到万一的不幸。要是我们这次战败了,那么现在就是我们最后一次的聚首谈心;请问你在那样的情形之下,准备怎么办?

勃鲁托斯　凯图自杀的时候,我曾经对他这一种举动表示不满;我不知道为什么,可是总觉得为了惧怕可能发生的祸患而结束自己的生命,是一件懦弱卑劣的行动;我现在还是根据这一种观念,决心用坚韧的态度,等候主宰世人的造化所给予我的命运。

凯歇斯　那么,要是我们失败了,你愿意被凯旋的敌人拖来拖

---

① 伊璧鸠鲁(Epicurus,公元前341—公元前270),希腊倡无神论的享乐主义派哲学家。

去,在罗马的街道上游行吗？

勃鲁托斯　不,凯歇斯,不。尊贵的罗马人,你不要以为勃鲁托斯会有一天被人绑着回到罗马；他是有一颗太高傲的心的。可是今天这一天必须结束三月十五所开始的工作；我不知道我们能不能再有见面的机会,所以让我们从此永诀吧。永别了,永别了,凯歇斯！要是我们还能相见,那时候我们可以相视而笑；否则今天就是我们生离死别的日子。

凯歇斯　永别了,永别了,勃鲁托斯！要是我们还能相见,那时候我们一定相视而笑；否则今天真的是我们生离死别的日子了。

勃鲁托斯　好,那么前进吧。唉！要是一个人能够预先知道一天的工作的结果——可是一天的时间是很容易过去的,那结果也总会见到分晓。来啊！我们去吧！（同下。）

## 第二场　同前。战场

号角声；勃鲁托斯及梅萨拉上。

勃鲁托斯　梅萨拉,赶快骑马前去,传令那一方面的军队,（号角大鸣）叫他们立刻冲上去,因为我看见奥克泰维斯带领的那支军队打得很没有劲,迅速的进攻可以把他们一举击溃。赶快骑马前去,梅萨拉；叫他们全军向敌人进攻。（同下。）

## 第三场　战场的另一部分

号角声；凯歇斯及泰提涅斯上。

凯歇斯　啊！瞧,泰提涅斯,瞧,那些坏东西逃得多快。我自己也变成了我自己的仇敌;这是我的旗手,我看见他想要转身逃走,把这懦夫杀了,抢过了这军旗。

泰提涅斯　啊,凯歇斯!勃鲁托斯把号令发得太早了;他因为对奥克泰维斯略占优势,自以为胜利在握;他的军队忙着搜掠财物,我们却给安东尼全部包围起来。

　　品达勒斯上。

品达勒斯　再逃远一些,主人,再逃远一些;玛克·安东尼已经进占您的营帐了,主人。快逃,尊贵的凯歇斯,逃得远远的。

凯歇斯　这座山头已经够远了。瞧,瞧,泰提涅斯;那边有火的地方,不就是我的营帐吗?

泰提涅斯　是的,主将。

凯歇斯　泰提涅斯,要是你爱我,请你骑了我的马,着力加鞭,到那边有军队的所在探一探,再飞马回来向我报告,让我知道他们究竟是友军还是敌军。

泰提涅斯　是,我就去就来。(下。)

凯歇斯　品达勒斯,你给我登上那座山顶;我的眼睛看不大清楚;留意看着泰提涅斯,告诉我你所见到的战场上的情形。(品达勒斯登山)我今天第一次透过一口气来;时间在循环运转,我在什么地方开始,也要在什么地方终结;我的生命已经走完了它的途程。喂,看见什么没有?

品达勒斯　(在上)啊,主人!

凯歇斯　什么消息?

品达勒斯　泰提涅斯给许多骑马的人包围在中心,他们都向他策马而前;可是他仍旧向前飞奔,现在他们快要追上他了;赶快,泰提涅斯,现在有人下马了;嗳哟!他也下马了;他给他们捉去了;(内欢呼声)听!他们在欢呼。

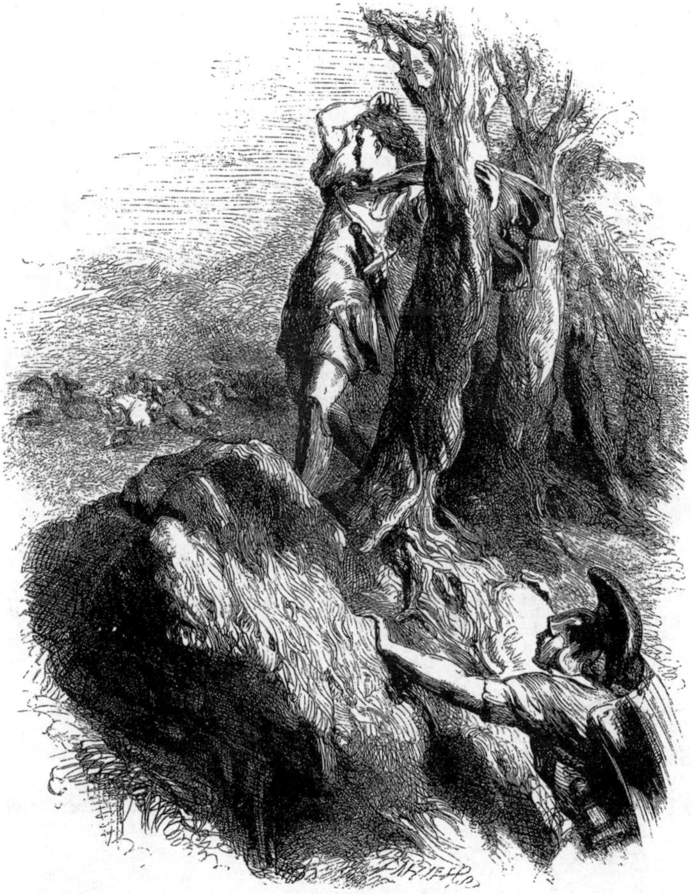

凯歇斯　下来,不要再看了。唉,我真是一个懦夫,眼看着我的最好的朋友在我的面前给人捉去,我自己却还在这世上偷生苟活!

　　　　品达勒斯下山。

凯歇斯　过来,小子。你在巴底亚做了我的俘虏,我免了你一死,叫你对我发誓,无论我吩咐你做什么事,你都要照着做。现在你来,履行你的誓言;我让你从此做一个自由人;这柄曾经穿过凯撒心脏的好剑,你拿着它往我的胸膛里刺进去吧。不用回答我的话;来,把剑柄拿在手里;等我把脸遮上了,你就动手。好,凯撒,我用杀死你的那柄剑,替你复了仇了。(死。)

品达勒斯　现在我已经自由了;可是那却不是我自己的意思。凯歇斯啊,品达勒斯将要远远离开这一个国家,到没有一个罗马人可以看见他的地方去。(下。)

　　　　泰提涅斯及梅萨拉重上。

梅萨拉　泰提涅斯,双方的胜负刚刚互相抵消;因为一方面奥克泰维斯被勃鲁托斯的军队打败,一方面凯歇斯的军队也给安东尼打败。

泰提涅斯　这些消息很可以安慰安慰凯歇斯。

梅萨拉　你在什么地方离开他?

泰提涅斯　就在这座山上,垂头丧气地跟他的奴隶品达勒斯在一起。

梅萨拉　躺在地上的不就是他吗?

泰提涅斯　他躺着的样子好像已经死了。啊,我的心!

梅萨拉　那不是他吗?

泰提涅斯　不,梅萨拉,这个人从前是他,现在凯歇斯已经不在人世了。啊,没落的太阳!正像你今晚沉没在你红色的光辉中一样,凯歇斯的白昼也在他的赤血之中消隐了;罗马的太阳已经沉没了下去。我们的白昼已经过去;黑云、露水和危险正在袭来;我们的事业已成灰烬了。他因为不相信我能够不辱使命,所以才干出这件事来。

梅萨拉　他因为不相信我们能够得到胜利,所以才干出这件事来。啊,可恨的错误,你忧愁的产儿!为什么你要在人们灵敏的脑海里造成颠倒是非的幻象?你一进入人们的心中,便给他们带来了悲惨的结果。

泰提涅斯　喂,品达勒斯!你在哪儿,品达勒斯?

梅萨拉　泰提涅斯,你去找他,让我去见勃鲁托斯,把这刺耳的消息告诉他;勃鲁托斯听见了这个消息,一定会比锋利的刀刃、有毒的箭镞贯进他的耳中还要难过。

泰提涅斯　你去吧,梅萨拉;我先在这儿找一找品达勒斯。(梅萨拉下)勇敢的凯歇斯,为什么你要叫我去呢?我不是碰见你的朋友了吗?他们不是把这胜利之冠加在我的额上,叫我回来献给你吗?你没有听见他们的欢呼吗?唉!你误会了一切。可是请你接受这一个花环,让我替你戴上吧;你的勃鲁托斯叫我把它送给你,我必须遵从他的命令。勃鲁托斯,快来,瞧我怎样向卡厄斯·凯歇斯尽我的责任。允许我,神啊;这是一个罗马人的天职:来,凯歇斯的宝剑,进入泰提涅斯的心里吧。(自杀)

　　号角声;梅萨拉率勃鲁托斯、小凯图、斯特莱托、伏伦涅斯及路西律斯重上。

勃鲁托斯　梅萨拉,梅萨拉,他的尸体在什么地方?

梅萨拉　瞧,那边;泰提涅斯正在他旁边哀泣。

85

勃鲁托斯　泰提涅斯的脸是向上的。

小凯图　他也死了。

勃鲁托斯　啊,裘力斯·凯撒!你到死还是有本领的!你的英灵不泯,借着我们自己的刀剑,洞穿我们自己的心脏。(号角低吹。)

小凯图　勇敢的泰提涅斯!瞧他替已死的凯歇斯加上胜利之冠了!

勃鲁托斯　世上还有两个和他们同样的罗马人吗?最后的罗马健儿,再会了!罗马再也不会产生可以和你匹敌的人物。朋友们,我对于这位已死的人,欠着还不清的眼泪。——慢慢地,凯歇斯,我会找到我的时间。——来,把他的尸体送到泰索斯去;他的葬礼不能在我们的营地上举行,因为恐怕影响军心。路西律斯,来;来,小凯图;我们到战场上去。拉琵奥、弗莱维斯,传令我们的军队前进。现在还只有三点钟;罗马人,在日落以前,我们还要在第二次的战争中试探我们的命运。(同下。)

## 第四场　战场的另一部分

　　号角声;两方兵士交战,勃鲁托斯、小凯图、路西律斯及余人等上。

勃鲁托斯　同胞们,啊!振起你们的精神!

小凯图　哪一个贱种敢退缩不前?谁愿意跟我来?我要在战场上到处宣扬我的名字:我是玛克斯·凯图的儿子!我是暴君的仇敌,祖国的朋友;我是玛克斯·凯图的儿子!

勃鲁托斯　我是勃鲁托斯,玛克斯·勃鲁托斯就是我;勃鲁托斯,祖国的朋友;请认明我是勃鲁托斯!(追击敌人下;小凯图被敌军围攻倒地。)

路西律斯　啊,年轻高贵的小凯图,你倒下了吗?啊,你现在像泰提涅斯一样勇敢地死了,你死得不愧为凯图的儿子。

兵士甲　不投降就是死。

路西律斯　我愿意投降,可是看在这许多钱的面上,请你们把我立刻杀死。(取钱赠兵士)你们杀死了勃鲁托斯,也算立了一件大大的功劳。

兵士甲　我们不能杀你。一个尊贵的俘虏!

兵士乙　喂,让开!告诉安东尼,勃鲁托斯已经捉住了。

兵士甲　我去传报这消息。主将来了。

　　　　安东尼上。

兵士甲　主将,勃鲁托斯已经捉住了。

安东尼　他在哪儿?

路西律斯　安东尼,勃鲁托斯还是安然无恙。我敢向你说一句,没有一个敌人可以把勃鲁托斯活捉;神明保佑他不致于遭到这样的耻辱!你们找到他的时候,不论是死的还是活的,他一定会保持他的堂堂的荣誉。

安东尼　朋友,这个人不是勃鲁托斯,可是也不是一个等闲之辈。不要伤害他,把他好生看待。我希望我有这样的人做我的朋友,而不是做我的仇敌。去,看看勃鲁托斯有没有死;有什么消息就到奥克泰维斯的营帐里来报告我们。(各下。)

## 第五场　战场的另一部分

　　　　勃鲁托斯、达台涅斯、克列特斯、斯特莱托及伏伦涅斯上。

勃鲁托斯　来,残余下来的几个朋友,在这块岩石上休息休息吧。

克列特斯　我们望见斯泰提律斯的火把,可是他没有回来;大概不是捉了去就是死了。

勃鲁托斯　坐下来,克列特斯。他一定死了;多少人都死了。听着,克列特斯。(向克列特斯耳语。)

克列特斯　什么,我吗,主人?不,那是万万不能的。

勃鲁托斯　那么算了!不要多说话。

克列特斯　我宁愿自杀。

勃鲁托斯　听着,达台涅斯。(向达台涅斯耳语。)

达台涅斯　我必须干这样一件事吗?

克列特斯　啊,达台涅斯!

达台涅斯　啊,克列特斯!

克列特斯　勃鲁托斯要求你干一件什么坏事?

达台涅斯　他要我杀死他,克列特斯。瞧,他在出神呆想。

克列特斯　他的高贵的心里装满了悲哀,甚至于在他的眼睛里流露出来。

勃鲁托斯　过来,好伏伦涅斯,听我一句话。

伏伦涅斯　主将有什么吩咐?

勃鲁托斯　是这样的,伏伦涅斯。凯撒的鬼魂曾经两次在夜里向我出现;一次在萨狄斯,一次就是昨天晚上,在这儿腓利比的战场上。我知道我的末日已经到了。

伏伦涅斯　不会有的事,主将。

勃鲁托斯　不,我确信我的末日已经到了,伏伦涅斯。你看大势已经变化到什么地步;我们的敌人已经把我们逼到了山穷水尽之境,与其等待他们来把我们推落深坑,还不如自己先跳下去。好伏伦涅斯,我们从前曾经在一起求学,看在我们旧日的交情分上,请你拿着我的剑柄,让我伏剑而死。

伏伦涅斯　主将,那不是一件可以叫一个朋友做的事。(号角声继续不断。)

克列特斯　快逃,快逃,主人!这儿是不能久留的。

勃鲁托斯　再会,你,你,还有你,伏伦涅斯。斯特莱托,你已经瞌睡了这大半天,再会了,斯特莱托。同胞们,我很高兴在我的一生之中,只有他还尽忠于我。我今天虽然战败了,可是将要享有比奥克泰维斯和玛克·安东尼在这次卑鄙的胜利中所得到的更大的光荣。大家再会了;勃鲁托斯的舌头已经差不多结束了他一生的历史;暮色罩在我的眼睛上,我的筋骨渴想得到它劳苦已久的安息。(号角声;内呼声,"逃啊,逃啊,逃啊!")

克列特斯　快逃吧,主人,快逃吧。

勃鲁托斯　去!我就来。(克列特斯、达台涅斯、伏伦涅斯同下)斯特莱托,请你不要去,陪着你的主人。你是一个心地很好的人,你的为人还有几分义气;拿着我的剑,转过你的脸,让我对准剑锋扑上去。你肯不肯这样做,斯特莱托?

斯特莱托　请您先允许我握一握您的手;再会了,主人。

勃鲁托斯　再会了,好斯特莱托。(扑身剑上)凯撒,你现在可以瞑目了;我杀死你的时候,还不及现在一半的坚决。(死。)

　　　　号角声;吹退军号;奥克泰维斯、安东尼、梅萨拉、路西律斯及军队上。

奥克泰维斯　那是什么人?

梅萨拉　我的主将的仆人。斯特莱托,你的主人呢?

斯特莱托　他已经永远脱离了加在你身上的那种被俘的命运

了,梅萨拉;胜利者只能在他身上举起一把火来,因为只有勃鲁托斯能够战胜他自己,谁也不能因他的死而得到荣誉。

路西律斯　勃鲁托斯的结果应当是这样的。谢谢你,勃鲁托斯,因为你证明了路西律斯的话并没有说错。

奥克泰维斯　所有跟随勃鲁托斯的人,我都愿意把他们收留下来。朋友,你愿意跟随我吗?

斯特莱托　好,只要梅萨拉肯把我举荐给您。

奥克泰维斯　你把他举荐给我吧,好梅萨拉。

梅萨拉　斯特莱托,我们的主将怎么死的?

斯特莱托　我拿了剑,他扑了上去。

梅萨拉　奥克泰维斯,他已经为我的主人尽了最后的义务,您把他收留下来吧。

安东尼　在他们那一群中间,他是一个最高贵的罗马人;除了他一个人以外,所有的叛徒们都是因为妒嫉凯撒而下毒手的;只有他才是激于正义的思想,为了大众的利益,而去参加他们的阵线。他一生善良,交织在他身上的各种美德,可以使造物肃然起立,向全世界宣告,"这是一个汉子!"

奥克泰维斯　让我们按照他的美德,给他应得的礼遇,替他殡葬如仪。他的尸骨今晚将要安顿在我的营帐里,他必须充分享受一个军人的荣誉。现在传令全军安息;让我们去分派今天的胜利的光荣吧。(同下。)

# 哈姆莱特

朱生豪 译
吴兴华 校

HAMLET.

Act V. Sc. 2.

# 剧 中 人 物

克劳狄斯　丹麦国王
哈姆莱特　前王之子,今王之侄
福丁布拉斯　挪威王子
霍拉旭　哈姆莱特之友
波洛涅斯　御前大臣
雷欧提斯　波洛涅斯之子
伏提曼德 ⎫
考尼律斯 ⎪
罗森格兰兹 ⎬ 朝臣
吉尔登斯吞 ⎪
奥斯里克 ⎭
侍臣
教士
马西勒斯 ⎫
　　　　 ⎬ 军官
勃那多　 ⎭
弗兰西斯科　兵士
雷奈尔多　波洛涅斯之仆
队长

英国使臣

众伶人

二小丑　掘坟墓者

乔特鲁德　丹麦王后,哈姆莱特之母

奥菲利娅　波洛涅斯之女

贵族、贵妇、军官、兵士、教士、水手、使者及侍从等

哈姆莱特父亲的鬼魂

## 地　点

艾尔西诺

# 第 一 幕

### 第一场　艾尔西诺。城堡前的露台

　　　　弗兰西斯科立台上守望。勃那多自对面上。

勃那多　那边是谁？

弗兰西斯科　不，你先回答我；站住，告诉我你是什么人。

勃那多　国王万岁！

弗兰西斯科　勃那多吗？

勃那多　正是。

弗兰西斯科　你来得很准时。

勃那多　现在已经打过十二点钟；你去睡吧，弗兰西斯科。

弗兰西斯科　谢谢你来替我；天冷得厉害，我心里也老大不舒服。

勃那多　你守在这儿，一切都很安静吗？

弗兰西斯科　一只小老鼠也不见走动。

勃那多　好，晚安！要是你碰见霍拉旭和马西勒斯，我的守夜的伙伴们，就叫他们赶紧来。

弗兰西斯科　我想我听见了他们的声音。喂，站住！你是谁？

　　　　霍拉旭及马西勒斯上。

霍拉旭　都是自己人。

马西勒斯　丹麦王的臣民。

弗兰西斯科　祝你们晚安!

马西勒斯　啊!再会,正直的军人!谁替了你?

弗兰西斯科　勃那多接我的班。祝你们晚安!(下。)

马西勒斯　喂!勃那多!

勃那多　喂,——啊!霍拉旭也来了吗?

霍拉旭　有这么一个他。

勃那多　欢迎,霍拉旭!欢迎,好马西勒斯!

马西勒斯　什么!这东西今晚又出现过了吗?

勃那多　我还没有瞧见什么。

马西勒斯　霍拉旭说那不过是我们的幻想。我告诉他我们已经两次看见过这一个可怕的怪象,他总是不肯相信;所以我请他今晚也来陪我们守一夜,要是这鬼魂再出来,就可以证明我们并没有看错,还可以叫他和它说几句话。

霍拉旭　嘿,嘿,它不会出现的。

勃那多　先请坐下;虽然你一定不肯相信我们的故事,我们还是要把我们这两夜来所看见的情形再向你絮叨一遍。

霍拉旭　好,我们坐下来,听听勃那多怎么说。

勃那多　昨天晚上,北极星西面的那颗星已经移到了它现在吐射光辉的地方,时钟刚敲了一点,马西勒斯跟我两个人——

马西勒斯　住声!不要说下去;瞧,它又来了!

　　　　鬼魂上。

勃那多　正像已故的国王的模样。

马西勒斯　你是有学问的人,去和它说话,霍拉旭。

勃那多　它的样子不像已故的国王吗?看,霍拉旭。

霍拉旭　像得很；它使我心里充满了恐怖和惊奇。

勃那多　它希望我们对它说话。

马西勒斯　你去问它，霍拉旭。

霍拉旭　你是什么鬼怪，胆敢僭窃丹麦先王出征时的神武的雄姿，在这样深夜的时分出现？凭着上天的名义，我命令你说话！

马西勒斯　它生气了。

勃那多　瞧，它昂然不顾地走开了！

霍拉旭　不要走！说呀，说呀！我命令你，快说！（鬼魂下。）

马西勒斯　它走了，不愿回答我们。

勃那多　怎么，霍拉旭！你在发抖，你的脸色这样惨白。这不是幻想吧？你有什么高见？

霍拉旭　凭上帝起誓，倘不是我自己的眼睛向我证明，我再也不会相信这样的怪事。

马西勒斯　它不像我们的国王吗？

霍拉旭　正和你像你自己一样。它身上的那副战铠，就是它讨伐野心的挪威王的时候所穿的；它脸上的那副怒容，活像它有一次在谈判决裂以后把那些乘雪车的波兰人击溃在冰上的时候的神气。怪事怪事！

马西勒斯　前两次它也是这样不先不后地在这个静寂的时辰，用军人的步态走过我们的眼前。

霍拉旭　我不知道究竟应该怎样想法；可是大概推测起来，这恐怕预兆着我们国内将要有一番非常的变故。

马西勒斯　好吧，坐下来。谁要是知道的，请告诉我，为什么我们要有这样森严的戒备，使全国的军民每夜不得安息；为什么每天都在制造铜炮，还要向国外购买战具；为什么征集大

97

批造船匠，连星期日也不停止工作；这样夜以继日地辛苦忙碌，究竟为了什么？谁能告诉我？

霍拉旭　我可以告诉你；至少一般人都是这样传说。刚才它的形象还向我们出现的那位已故的王上，你们知道，曾经接受骄矜好胜的挪威的福丁布拉斯的挑战；在那一次决斗中间，我们的勇武的哈姆莱特，——他的英名是举世称颂的——把福丁布拉斯杀死了；按照双方根据法律和骑士精神所订立的协定，福丁布拉斯要是战败了，除了他自己的生命以外，必须把他所有的一切土地拨归胜利的一方；同时我们的王上也提出相当的土地作为赌注，要是福丁布拉斯得胜了，那土地也就归他所有，正像在同一协定上所规定的，他失败了，哈姆莱特可以把他的土地没收一样。现在要说起那位福丁布拉斯的儿子，他生得一副未经锻炼的烈火也似的性格，在挪威四境召集了一群无赖之徒，供给他们衣食，驱策他们去干冒险的勾当，好叫他们显一显身手。他的惟一的目的，我们的当局看得很清楚，无非是要用武力和强迫性的条件，夺回他父亲所丧失的土地。照我所知道的，这就是我们种种准备的主要动机，我们这样戒备的惟一原因，也是全国所以这样慌忙骚乱的缘故。

勃那多　我想正是为了这个缘故。我们那位王上在过去和目前的战乱中间，都是一个主要的角色，所以无怪他的武装的形像要向我们出现示警了。

霍拉旭　那是扰乱我们心灵之眼的一点微尘。从前在富强繁盛的罗马，在那雄才大略的裘力斯·凯撒遇害以前不久，披着殓衾的死人都从坟墓里出来，在街道上啾啾鬼语，星辰拖着火尾，露水带血，太阳变色，支配潮汐的月亮被吞蚀得像一个没有起色的病人；这一类预报重大变故的朕兆，在我们国内的天上地下也已经屡次出现了。可是不要响！瞧！瞧！它又来了！

　　鬼魂重上。

霍拉旭　我要挡住它的去路，即使它会害我。不要走，鬼魂！要是你能出声，会开口，对我说话吧；要是我有可以为你效劳之处，使你的灵魂得到安息，那么对我说话吧；要是你预知祖国的命运，靠着你的指示，也许可以及时避免未来的灾祸，那么对我说话吧；或者你在生前曾经把你搜括得来的财宝埋藏在地下，我听见人家说，鬼魂往往在他们藏金的地方徘徊不散，(鸡啼)要是有这样的事，你也对我说吧；不要走，说呀！拦住它，马西勒斯。

马西勒斯　要不要我用我的戟刺它？

霍拉旭　好的，要是它不肯站定。

勃那多　它在这儿！

霍拉旭　它在这儿！(鬼魂下。)

马西勒斯　它走了！我们不该用暴力对待这样一个尊严的亡魂；因为它是像空气一样不可侵害的，我们无益的打击不过是恶意的徒劳。

勃那多　它正要说话的时候，鸡就啼了。

霍拉旭　于是它就像一个罪犯听到了可怕的召唤似的惊跳起来。我听人家说，报晓的雄鸡用它高锐的啼声，唤醒了白昼之神，一听到它的警告，那些在海里、火里、地下、空中到处浪游的有罪的灵魂，就一个个钻回自己的巢穴里去；这句话现在已经证实了。

马西勒斯　那鬼魂正是在鸡鸣的时候隐去的。有人说，在我们每次欢庆圣诞之前不久,这报晓的鸟儿总会彻夜长鸣;那时候,他们说,没有一个鬼魂可以出外行走,夜间的空气非常清净,没有一颗星用毒光射人,没有一个神仙用法术迷人,妖巫的符咒也失去了力量,一切都是圣洁而美好的。

霍拉旭　我也听人家这样说过,倒有几分相信。可是瞧,清晨披着赤褐色的外衣,已经踏着那边东方高山上的露水走过来了。我们也可以下班了。照我的意思,我们应该把我们今夜看见的事情告诉年轻的哈姆莱特;因为凭着我的生命起誓,这一个鬼魂虽然对我们不发一言,见了他一定有话要说。你们以为按着我们的交情和责任说起来,是不是应当让他知道这件事情?

马西勒斯　很好,我们决定去告诉他吧;我知道今天早上在什么地方最容易找到他。(同下。)

## 第二场　城堡中的大厅

国王、王后、哈姆莱特、波洛涅斯、雷欧提斯、伏提曼德、考尼律斯、群臣、侍从等上。

国　王　虽然我们亲爱的王兄哈姆莱特新丧未久,我们的心里应当充满了悲痛,我们全国都应当表示一致的哀悼,可是我们凛于后死者责任的重大,不能不违情逆性,一方面固然要用适度的悲哀纪念他,一方面也要为自身的利害着想;所以,在一种悲喜交集的情绪之下,让幸福和忧郁分据了我的两眼,殡葬的挽歌和结婚的笙乐同时并奏,用盛大的喜乐抵消沉重的不幸,我已经和我旧日的长嫂,当今的王后,这一个多事之国的共同的统治者,结为夫妇;这一次婚姻事先曾

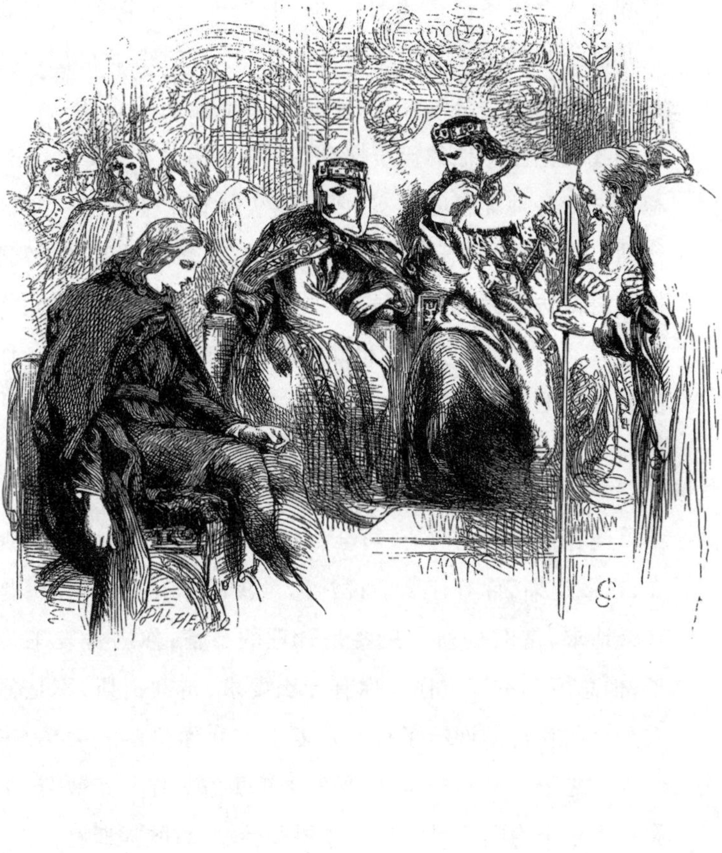

经征求各位的意见,多承你们诚意的赞助,这是我必须向大家致谢的。现在我要告诉你们知道,年轻的福丁布拉斯看轻了我们的实力,也许他以为自从我们亲爱的王兄驾崩以后,我们的国家已经瓦解,所以挟着他的从中取利的梦想,不断向我们书面要求把他的父亲依法割让给我们英勇的王兄的土地归还。这是他一方面的话。现在要讲到我们的态度和今天召集各位来此的目的。我们的对策是这样的:我这儿已经写好了一封信给挪威国王,年轻的福丁布拉斯的叔父——他因为卧病在床,不曾与闻他侄子的企图——在信里我请他注意他的侄子擅自在国内征募壮丁,训练士卒,积极进行各种准备的事实,要求他从速制止他的进一步的行动;现在我就派遣你,考尼律斯,还有你,伏提曼德,替我把这封信送给挪威老王,除了训令上所规定的条件以外,你们不得僭用你们的权力,和挪威成立逾越范围的妥协。你们赶紧去吧,再会!

**考尼律斯** **伏提曼德**  我们敢不尽力执行陛下的旨意。

**国　王**  我相信你们的忠心;再会!(伏提曼德、考尼律斯同下)现在,雷欧提斯,你有什么话说?你对我说你有一个请求;是什么请求,雷欧提斯?只要是合理的事情,你向丹麦王说了,他总不会不答应你。你有什么要求,雷欧提斯,不是你未开口我就自动许给了你?丹麦王室和你父亲的关系,正像头脑之于心灵一样密切;丹麦国王乐意为你父亲效劳,正像双手乐于为嘴服役一样。你要些什么,雷欧提斯?

**雷欧提斯**  陛下,我要请求您允许我回到法国去。这一次我回国参加陛下加冕的盛典,略尽臣子的微忱,实在是莫大的荣幸;可是现在我的任务已尽,我的心愿又向法国飞驰,但求陛下开恩允准。

国　　王　你父亲已经答应你了吗?波洛涅斯怎么说?

波洛涅斯　陛下,我却不过他几次三番的恳求,已经勉强答应他了;请陛下放他去吧。

国　　王　好好利用你的时间,雷欧提斯,尽情发挥你的才能吧!可是来,我的侄儿哈姆莱特,我的孩子——

哈姆莱特　（旁白）超乎寻常的亲族,漠不相干的路人。

国　　王　为什么愁云依旧笼罩在你的身上?

哈姆莱特　不,陛下;我已经在太阳里晒得太久了。

王　　后　好哈姆莱特,抛开你阴郁的神气吧,对丹麦王应该和颜悦色一点;不要老是垂下了眼皮,在泥土之中找寻你的高贵的父亲。你知道这是一件很普通的事情,活着的人谁都要死去,从生活踏进永久的宁静。

哈姆莱特　嗯,母亲,这是一件很普通的事情。

王　　后　既然是很普通的,那么你为什么瞧上去好像老是这样郁郁于心呢?

哈姆莱特　好像,母亲!不,是这样就是这样,我不知道什么"好像"不"好像"。好妈妈,我的墨黑的外套、礼俗上规定的丧服、难以吐出来的叹气、像滚滚江流一样的眼泪、悲苦沮丧的脸色,以及一切仪式、外表和忧伤的流露,都不能表示出我的真实的情绪。这些才真是给人瞧的,因为谁也可以做作成这种样子。它们不过是悲哀的装饰和衣服;可是我的郁结的心事却是无法表现出来的。

国　　王　哈姆莱特,你这样孝思不匮,原是你天性中纯笃过人之处;可是你要知道,你的父亲也曾失去过一个父亲,那失去的父亲自己也失去过父亲；那后死的儿子为了尽他的孝道,必须有一个时期服丧守制,然而固执不变的哀伤,却是一种逆天悖理的愚行,不是堂堂男子所应有的举动;它表现出一个不肯安于天命的意志,一个经不起艰难痛苦的心,一个缺少忍耐的头脑和一个简单愚昧的理性。既然我们知道那是无可避免的事,无论谁都要遭遇到同样的经验,那么我们为什么要这样固执地把它介介于怀呢？嘿！那是对上天的罪戾,对死者的罪戾,也是违反人情的罪戾;在理智上它是完全荒谬的,因为从第一个死了的父亲起,直到今天死去的最后一个父亲为止,理智永远在呼喊,"这是无可避免的。"我请你抛弃了这种无益的悲伤,把我当作你的父亲;因为我要让全世界知道,你是王位的直接的继承者,我要给你的尊荣和恩宠,不亚于一个最慈爱的父亲之于他的儿子。至于你要回到威登堡去继续求学的意思,那是完全违反我们的愿望的;请你听从我的劝告,不要离开这里,在朝廷上领袖群臣,做我们最亲近的国亲和王子,使我们因为每天能看见你而感到欢欣。

王　后　不要让你母亲的祈求全归无用,哈姆莱特;请你不要离开我们,不要到威登堡去。

哈姆莱特　我将要勉力服从您的意志,母亲。

国　王　啊,那才是一句有孝心的答复;你将在丹麦享有和我同等的尊荣。御妻,来。哈姆莱特这一种自动的顺从使我非常高兴;为了表示庆祝,今天丹麦王每一次举杯祝饮的时候,都要放一响高入云霄的祝炮,让上天应和着地上的雷鸣,发出欢乐的回声。来。（除哈姆莱特外均下。）

哈姆莱特　啊,但愿这一个太坚实的肉体会融解、消散,化成一堆露水！或者那永生的真神未曾制定禁止自杀的律法！上帝啊！上帝啊！人世间的一切在我看来是多么可厌、陈腐、乏味而无聊！哼！哼！那是一个荒芜不治的花园，长满了恶毒的莠草。想不到居然会有这种事情！刚死了两个月！不，两个月还不满！这样好的一个国王，比起当前这个来，简直是天神和丑怪；这样爱我的母亲，甚至于不愿让天风吹痛了她的脸。天地呀！我必须记着吗？嘿，她会偎倚在他的身旁，好像吃了美味的食物，格外促进了食欲一般；可是，只有一个月的时间，我不能再想下去了！脆弱啊，你的名字就是女人！短短的一个月以前，她哭得像个泪人儿似的，送我那可怜的父亲下葬；她在送葬的时候所穿的那双鞋子还没有破旧，她就，她就——上帝啊！一头没有理性的畜生也要悲伤得长久一些——她就嫁给我的叔父，我的父亲的弟弟，可是他一点不像我的父亲，正像我一点不像赫刺克勒斯一样。只有一个月的时间，她那流着虚伪之泪的眼睛还没有消去红肿，她就嫁了人了。啊，罪恶的匆促，这样迫不及待地钻进了乱伦的衾被！那不是好事，也不会有好结果；可是碎了吧，我的心，因为我必须噤住我的嘴！

  霍拉旭、马西勒斯、勃那多同上。

霍拉旭　　祝福，殿下！
哈姆莱特　我很高兴看见你身体健康。你不是霍拉旭吗？绝对没有错。
霍拉旭　　正是，殿下；我永远是您的卑微的仆人。
哈姆莱特　不，你是我的好朋友；我愿意和你朋友相称。你怎么不在威登堡，霍拉旭？马西勒斯！
马西勒斯　殿下——

105

哈姆莱特　我很高兴看见你。(向勃那多)你好,朋友。——可是你究竟为什么离开威登堡?

霍拉旭　无非是偷闲躲懒罢了,殿下。

哈姆莱特　我不愿听见你的仇敌说这样的话,你也不能用这样的话刺痛我的耳朵,使它相信你对你自己所作的诽谤;我知道你不是一个偷闲躲懒的人。可是你到艾尔西诺来有什么事?趁你未去之前,我们要陪你痛饮几杯哩。

霍拉旭　殿下,我是来参加您的父王的葬礼的。

哈姆莱特　请你不要取笑,我的同学;我想你是来参加我的母后的婚礼的。

霍拉旭　真的,殿下,这两件事情相去得太近了。

哈姆莱特　这是一举两便的方法,霍拉旭!葬礼中剩下来的残羹冷炙,正好宴请婚筵上的宾客。霍拉旭,我宁愿在天上遇见我的最痛恨的仇人,也不愿看到那样的一天!我的父亲,我仿佛看见我的父亲。

霍拉旭　啊,在什么地方,殿下?

哈姆莱特　在我的心灵的眼睛里,霍拉旭。

霍拉旭　我曾经见过他一次;他是一位很好的君王。

哈姆莱特　他是一个堂堂男子;整个说起来,我再也见不到像他那样的人了。

霍拉旭　殿下,我想我昨天晚上看见他。

哈姆莱特　看见谁?

霍拉旭　殿下,我看见您的父王。

哈姆莱特　我的父王!

霍拉旭　不要吃惊,请您静静地听我把这件奇事告诉您,这两位可以替我做见证。

哈姆莱特　看在上帝的份上,讲给我听。

霍拉旭　这两位朋友,马西勒斯和勃那多,在万籁俱寂的午夜守望的时候,曾经连续两夜看见一个自顶至踵全身甲胄,像您父亲一样的人形,在他们的面前出现,用庄严而缓慢的步伐走过他们的身边。在他们惊奇骇愕的眼前,它三次走过去,它手里所握的鞭杖可以碰到他们的身上;他们吓得几乎浑身都瘫痪了,只是呆立着不动,一句话也没有对它说。怀着惴惧的心情,他们把这件事悄悄地告诉了我,我就在第三夜陪着他们一起守望;正像他们所说的一样,那鬼魂又出现了,出现的时间和它的形状,证实了他们的每一个字都是正确的。我认识您的父亲;那鬼魂是那样酷肖它的生前,我这两手也不及他们彼此的相似。

哈姆莱特　可是这是在什么地方?

马西勒斯　殿下,就在我们守望的露台上。

哈姆莱特　你们有没有和它说话?

霍拉旭　殿下,我说了,可是它没有回答我;不过有一次我觉得它好像抬起头来,像要开口说话似的,可是就在那时候,晨鸡高声啼了起来,它一听见鸡声,就很快地隐去不见了。

哈姆莱特　这很奇怪。

霍拉旭　凭着我的生命起誓,殿下,这是真的;我们认为按着我们的责任,应该让您知道这件事。

哈姆莱特　不错,不错,朋友们;可是这件事情很使我迷惑。你们今晚仍旧要去守望吗?

马西勒斯  
勃那多　是,殿下。

哈姆莱特　你们说它穿着甲胄吗?

马西勒斯  
勃那多  　是,殿下。

哈姆莱特  从头到脚?

马西勒斯  
勃那多  　从头到脚,殿下。

哈姆莱特  那么你们没有看见它的脸吗?

霍拉旭  啊,看见的,殿下;它的脸甲是掀起的。

哈姆莱特  怎么,它瞧上去像在发怒吗?

霍拉旭  它的脸上悲哀多于愤怒。

哈姆莱特  它的脸色是惨白的还是红红的?

霍拉旭  非常惨白。

哈姆莱特  它把眼睛注视着你吗?

霍拉旭  它直盯着我瞧。

哈姆莱特  我真希望当时我也在场。

霍拉旭  那一定会使您吃惊万分。

哈姆莱特  多半会的,多半会的。它停留得长久吗?

霍拉旭  大概有一个人用不快不慢的速度从一数到一百的那段时间。

马西勒斯  
勃那多  　还要长久一些,还要长久一些。

霍拉旭  我看见它的时候,不过这么久。

哈姆莱特  它的胡须是斑白的吗?

霍拉旭  是的,正像我在它生前看见的那样,乌黑的胡须里略有几根变成白色。

哈姆莱特  我今晚也要守夜去;也许它还会出来。

霍拉旭  我可以担保它一定会出来。

哈姆莱特  要是它借着我的父王的形貌出现,即使地狱张开嘴来,叫我不要作声,我也一定要对它说话。要是你们到现在还没有把你们所看见的告诉别人,那么我要请求你们大家继续保持沉默;无论今夜发生什么事情,都请放在心里,不要在口舌之间泄漏出去。我一定会报答你们的忠诚。好,再会;今晚十一点钟到十二点钟之间,我要到露台上来看你们。

众　　人　我们愿意为殿下尽忠。

哈姆莱特　让我们彼此保持着不渝的交情;再会!(霍拉旭、马西勒斯、勃那多同下)我父亲的灵魂披着甲胄!事情有些不妙;我想这里面一定有奸人的恶计。但愿黑夜早点到来!静静地等着吧,我的灵魂;罪恶的行为总有一天会发现,虽然地上所有的泥土把它们遮掩。(下。)

## 第三场　波洛涅斯家中一室

雷欧提斯及奥菲利娅上。

雷欧提斯　我需要的物件已经装在船上,再会了;妹妹,在好风给人方便、船只来往无阻的时候,不要贪睡,让我听见你的消息。

奥菲利娅　你还不相信我吗?

雷欧提斯　对于哈姆莱特和他的调情献媚,你必须把它认作年轻人一时的感情冲动,一朵初春的紫罗兰早熟而易凋,馥郁而不能持久,一分钟的芬芳和喜悦,如此而已。

奥菲利娅　不过如此吗?

雷欧提斯　不过如此;因为一个人成长的过程,不仅是肌肉和体格的增强,而且随着身体的发展,精神和心灵也同时扩大。也许他现在爱你,他的真诚的意志是纯洁而不带欺诈的;可是你必须留心,他有这样高的地位,他的意志并不属于他自己,因为他自己也要被他的血统所支配;他不能像一般庶民一样为自己选择,因为他的决定足以影响到整个国本的安危,他是全身的首脑,他的选择必须得到各部分肢体的同意;所以要是他说,他爱你,你不可贸然相信,应该明白:照他的身分地位说来,他要想把自己的话付诸实现,决不能越出丹麦国内普遍舆论所同意的范围。你再想一想,要是你用过于轻信的耳朵倾听他的歌曲,让他攫走了你的心,在他的狂妄的渎求之下,打开了你的宝贵的童贞,那时候你的名誉将要蒙受多大的损失。留心,奥菲利娅,留心,我的亲爱的妹妹,不要放纵你的爱情,不要让欲望的利箭把你射中。一个自爱的女郎,若是向月亮显露她的美貌就算是极端放荡了;圣贤也不能逃避谗口的中伤;春天的草木往往还没有吐放它们的蓓蕾,就被蛀虫蠹蚀;朝露一样晶莹的青春,常常会受到罡风的吹打。所以留心吧,戒惧是最安全的方策;即使没有旁人的诱惑,少年的血气也要向他自己叛变。

奥菲利娅　我将要记住你这个很好的教训,让它看守着我的心。可是,我的好哥哥,你不要像有些坏牧师一样,指点我上天去的险峻的荆棘之途,自己却在花街柳巷流连忘返,忘记了自己的箴言。

雷欧提斯　啊!不要为我担心。我耽搁得太久了;可是父亲来了。

　　　波洛涅斯上。

雷欧提斯　两度的祝福是双倍的福分;第二次的告别是格外可喜的。

波洛涅斯　还在这儿,雷欧提斯!上船去,上船去,真好意思!

风息在帆顶上,人家都在等着你哩。好,我为你祝福!还有几句教训,希望你铭刻在记忆之中:不要想到什么就说什么,凡事必须三思而行。对人要和气,可是不要过分狎昵。相知有素的朋友,应该用钢圈箍在你的灵魂上,可是不要对每一个泛泛的新知滥施你的交情。留心避免和人家争吵;可是万一争端已起,就应该让对方知道你不是可以轻侮的。倾听每一个人的意见,可是只对极少数人发表你的意见;接受每一个人的批评,可是保留你自己的判断。尽你的财力购制贵重的衣服,可是不要炫新立异,必须富丽而不浮艳,因为服装往往可以表现人格;法国的名流要人,就是在这点上显得最高尚,与众不同。不要向人告贷,也不要借钱给人;因为债款放了出去,往往不但丢了本钱,而且还失去了朋友;向人告贷的结果,容易养成因循懒惰的习惯。尤其要紧的,你必须对你自己忠实;正像有了白昼才有黑夜一样,对自己忠实,才不会对别人欺诈。再会;愿我的祝福使这一番话在你的行事中奏效!

雷欧提斯　父亲,我告别了。

波洛涅斯　时候不早了;去吧,你的仆人都在等着。

雷欧提斯　再会,奥菲利娅,记住我对你说的话。

奥菲利娅　你的话已经锁在我的记忆里,那钥匙你替我保管着吧。

雷欧提斯　再会!(下。)

波洛涅斯　奥菲利娅,他对你说些什么话?

奥菲利娅　回父亲的话,我们刚才谈起哈姆莱特殿下的事情。

波洛涅斯　嗯,这是应该考虑一下的。听说他近来常常跟你在一起,你也从来不拒绝他的求见;要是果然有这种事——人家这样告诉我,也无非是叫我注意的意思——那么我必须对你说,你还没有懂得你做了我的女儿,按照你的身分,应该怎样留心你自己的行动。究竟在你们两人之间有些什么关系?老实告诉我。

奥菲利娅　父亲,他最近曾经屡次向我表示他的爱情。

波洛涅斯　爱情!呸!你讲的话完全像是一个不曾经历过这种危险的不懂事的女孩子。你相信你所说的他的那种表示吗?

奥菲利娅　父亲,我不知道我应该怎样想才好。

波洛涅斯　好,让我来教你;你应该这样想,你是一个毛孩子,竟然把这些假意的表示当作了真心的奉献。你应该"表示"出一番更大的架子,要不然——就此打住吧,这个可怜的字眼被我使唤得都快断气了——你就"表示"你是个十足的傻瓜。

奥菲利娅　父亲,他向我求爱的态度是很光明正大的。

波洛涅斯　不错,那只是态度;算了,算了。

奥菲利娅　而且,父亲,他差不多用尽一切指天誓日的神圣的盟约,证实他的言语。

波洛涅斯　嗯,这些都是捕捉愚蠢的山鹬的圈套。我知道在热情燃烧的时候,一个人无论什么盟誓都会说出口来;这些火焰,女儿,是光多于热的,刚刚说出口就会光消焰灭,你不能把它们当作真火看待。从现在起,你还是少露一些你的女儿家的脸;你应该抬高身价,不要让人家以为你是可以随意呼召的。对于哈姆莱特殿下,你应该这样想,他是个年轻的王子,他比你在行动上有更大的自由。总而言之,奥菲利娅,不要相信他的盟誓,它们不过是淫媒,内心的颜色和服装完全不一样,只晓得诱人干一些龌龊的勾当,正像道貌岸然大放厥辞的鸨母,只求达到骗人的目的。我的言尽于此,简单一句话,从现在起,我不许你一有空闲就跟哈姆莱特殿下聊天。你留点儿神吧;进去。

奥菲利娅　我一定听从您的话,父亲。(同下。)

## 第四场　露　台

　　　哈姆莱特、霍拉旭及马西勒斯上。

哈姆莱特　风吹得人怪痛的,这天气真冷。

霍拉旭　是很凛冽的寒风。

哈姆莱特　现在什么时候了?

霍拉旭　我想还不到十二点。

马西勒斯　不,已经打过了。

霍拉旭　真的?我没有听见;那么鬼魂出现的时候快要到了。

　　　(内喇叭奏花腔及鸣炮声)这是什么意思,殿下?

哈姆莱特　王上今晚大宴群臣,作通宵的醉舞;每次他喝下了一杯葡萄美酒,铜鼓和喇叭便吹打起来,欢祝万寿。

霍拉旭　这是向来的风俗吗?

哈姆莱特　嗯,是的。可是我虽然从小就熟习这种风俗,我却以为把它破坏了倒比遵守它还体面些。这一种酗酒纵乐的风俗,使我们在东西各国受到许多非议;他们称我们为酒徒醉汉,将下流的污名加在我们头上,使我们各项伟大的成就都因此而大为减色。在个人方面也常常是这样,由于品性上有某些丑恶的瘢痣:或者是天生的——这就不能怪本人,因为天性不能由自己选择;或者是某种脾气发展到反常地步,冲破了理智的约束和防卫;或者是某种习惯玷污了原来令人喜爱的举止;这些人只要带着上述一种缺点的烙印——

天生的标记或者偶然的机缘——不管在其余方面他们是如何圣洁,如何具备一个人所能有的无限美德,由于那点特殊的毛病,在世人的非议中也会感染溃烂;少量的邪恶足以勾销全部高贵的品质,害得人声名狼藉。

　　　　鬼魂上。

霍拉旭　瞧,殿下,它来了!

哈姆莱特　天使保佑我们!不管你是一个善良的灵魂或是万恶的妖魔,不管你带来了天上的和风或是地狱中的罡风,不管你的来意好坏,因为你的形状是这样引起我的怀疑,我要对你说话;我要叫你哈姆莱特,君王,父亲!尊严的丹麦先王,啊,回答我!不要让我在无知的蒙昧里抱恨终天;告诉我为什么你的长眠的骸骨不安窀穸,为什么安葬着你的遗体的坟墓张开它的沉重的大理石的两颚,把你重新吐放出来。你这已死的尸体这样全身甲胄,出现在月光之下,使黑夜变得这样阴森,使我们这些为造化所玩弄的愚人由于不可思议的恐怖而心惊胆颤,究竟是什么意思呢?说,这是为了什么?你要我们怎样?(鬼魂向哈姆莱特招手。)

霍拉旭　它招手叫您跟着它去,好像它有什么话要对您一个人说似的。

马西勒斯　瞧,它用很有礼貌的举动,招呼您到一个僻远的所在去;可是别跟它去。

霍拉旭　千万不要跟它去。

哈姆莱特　它不肯说话;我还是跟它去。

霍拉旭　不要去,殿下。

哈姆莱特　嗨,怕什么呢?我把我的生命看得不值一枚针;至于我的灵魂,那是跟它自己同样永生不灭的,它能够加害它吗？它又在招手叫我前去了；我要跟它去。

霍拉旭　殿下，要是它把您诱到潮水里去，或者把您领到下临大海的峻峭的悬崖之巅，在那边它现出了狰狞的面貌，吓得您丧失理智，变成疯狂，那可怎么好呢？您想，无论什么人一到了那样的地方，望着下面千仞的峭壁，听见海水奔腾的怒吼，即使没有别的原因，也会起穷凶极恶的怪念的。

哈姆莱特　它还在向我招手。去吧，我跟着你。

马西勒斯　您不能去，殿下。

哈姆莱特　放开你们的手！

霍拉旭　听我们的劝告，不要去。

哈姆莱特　我的运命在高声呼喊，使我全身每一根微细的血管都变得像怒狮的筋骨一样坚硬。（鬼魂招手）它仍旧在招我去。放开我，朋友们；（挣脱二人之手）凭着上天起誓，谁要是拉住我，我要叫他变成一个鬼！走开！去吧，我跟着你。

（鬼魂及哈姆莱特同下。）

霍拉旭　幻想占据了他的头脑，使他不顾一切。

马西勒斯　让我们跟上去；我们不应该服从他的话。

霍拉旭　那么跟上去吧。这种事情会引出些什么结果来呢？

马西勒斯　丹麦国里恐怕有些不可告人的坏事。

霍拉旭　上帝的旨意支配一切。

马西勒斯　得了，我们还是跟上去吧。（同下。）

# 第五场　露台的另一部分

鬼魂及哈姆莱特上。

哈姆莱特　你要领我到什么地方去？说；我不愿再前进了。

鬼　　魂　听我说。

哈姆莱特　我在听着。

鬼　　魂　我的时间快到了,我必须再回到硫磺的烈火里去受煎熬的痛苦。

哈姆莱特　唉,可怜的亡魂!

鬼　　魂　不要可怜我,你只要留心听着我要告诉你的话。

哈姆莱特　说吧;我自然要听。

鬼　　魂　你听了以后,也自然要替我报仇。

哈姆莱特　什么?

鬼　　魂　我是你父亲的灵魂,因为生前孽障未尽,被判在晚间游行地上,白昼忍受火焰的烧灼,必须经过相当的时期,等生前的过失被火焰净化以后,方才可以脱罪。若不是因为我不能违犯禁令,泄漏我的狱中的秘密,我可以告诉你一桩事,最轻微的几句话,都可以使你魂飞魄散,使你年轻的血液凝冻成冰,使你的双眼像脱了轨道的星球一样向前突出,使你的纠结的鬈发根根分开,像愤怒的豪猪身上的刺毛一样森然耸立;可是这一种永恒的神秘,是不能向血肉的凡耳宣示的。听着,听着,啊,听着! 要是你曾经爱过你的亲爱的父亲——

哈姆莱特　上帝啊!

鬼　　魂　你必须替他报复那逆伦惨恶的杀身的仇恨。

哈姆莱特　杀身的仇恨!

鬼　　魂　杀人是重大的罪恶;可是这一件谋杀的惨案,更是骇人听闻而逆天害理的罪行。

哈姆莱特　赶快告诉我,让我驾着像思想和爱情一样迅速的翅膀,飞去把仇人杀死。

鬼　　魂　我的话果然激动了你；要是你听见了这种事情而漠然无动于衷，那你除非比舒散在忘河之滨的蔓草还要冥顽不灵。现在，哈姆莱特，听我说；一般人都以为我在花园里睡觉的时候，一条蛇来把我螫死，这一个虚构的死状，把丹麦全国的人都骗过了；可是你要知道，好孩子，那毒害你父亲的蛇，头上戴着王冠呢。

哈姆莱特　啊，我的预感果然是真的！我的叔父！

鬼　　魂　嗯，那个乱伦的、奸淫的畜生，他有的是过人的诡诈，天赋的奸恶，凭着他的阴险的手段，诱惑了我的外表上似乎非常贞淑的王后，满足他的无耻的兽欲。啊，哈姆莱特，那是一个多么卑鄙无耻的背叛！我的爱情是那样纯洁真诚，始终信守着我在结婚的时候对她所作的盟誓；她却会对一个天赋的才德远不如我的恶人降心相从！可是正像一个贞洁的女子，虽然淫欲罩上神圣的外表，也不能把她煽动一样，一个淫妇虽然和光明的天使为偶，也会有一天厌倦于天上的唱随之乐，而宁愿搂抱人间的朽骨。可是且慢！我仿佛嗅到了清晨的空气；让我把话说得简短一些。当我按照每天午后的惯例，在花园里睡觉的时候，你的叔父乘我不备，悄悄溜了进来，拿着一个盛着毒草汁的小瓶，把一种使人麻痹的药水注入我的耳腔之内，那药性发作起来，会像水银一样很快地流过全身的大小血管，像酸液滴进牛乳一般把淡薄而健全的血液凝结起来；它一进入我的身体，我全身光滑的皮肤上便立刻发生无数疱疹，像害着癞病似的满布着可憎的鳞片。这样，我在睡梦之中，被一个兄弟同时夺去了我的生命、我的王冠和我的王后；甚至于不给我一个忏悔的机会，使我在没有领到圣餐也没有受过临终涂膏礼以前，就一无准备地负着我的全部罪恶去对簿阴曹。可怕啊,可怕!要是你有天性之情,不要默尔而息,不要让丹麦的御寝变成了藏奸养逆的卧榻;可是无论你怎样进行复仇,不要胡乱猜疑,更不可对你的母亲有什么不利的图谋,她自会受到上天的裁判,和她自己内心中的荆棘的刺戳。现在我必须去了!萤火的微光已经开始暗淡下去,清晨快要到来了;再会,再会!哈姆莱特,记着我。(下。)

哈姆莱特　天上的神明啊!地啊!再有什么呢?我还要向地狱呼喊吗?啊,呸!忍着吧,忍着吧,我的心!我的全身的筋骨,不要一下子就变成衰老,支持着我的身体呀!记着你!是的,我可怜的亡魂,当记忆不曾从我这混乱的头脑里消失的时候,我会记着你的。记着你!是的,我要从我的记忆的碑版上,拭去一切琐碎愚蠢的记录、一切书本上的格言、一切陈言套语、一切过去的印象、我的少年的阅历所留下的痕迹,只让你的命令留在我的脑筋的书卷里,不搀杂一些下贱的废料;是的,上天为我作证!啊,最恶毒的妇人!啊,奸贼,奸贼,脸上堆着笑的万恶的奸贼!我的记事簿呢?我必须把它记下来:一个人可以尽管满面都是笑,骨子里却是杀人的奸贼;至少我相信在丹麦是这样的。(写字)好,叔父,我把你写下来了。现在我要记下我的座右铭那是,"再会,再会!记着我。"我已经发过誓了。

霍拉旭　(在内)殿下!殿下!

马西勒斯　(在内)哈姆莱特殿下!

霍拉旭　(在内)上天保佑他!

马西勒斯　(在内)但愿如此!

霍拉旭　(在内)喂,呵,呵,殿下!

哈姆莱特　喂,呵,呵,孩儿!来,鸟儿,来。

　　　　　　霍拉旭及马西勒斯上。

马西勒斯　怎样,殿下!

霍拉旭　有什么事,殿下?

哈姆莱特　啊!奇怪!

霍拉旭　好殿下,告诉我们。

哈姆莱特　不,你们会泄漏出去的。

霍拉旭　不,殿下,凭着上天起誓,我一定不泄漏。

马西勒斯　我也一定不泄漏,殿下。

哈姆莱特　那么你们说,哪一个人会想得到有这种事?可是你们能够保守秘密吗?

霍　拉　旭
马西勒斯　是,上天为我们作证,殿下。

哈姆莱特　全丹麦从来不曾有哪一个奸贼不是一个十足的坏人。

霍拉旭　殿下,这样一句话是用不着什么鬼魂从坟墓里出来告诉我们的。

哈姆莱特　啊,对了,你说得有理;所以,我们还是不必多说废话,大家握握手分开了吧。你们可以去照你们自己的意思干你们自己的事——因为各人都有各人的意思和各人的事,这是实际情况——至于我自己,那么我对你们说,我是要祈祷去的。

霍拉旭　殿下,您这些话好像有些疯疯癫癫似的。

哈姆莱特　我的话得罪了你,真是非常抱歉;是的,我从心底里抱歉。

霍拉旭　谈不上得罪,殿下。

哈姆莱特　不,凭着圣伯特力克①的名义,霍拉旭,谈得上,而且罪还不小呢。讲到这一个幽灵,那么让我告诉你们,它是一个老实的亡魂;你们要是想知道它对我说了些什么话,我只好请你们暂时不必动问。现在,好朋友们,你们都是我的朋友;都是学者和军人,请你们允许我一个卑微的要求。

霍拉旭　是什么要求,殿下?我们一定允许您。

哈姆莱特　永远不要把你们今晚所见的事情告诉别人。

霍拉旭
马西勒斯　殿下,我们一定不告诉别人。

哈姆莱特　不,你们必须宣誓。

霍拉旭　凭着良心起誓,殿下,我决不告诉别人。

马西勒斯　凭着良心起誓,殿下,我也决不告诉别人。

哈姆莱特　把手按在我的剑上宣誓。

马西勒斯　殿下,我们已经宣誓过了。

哈姆莱特　那不算,把手按在我的剑上。

鬼　魂　(在下)宣誓!

哈姆莱特　啊哈!孩儿!你也这样说吗?你在那儿吗,好家伙?来;你们不听见这个地下的人怎么说吗?宣誓吧。

霍拉旭　请您教我们怎样宣誓,殿下。

哈姆莱特　永不向人提起你们所看见的这一切。把手按在我的剑上宣誓。

鬼　魂　(在下)宣誓!

哈姆莱特　"说哪里,到哪里"吗?那么我们换一个地方。过来,朋友们。把你们的手按在我的剑上,宣誓永不向人提起

---

① 圣伯特力克(St. Patrick),爱尔兰的保护神,据说曾从爱尔兰把蛇驱走。

你们所听见的这件事。

鬼　魂　（在下）宣誓！

哈姆莱特　说得好,老鼹鼠！你能够在地底钻得这么快吗？好一个开路的先锋！好朋友们,我们再来换一个地方。

霍拉旭　嗳哟,真是不可思议的怪事！

哈姆莱特　那么你还是用见怪不怪的态度对待它吧。霍拉旭,天地之间有许多事情,是你们的哲学里所没有梦想到的呢。可是,来,上帝的慈悲保佑你们,你们必须再作一次宣誓。我今后也许有时候要故意装出一副疯疯癫癫的样子,你们要是在那时候看见了我的古怪的举动,切不可像这样交叉着手臂,或者这样摇头摆脑的,或者嘴里说一些吞吞吐吐的言词,例如"呃,呃,我们知道",或者"只要我们高兴,我们就可以",或是"要是我们愿意说出来的话",或是"有人要是怎么怎么",诸如此类的含糊其辞的话语,表示你们知道我有些什么秘密；你们必须答应我避开这一类言词,上帝的恩惠和慈悲保佑着你们,宣誓吧。

鬼　魂　（在下）宣誓！（二人宣誓。）

哈姆莱特　安息吧,安息吧,受难的灵魂！好,朋友们,我以满怀的热情,信赖着你们两位；要是在哈姆莱特的微弱的能力以内,能够有可以向你们表示他的友情之处,上帝在上,我一定不会有负你们。让我们一同进去；请你们记着无论在什么时候都要守口如瓶。这是一个颠倒混乱的时代,唉,倒楣的我却要负起重整乾坤的责任！来,我们一块儿去吧。

（同下。）

# 第 二 幕

## 第一场  波洛涅斯家中一室

波洛涅斯及雷奈尔多上。

波洛涅斯  把这些钱和这封信交给他,雷奈尔多。

雷奈尔多  是,老爷。

波洛涅斯  好雷奈尔多,你在没有去看他以前,最好先探听探听他的行为。

雷奈尔多  老爷,我本来就是这个意思。

波洛涅斯  很好,很好,好得很。你先给我调查调查有些什么丹麦人在巴黎,他们是干什么的,叫什么名字,有没有钱,住在什么地方,跟哪些人作伴,用度大不大;用这种转弯抹角的方法,要是你打听到他们也认识我的儿子,你就可以更进一步,表示你对他也有相当的认识;你可以这样说:"我知道他的父亲和他的朋友,对他也略为有点认识。"你听见没有,雷奈尔多?

雷奈尔多  是,我在留心听着,老爷。

波洛涅斯  "对他也略为有点认识,可是,"你可以说,"不怎么熟悉;不过假如果然是他的话,那么他是个很放浪的人,有些怎样怎样的坏习惯。"说到这里,你就可以随便捏造一些关于他的坏话;当然啰,你不能把他说得太不成样子,那是会损害他的名誉的,这一点你必须注意;可是你不妨举出一些纨袴子弟们所犯的最普通的浪荡的行为。

雷奈尔多　譬如赌钱,老爷。

波洛涅斯　对了,或是喝酒、斗剑、赌咒、吵嘴、嫖妓之类,你都可以说。

雷奈尔多　老爷,那是会损害他的名誉的。

波洛涅斯　不,不,你可以在言语之间说得轻淡一些。你不能说他公然纵欲,那可不是我的意思;可是你要把他的过失讲得那么巧妙,让人家听着好像那不过是行为上的小小的不检,一个躁急的性格不免会有的发作,一个血气方刚的少年的一时胡闹,算不了什么。

雷奈尔多　可是老爷——

波洛涅斯　为什么叫你做这种事?

雷奈尔多　是的,老爷,请您告诉我。

波洛涅斯　呃,我的用意是这样的,我相信这是一种说得过去的策略;你这样轻描淡写地说了我儿子的一些坏话,就像你提起一件略有污损的东西似的,听着,要是跟你谈话的那个人,也就是你向他探询的那个人,果然看见过你所说起的那个少年犯了你刚才所列举的那些罪恶,他一定会用这样的话向你表示同意:"好先生——"也许他称你"朋友","仁兄",按照着各人的身分和各国的习惯。

雷奈尔多　很好,老爷。

波洛涅斯　然后他就——他就——我刚才要说一句什么话?嗳哟,我正要说一句什么话;我说到什么地方啦?

雷奈尔多　您刚才说到"用这样的话表示同意";还有"朋友"或者"仁兄"。

波洛涅斯　说到"用这样的话表示同意",嗯,对了;他会用这样的话对你表示同意:"我认识这位绅士,昨天我还看见他,或许是前天,或许是什么什么时候,跟什么什么人在一起,正像您所说的,他在什么地方赌钱,在什么地方喝得酩酊大醉,在什么地方因为打网球而跟人家打起架来;"也许他还会说,"我看见他走进什么什么一家生意人家去,"那就是说窑子或是诸如此类的所在。你瞧,你用说谎的钓饵,就可以把事实的真相诱上你的钓钩;我们有智慧、有见识的人,往往用这种旁敲侧击的方法,间接达到我们的目的;你也可以照着我上面所说的那一番话,探听出我的儿子的行为。你懂得我的意思没有?

雷奈尔多　老爷,我懂得。

波洛涅斯　上帝和你同在;再会!

雷奈尔多　那么我去了,老爷。

波洛涅斯　你自己也得留心观察他的举止。

雷奈尔多　是,老爷。

波洛涅斯　叫他用心学习音乐。

雷奈尔多　是,老爷。

波洛涅斯　你去吧!（雷奈尔多下。）

　　　　　　奥菲利娅上。

波洛涅斯　啊,奥菲利娅!什么事?

奥菲利娅　嗳哟,父亲,吓死我了!

波洛涅斯　凭着上帝的名义,怕什么?

奥菲利娅　父亲,我正在房间里缝纫的时候,哈姆莱特殿下跑了

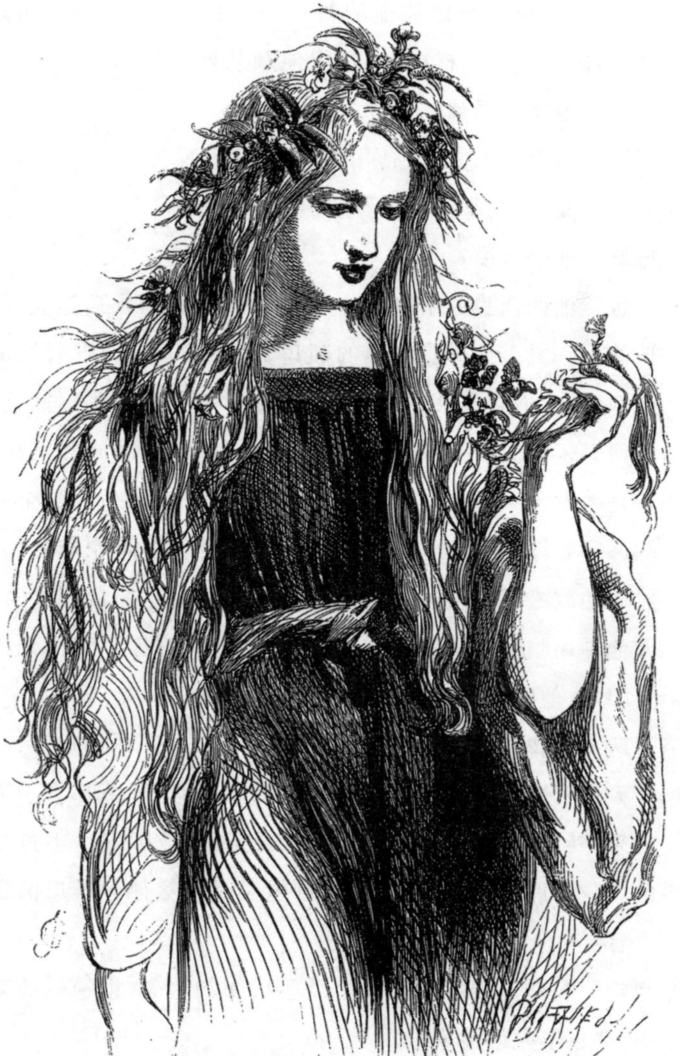

进来,走到我的面前;他的上身的衣服完全没有扣上纽子,头上也不戴帽子,他的袜子上沾着污泥,没有袜带,一直垂到脚踝上;他的脸色像他的衬衫一样白,他的膝盖互相碰撞,他的神气是那样凄惨,好像他刚从地狱里逃出来,要向人讲述地狱的恐怖一样。

波洛涅斯　他因为不能得到你的爱而发疯了吗?

奥菲利娅　父亲,我不知道,可是我想也许是的。

波洛涅斯　他怎么说?

奥菲利娅　他握住我的手腕紧紧不放,拉直了手臂向后退立,用他的另一只手这样遮在他的额角上,一眼不眨地瞧着我的脸,好像要把它临摹下来似的。这样经过了好久的时间,然后他轻轻地摇动一下我的手臂,他的头上上下下点了三次,于是他发出一声非常惨痛而深长的叹息,好像他的整个的胸部都要爆裂,他的生命就在这一声叹息中间完毕似的。然后他放松了我,转过他的身体,他的头还是向后回顾,好像他不用眼睛的帮助也能够找到他的路,因为直到他走出了门外,他的两眼还是注视在我的身上。

波洛涅斯　跟我来;我要见王上去。这正是恋爱不遂的疯狂;一个人受到这种剧烈的刺激,什么不顾一切的事情都会干得出来,其他一切能迷住我们本性的狂热,最厉害也不过如此。我真后悔。怎么,你最近对他说过什么使他难堪的话没有?

奥菲利娅　没有,父亲,可是我已经遵从您的命令,拒绝他的来信,并且不允许他来见我。

波洛涅斯　这就是使他疯狂的原因。我很后悔考虑得不够周到,看错了人。我以为他不过把你玩弄玩弄,恐怕贻误你的终身;可是我不该这样多疑!正像年轻人干起事来,往往不知道瞻前顾后一样,我们这种上了年纪的人,总是免不了鳃鳃过虑。来,我们见王上去。这种事情是不能蒙蔽起来的,要是隐讳不报,也许会闹出乱子来,比直言受责要严重得多。来。(同下。)

## 第二场　城堡中一室

国王、王后、罗森格兰兹、吉尔登斯吞及侍从等上。

国　王　欢迎,亲爱的罗森格兰兹和吉尔登斯吞!这次匆匆召请你们两位前来,一方面是因为我非常思念你们,一方面也是因为我有需要你们帮忙的地方。你们大概已经听到哈姆莱特的变化;我把它称为变化,因为无论在外表上或是精神上,他已经和从前大不相同。除了他父亲的死以外,究竟还有些什么原因,把他激成了这种疯疯癫癫的样子,我实在无从猜测。你们从小便跟他在一起长大,素来知道他的脾气,所以我特地请你们到我们宫廷里来盘桓几天,陪伴陪伴他,替他解解愁闷,同时乘机窥探他究竟有些什么秘密的心事,为我们所不知道的,也许一旦公开之后,我们就可以替他对症下药。

王　后　他常常讲起你们两位,我相信世上没有哪两个人比你们更为他所亲信了。你们要是不嫌怠慢,答应在我们这儿小作勾留,帮助我们实现我们的希望,那么你们的盛情雅意,一定会受到丹麦王室隆重的礼谢的。

罗森格兰兹　我们是两位陛下的臣子,两位陛下有什么旨意,尽管命令我们;像这样言重的话,倒使我们置身无地了。

吉尔登斯吞　我们愿意投身在两位陛下的足下,两位陛下无论有什么命令,我们都愿意尽力奉行。

国　　王　谢谢你们,罗森格兰兹和善良的吉尔登斯吞。

王　　后　谢谢你们,吉尔登斯吞和善良的罗森格兰兹。现在我就要请你们立刻去看看我的大大变了样子的儿子。来人,领这两位绅士到哈姆莱特的地方去。

吉尔登斯吞　但愿上天加佑,使我们能够得到他的欢心,帮助他恢复常态!

王　　后　阿门!(罗森格兰兹、吉尔登斯吞及若干侍从下。)

　　　　　　波洛涅斯上。

波洛涅斯　启禀陛下,我们派往挪威去的两位钦使已经喜气洋洋地回来了。

国　　王　你总是带着好消息来报告我们。

波洛涅斯　真的吗,陛下?不瞒陛下说,我把我对于我的上帝和我的宽仁厚德的王上的责任,看得跟我的灵魂一样重呢。此外,除非我的脑筋在观察问题上不如过去那样有把握了,不然我肯定相信我已经发现了哈姆莱特发疯的原因。

国　　王　啊!你说吧,我急着要听呢。

波洛涅斯　请陛下先接见了钦使;我的消息留着做盛筵以后的佳果美点吧。

国　　王　那么有劳你去迎接他们进来。(波洛涅斯下)我的亲爱的乔特鲁德,他对我说他已经发现了你的儿子心神不定的原因。

王　　后　我想主要的原因还是他父亲的死和我们过于迅速的结婚。

国　　王　好,等我们仔细问问。

　　　　波洛涅斯率伏提曼德及考尼律斯重上。

国　　王　欢迎,我的好朋友们!伏提曼德,我们的挪威王兄怎么说?

伏提曼德　他叫我们向陛下转达他的友好的问候。他听到了我们的要求,就立刻传谕他的侄儿停止征兵;本来他以为这种举动是准备对付波兰人的,可是一经调查,才知道它的对象原来是陛下;他知道此事以后,痛心自己因为年老多病,受人欺罔,震怒之下,传令把福丁布拉斯逮捕;福丁布拉斯并未反抗,受到了挪威王一番申斥,最后就在他的叔父面前立誓决不兴兵侵犯陛下。老王看见他诚心悔过,非常欢喜,当下就给他三千克朗的年俸,并且委任他统率他所征募的那些兵士,去向波兰人征伐;同时他叫我把这封信呈上陛下,(以书信呈上)请求陛下允许他的军队借道通过陛下的领土,他已经在信里提出若干条件,保证决不扰乱地方的安宁。

国　　王　这样很好,等我们有空的时候,还要仔细考虑一下,然后答复。你们远道跋涉,不辱使命,很是劳苦了,先去休息休息,今天晚上我们还要在一起欢宴。欢迎你们回来!(伏提曼德、考尼律斯同下。)

波洛涅斯　这件事情总算圆满结束了。王上,娘娘,要是我向你们长篇大论地解释君上的尊严,臣下的名分,白昼何以为白昼,黑夜何以为黑夜,时间何以为时间,那不过徒然浪费了昼、夜、时间;所以,既然简洁是智慧的灵魂,冗长是肤浅的藻饰,我还是把话说得简单一些吧。你们的那位殿下是疯了;我说他疯了,因为假如要说明什么才是真疯,那就只有发疯,此外还有什么可说的呢?可是那也不用说了。

王　后　多谈些实际,少弄些玄虚。

波洛涅斯　娘娘,我发誓我一点儿不弄玄虚。他疯了,这是真的;惟其是真的,所以才可叹,它的可叹也是真的——蠢话少说,因为我不愿弄玄虚。好,让我们同意他已经疯了;现在我们就应该求出这一个结果的原因,或者不如说,这一种病态的原因,因为这个病态的结果不是无因而至的,这就是我们现在要做的一步工作。我们来想一想吧。我有一个女儿——当她还不过是我的女儿的时候,她是属于我的——难得她一片孝心,把这封信给了我;现在,请猜一猜这里面说些什么话。"给那天仙化人的,我的灵魂的偶像,最艳丽的奥菲利娅——"这是一个粗俗的说法,下流的说法;"艳丽"两字用得非常下流;可是你们听下去吧;"让这几行诗句留下在她的皎洁的胸中——"

王　后　这是哈姆莱特写给她的吗?

波洛涅斯　好娘娘,等一等,我要老老实实地照原文念:

　　"你可以疑心星星是火把;

　　　你可以疑心太阳会移转;

　　你可以疑心真理是谎话;

　　　可是我的爱永没有改变。

亲爱的奥菲利娅啊!我的诗写得太坏。我不会用诗句来抒写我的愁怀;可是相信我,最好的人儿啊!我最爱的是你。再会!最亲爱的小姐,只要我一息尚存,我就永远是你的,哈姆莱特。"这一封信是我的女儿出于孝顺之心拿来给我看的;此外,她又把他一次次求爱的情形,在什么时候,用什么方法,在什么所在,全都讲给我听了。

国　王　可是她对于他的爱情抱着怎样的态度呢?

波洛涅斯　陛下以为我是怎样的一个人？

国　　王　一个忠心正直的人。

波洛涅斯　但愿我能够证明自己是这样一个人。可是假如我看见这场热烈的恋爱正在进行——不瞒陛下说，我在我的女儿没有告诉我以前，早就看出来了——假如我知道有了这么一回事，却在暗中玉成他们的好事，或者故意视若无睹，假作痴聋，一切不闻不问，那时候陛下的心里觉得怎样？我的好娘娘，您这位王后陛下的心里又觉得怎样？不，我一点儿也不敢懈怠我的责任，立刻就对我那位小姐说："哈姆莱特殿下是一位王子，不是你可以仰望的；这种事情不能让它继续下去。"于是我把她教训一番，叫她深居简出，不要和他见面，不要接纳他的来使，也不要收受他的礼物；她听了这番话，就照着我的意思实行起来。说来话短，他遭到拒绝以后，心里就郁郁不快，于是饭也吃不下了，觉也睡不着了，他的身体一天憔悴一天，他的精神一天恍惚一天，这样一步步发展下去，就变成现在他这一种为我们大家所悲痛的疯狂。

国　　王　你想是这个原因吗？

王　　后　这是很可能的。

波洛涅斯　我倒很想知道知道，哪一次我曾经肯定地说过了"这件事情是这样的"，而结果却并不这样？

国　　王　照我所知道的，那倒没有。

波洛涅斯　要是我说错了话，把这个东西从这个上面拿下来吧。（指自己的头及肩）只要有线索可寻，我总会找出事实的真相，即使那真相一直藏在地球的中心。

国　　王　我们怎么可以进一步试验试验？

波洛涅斯　您知道,有时候他会接连几个钟头在这儿走廊里踱来踱去。

王　　后　他真的常常这样踱来踱去。

波洛涅斯　乘他踱来踱去的时候,我就让我的女儿去见他,你我可以躲在帏幕后面注视他们相会的情形;要是他不爱她,他的理智不是因为恋爱而丧失,那么不要叫我襄理国家的政务,让我去做个耕田赶牲口的农夫吧。

国　　王　我们要试一试。

王　　后　可是瞧,这可怜的孩子忧忧愁愁地念着一本书来了。

波洛涅斯　请陛下和娘娘避一避;让我走上去招呼他。(国王、王后及侍从等下。)

　　　　　　哈姆莱特读书上。

波洛涅斯　啊,恕我冒昧。您好,哈姆莱特殿下?

哈姆莱特　呃,上帝怜悯世人!

波洛涅斯　您认识我吗,殿下?

哈姆莱特　认识认识,你是一个卖鱼的贩子。

波洛涅斯　我不是,殿下。

哈姆莱特　那么我但愿你是一个和鱼贩子一样的老实人。

波洛涅斯　老实,殿下!

哈姆莱特　嗯,先生;在这世上,一万个人中间只不过有一个老实人。

波洛涅斯　这句话说得很对,殿下。

哈姆莱特　要是太阳能在一条死狗尸体上孵育蛆虫,因为它是一块可亲吻的臭肉——你有一个女儿吗?

波洛涅斯　我有,殿下。

哈姆莱特　不要让她在太阳光底下行走;肚子里有学问是幸福,

但不是像你女儿肚子里会有的那种学问。朋友,留心哪。

波洛涅斯 （旁白）你们瞧,他念念不忘地提我的女儿;可是最初他不认识我,他说我是一个卖鱼的贩子。他的疯病已经很深了,很深了。说句老实话,我在年轻的时候,为了恋爱也曾大发其疯,那样子也跟他差不多哩。让我再去对他说话。——您在读些什么,殿下?

哈姆莱特 都是些空话,空话,空话。

波洛涅斯 讲的是什么事,殿下?

哈姆莱特 谁同谁的什么事?

波洛涅斯 我是说您读的书里讲到些什么事,殿下。

哈姆莱特 一派诽谤,先生;这个专爱把人讥笑的坏蛋在这儿说着,老年人长着灰白的胡须,他们的脸上满是皱纹,他们的眼睛里粘满了眼屎,他们的头脑是空空洞洞的,他们的两腿是摇摇摆摆的;这些话,先生,虽然我十分相信,可是照这样写在书上,总有些有伤厚道;因为就是拿您先生自己来说,要是您能够像一只蟹一样向后倒退,那么您也应该跟我一样年轻了。

波洛涅斯 （旁白）这些虽然是疯话,却有深意在内。——您要走进里边去吗,殿下?别让风吹着!

哈姆莱特 走进我的坟墓里去?

波洛涅斯 那倒真是风吹不着的地方。（旁白）他的回答有时候是多么深刻!疯狂的人往往能够说出理智清明的人所说不出来的话。我要离开他,立刻就去想法让他跟我的女儿见面。——殿下,我要向您告别了。

哈姆莱特 先生,那是再好没有的事;但愿我也能够向我的生命告别,但愿我也能够向我的生命告别,但愿我也能够向我的生命告别。

波洛涅斯　再会,殿下。(欲去。)

哈姆莱特　这些讨厌的老傻瓜!

　　　　罗森格兰兹及吉尔登斯吞重上。

波洛涅斯　你们要找哈姆莱特殿下,那儿就是。

罗森格兰兹　上帝保佑您,大人!(波洛涅斯下。)

吉尔登斯吞　我的尊贵的殿下!

罗森格兰兹　我的最亲爱的殿下!

哈姆莱特　我的好朋友们!你好,吉尔登斯吞?啊,罗森格兰兹!好孩子们,你们两人都好?

罗森格兰兹　不过像一般庸庸碌碌之辈,在这世上虚度时光而已。

吉尔登斯吞　无荣无辱便是我们的幸福;我们高不到命运女神帽子上的钮扣。

哈姆莱特　也低不到她的鞋底吗?

罗森格兰兹　正是,殿下。

哈姆莱特　那么你们是在她的腰上,或是在她的怀抱之中吗?

吉尔登斯吞　说老实话,我们是在她的私处。

哈姆莱特　在命运身上秘密的那部分吗?啊,对了;她本来是一个娼妓。你们听到什么消息没有?

罗森格兰兹　没有,殿下,我们只知道这世界变得老实起来了。

哈姆莱特　那么世界末日快到了;可是你们的消息是假的。让我再仔细问问你们;我的好朋友们,你们在命运手里犯了什么案子,她把你们送到这儿牢狱里来了?

吉尔登斯吞　牢狱,殿下!

哈姆莱特　丹麦是一所牢狱。

罗森格兰兹　那么世界也是一所牢狱。

哈姆莱特　一所很大的牢狱，里面有许多监房、囚室、地牢；丹麦是其中最坏的一间。

罗森格兰兹　我们倒不这样想，殿下。

哈姆莱特　啊，那么对于你们它并不是牢狱；因为世上的事情本来没有善恶，都是各人的思想把它们分别出来的；对于我它是一所牢狱。

罗森格兰兹　啊，那是因为您的雄心太大，丹麦是个狭小的地方，不够给您发展，所以您把它看成一所牢狱啦。

哈姆莱特　上帝啊！倘不是因为我总做噩梦，那么即使把我关在一个果壳里，我也会把自己当作一个拥有着无限空间的君王的。

吉尔登斯吞　那种噩梦便是您的野心；因为野心家本身的存在，也不过是一个梦的影子。

哈姆莱特　一个梦的本身便是一个影子。

罗森格兰兹　不错，因为野心是那么空虚轻浮的东西，所以我认为它不过是影子的影子。

哈姆莱特　那么我们的乞丐是实体，我们的帝王和大言不惭的英雄，却是乞丐的影子了。我们进宫去好不好？因为我实在不能陪着你们谈玄说理。

罗森格兰兹　
吉尔登斯吞　我们愿意侍候殿下。

哈姆莱特　没有的事，我不愿把你们当作我的仆人一样看待；老实对你们说吧，在我旁边侍候我的人全很不成样子。可是，凭着我们多年的交情，老实告诉我，你们到艾尔西诺来有什么贵干？

罗森格兰兹　我们是来拜访您来的，殿下；没有别的原因。

哈姆莱特　像我这样一个叫化子,我的感谢也是不值钱的,可是我谢谢你们;我想,亲爱的朋友们,你们专诚而来,只换到我的一声不值半文钱的感谢,未免太不值得了。不是有人叫你们来的吗?果然是你们自己的意思吗?真的是自动的访问吗?来,不要骗我。来,来,快说。

吉尔登斯吞　叫我们说些什么话呢,殿下?

哈姆莱特　无论什么话都行,只要不是废话。你们是奉命而来的;瞧你们掩饰不了你们良心上的惭愧,已经从你们的脸色上招认出来了。我知道是我们这位好国王和好王后叫你们来的。

罗森格兰兹　为了什么目的呢,殿下?

哈姆莱特　那可要请你们指教我了。可是凭着我们朋友间的道义,凭着我们少年时候亲密的情谊,凭着我们始终不渝的友好的精神,凭着比我口才更好的人所能提出的其他一切更有力量的理由,让我要求你们开诚布公,告诉我究竟你们是不是奉命而来的?

罗森格兰兹　(向吉尔登斯吞旁白)你怎么说?

哈姆莱特　(旁白)好,那么我看透你们的行动了。——要是你们爱我,别再抵赖了吧。

吉尔登斯吞　殿下,我们是奉命而来的。

哈姆莱特　让我代你们说明来意,免得你们泄漏了自己的秘密,有负国王、王后的付托。我近来不知为了什么缘故,一点儿兴致都提不起来,什么游乐的事都懒得过问;在这一种抑郁的心境之下,仿佛负载万物的大地,这一座美好的框架,只是一个不毛的荒岬;这个覆盖众生的苍穹,这一顶壮丽的帐幕,这个金黄色的火球点缀着的庄严的屋宇,只是一大堆污浊的瘴气的集合。人类是一件多么了不得的杰作！多么高贵的理性！多么伟大的力量！多么优美的仪表！多么文雅的举动！在行为上多么像一个天使！在智慧上多么像一个天神！宇宙的精华！万物的灵长！可是在我看来,这一个泥土塑成的生命算得了什么？人类不能使我发生兴趣;不,女人也不能使我发生兴趣,虽然从你现在的微笑之中,我可以看到你在这样想。

罗森格兰兹　殿下,我心里并没有这样的思想。

哈姆莱特　那么当我说"人类不能使我发生兴趣"的时候,你为什么笑起来？

罗森格兰兹　我想,殿下,要是人类不能使您发生兴趣,那么那班戏子们恐怕要来自讨一场没趣了;我们在路上赶过了他们,他们是要到这儿来向您献技的。

哈姆莱特　扮演国王的那个人将要得到我的欢迎,我要在他的御座之前致献我的敬礼;冒险的骑士可以挥舞他的剑盾;情人的叹息不会没有酬报;躁急易怒的角色可以平安下场;小丑将要使那班善笑的观众捧腹;我们的女主角可以坦白诉说她的心事,不用怕那无韵诗的句子脱去板眼。他们是一班什么戏子？

罗森格兰兹　就是您向来所欢喜的那一个班子,在城里专演悲剧的。

哈姆莱特　他们怎么走起江湖来了呢？固定在一个地方演戏,在名誉和进益上都要好得多哩。

罗森格兰兹　我想他们不能在一个地方立足,是为了时势的变化。

哈姆莱特　他们的名誉还是跟我在城里那时候一样吗？他们的

观众还是那么多吗?

罗森格兰兹　不,他们现在已经大非昔比了。

哈姆莱特　怎么会这样的?他们的演技退步了吗?

罗森格兰兹　不,他们还是跟从前一样努力;可是,殿下,他们的地位已经被一群羽毛未丰的黄口小儿占夺了去。这些娃娃们的嘶叫博得了台下疯狂的喝采,他们是目前流行的宠儿,他们的声势压倒了所谓普通的戏班,以至于许多腰佩长剑的上流顾客,都因为惧怕批评家鹅毛管的威力,而不敢到那边去。

哈姆莱特　什么!是一些童伶吗?谁维持他们的生活?他们的薪工是怎么计算的?他们一到不能唱歌的年龄,就不再继续他们的本行了吗?要是他们赚不了多少钱,长大起来多半还是要做普通戏子的,那时候难道他们不会抱怨写戏词的人把他们害了,因为原先叫他们挖苦备至的不正是他们自己的未来前途吗?

罗森格兰兹　真的,两方面闹过不少的纠纷,全国的人都站在旁边恬不为意地呐喊助威,怂恿他们互相争斗。曾经有一个时期,一个脚本非得插进一段编剧家和演员争吵的对话,不然是没有人愿意出钱购买的。

哈姆莱特　有这等事?

吉尔登斯吞　是啊,在那场交锋里,许多人都投入了大量心血。

哈姆莱特　结果是娃娃们打赢了吗?

罗森格兰兹　正是,殿下;连赫剌克勒斯和他背负的地球都成了他们的战利品①。

--------

① 赫剌克勒斯曾背负地球。莎士比亚剧团经常在环球剧院演出,那剧院即以赫剌克勒斯背负地球为招牌。

哈姆莱特　那也没有什么稀奇;我的叔父是丹麦的国王,那些当我父亲在世的时候对他扮鬼脸的人,现在都愿意拿出二十、四十、五十、一百块金洋来买他的一幅小照。哼,这里面有些不是常理可解的地方,要是哲学能够把它推究出来的话。

　　　　（内喇叭奏花腔。）

吉尔登斯吞　这班戏子们来了。

哈姆莱特　两位先生,欢迎你们到艾尔西诺来。把你们的手给我;欢迎总要讲究这些礼节、俗套;让我不要对你们失礼,因为这些戏子们来了以后,我不能不敷衍他们一番,也许你们见了会发生误会,以为我招待你们还不及招待他们殷勤。我欢迎你们;可是我的叔父父亲和婶母母亲可弄错啦。

吉尔登斯吞　弄错了什么,我的好殿下?

哈姆莱特　天上刮着西北风,我才发疯;风从南方吹来的时候,我不会把一只鹰当作了一只鹭鸶。

　　　　波洛涅斯重上。

波洛涅斯　祝福你们,两位先生!

哈姆莱特　听着,吉尔登斯吞;你也听着;一只耳朵边有一个人听:你们看见的那个大孩子,还在襁褓之中,没有学会走路哩。

罗森格兰兹　也许他是第二次裹在襁褓里,因为人家说,一个老年人是第二次做婴孩。

哈姆莱特　我可以预言他是来报告我戏子们来到的消息的;听好。——你说得不错;在星期一早上;正是正是①。

---

① 这句是故意说给波洛涅斯听的,表示他正在专心和朋友谈话。

波洛涅斯　殿下,我有消息要来向您报告。

哈姆莱特　大人,我也有消息要向您报告。当罗歇斯①在罗马演戏的时候——

波洛涅斯　那班戏子们已经到这儿来了,殿下。

哈姆莱特　嗤,嗤!

波洛涅斯　凭着我的名誉起誓——

哈姆莱特　那时每一个伶人都骑着驴子而来——

波洛涅斯　他们是全世界最好的伶人,无论悲剧、喜剧、历史剧、田园剧、田园喜剧、田园史剧、历史悲剧、历史田园悲喜剧、场面不变的正宗戏或是摆脱拘束的新派戏,他们无不拿手;塞内加的悲剧不嫌其太沉重,普鲁图斯的喜剧不嫌其太轻浮。② 无论在演出规律的或是自由的剧本方面,他们都是惟一的演员。

哈姆莱特　以色列的士师耶弗他③啊,你有一件怎样的宝贝!

波洛涅斯　他有什么宝贝,殿下?

哈姆莱特　嗨,

　　　　他有一个独生娇女,

　　　　爱她胜过掌上明珠。

波洛涅斯　(旁白)还在提我的女儿。

哈姆莱特　我念得对不对,耶弗他老头儿?

波洛涅斯　要是您叫我耶弗他,殿下,那么我有一个爱如掌珠的娇女。

哈姆莱特　不,下面不是这样的。

――――――

① 罗歇斯(Roscius),古罗马著名伶人。
② 二人均系古罗马剧作家,前者写悲剧,后者写喜剧。
③ 耶弗他得上帝之助,击败敌人,乃以其女献祭。事见《旧约·士师记》。

波洛涅斯　那么应当是怎样的呢,殿下?

哈姆莱特　嗨,

　　　　　上天不佑,劫数临头。

下面你知道还有,

　　　　　偏偏凑巧,谁也难保——

要知道全文,请查这支圣歌的第一节,因为,你瞧,有人来把我的话头打断了。

　　　　　优伶四五人上。

哈姆莱特　欢迎,各位朋友,欢迎欢迎!——我很高兴看见你这样健康。——欢迎,列位。——啊,我的老朋友!你的脸上比我上次看见你的时候,多长了几根胡子,格外显得威武啦;你是要到丹麦来向我挑战吗?啊,我的年轻的姑娘!凭着圣母起誓,您穿上了一双高底木靴,比我上次看见您的时候更苗条得多啦;求求上帝,但愿您的喉咙不要沙嗄得像一面破碎的铜锣才好!各位朋友,欢迎欢迎!我们要像法国的鹰师一样,不管看见什么就撒出鹰去;让我们立刻就来念一段剧词。来,试一试你们的本领,来一段激昂慷慨的剧词。

伶　甲　殿下要听的是哪一段?

哈姆莱特　我曾经听见你向我背诵过一段台词,可是它从来没有上演过;即使上演,也不会有一次以上,因为我记得这本戏并不受大众的欢迎。它是不合一般人口味的鱼子酱;可是照我的意思看来,还有其他在这方面比我更有权威的人也抱着同样的见解,它是一本绝妙的戏剧,场面支配得很是适当,文字质朴而富于技巧。我记得有人这样说过:那出戏里没有滥加提味的作料,字里行间毫无矫揉造作的痕迹;他把它称为一种老老实实的写法，兼有刚健与柔和之美，壮丽而不流于纤巧。其中有一段话是我最喜爱的，那就是埃涅阿斯对狄多讲述的故事，尤其是讲到普里阿摩斯被杀的那一节。要是你们还没有把它忘记，请从这一行念起；让我想想，让我想想：——

  野蛮的皮洛斯像猛虎一样——

不，不是这样；但是的确是从皮洛斯开始的：——

  野蛮的皮洛斯蹲伏在木马之中，
  黝黑的手臂和他的决心一样，
  像黑夜一般阴森而恐怖；
  在这黑暗狰狞的肌肤之上，
  现在更染上令人惊怖的纹章，
  从头到脚，他全身一片殷红，
  溅满了父母子女们无辜的血；
  那些燃烧着熊熊烈火的街道，
  发出残忍而惨恶的凶光，
  照亮敌人去肆行他们的杀戮，
  也焙干了到处横流的血泊；
  冒着火焰的熏炙，像恶魔一般，
  全身胶黏着凝结的血块，
  圆睁着两颗血红的眼睛，
  来往寻找普里阿摩斯老王的踪迹。

  你接下去吧。

波洛涅斯 上帝在上，殿下，您念得好极了，真是抑扬顿挫，曲尽其妙。

伶 甲

那老王正在苦战,
但是砍不着和他对敌的希腊人;
一点不听他手臂的指挥,
他的古老的剑锵然落地;
皮洛斯瞧他孤弱可欺,
疯狂似的向他猛力攻击,
凶恶的利刃虽然没有击中,
一阵风却把那衰弱的老王搧倒。
这一下打击有如天崩地裂,
惊动了没有感觉的伊利恩①,
冒着火焰的城楼霎时坍下,
那轰然的巨响像一个霹雳,
震聋了皮洛斯的耳朵;瞧!
他的剑还没砍下普里阿摩斯
白发的头颅,却已在空中停住;
像一个涂朱抹彩的暴君,
对自己的行为漠不关心,
他兀立不动。
在一场暴风雨未来以前,
天上往往有片刻的宁寂,
一块块乌云静悬在空中,
狂风悄悄地收起它的声息,
死样的沉默笼罩整个大地;
可是就在这片刻之内,

---

① 伊利恩(Ilium),特洛亚之别名。

　　　　可怕的雷鸣震裂了天空。
　　　　经过暂时的休止,杀人的暴念
　　　　重新激起了皮洛斯的精神;
　　　　库克罗普斯①为战神铸造甲胄,
　　　　那巨力的锤击,还不及皮洛斯
　　　　流血的剑向普里阿摩斯身上劈下
　　　　那样凶狠无情。
　　　　去,去,你娼妇一样的命运!
　　　　天上的诸神啊!剥去她的权力,
　　　　不要让她僭窃神明的宝座;
　　　　拆毁她的车轮,把它滚下神山,
　　　　直到地狱的深渊。

波洛涅斯　这一段太长啦。
哈姆莱特　它应当跟你的胡子一起到理发匠那儿去薙一薙。念下去吧。他只爱听俚俗的歌曲和淫秽的故事,否则他就要瞌睡的。念下去;下面要讲到赫卡柏了。
伶　　甲
　　　　可是啊!谁看见那蒙脸的王后——
哈姆莱特　"那蒙脸的王后"?
波洛涅斯　那很好;"蒙脸的王后"是很好的句子。
伶　　甲
　　　　满面流泪,在火焰中赤脚奔走,
　　　　一块布覆在失去宝冕的头上,

---

① 库克罗普斯(Cyclops),希腊神话中一族独眼巨人,是大匠神赫准斯托斯的助手。

> 也没有一件蔽体的衣服,
> 只有在惊惶中抓到的一幅毡巾,
> 裹住她瘦削而多产的腰身;
> 谁见了这样伤心惨目的景象,
> 不要向残酷的命运申申毒詈?
> 她看见皮洛斯以杀人为戏,
> 正在把她丈夫的肢体脔割,
> 忍不住大放哀声,那凄凉的号叫——
> 除非人间的哀乐不能感动天庭——
> 即使天上的星星也会陪她流泪,
> 假使那时诸神曾在场目击,
> 他们的心中都要充满悲愤。

波洛涅斯　瞧,他的脸色都变了,他的眼睛里已经含着眼泪!不要念下去了吧。

哈姆莱特　很好,其余的部分等会儿再念给我听吧。大人,请您去找一处好好的地方安顿这一班伶人。听着,他们是不可怠慢的,因为他们是这一个时代的缩影;宁可在死后得到一首恶劣的墓铭,不要在生前受他们一场刻毒的讥讽。

波洛涅斯　殿下,我按着他们应得的名分对待他们就是了。

哈姆莱特　嗳哟,朋友,还要客气得多哩!要是照每一个人应得的名分对待他,那么谁逃得了一顿鞭子?照你自己的名誉地位对待他们;他们越是不配受这样的待遇,越可以显出你的谦虚有礼。领他们进去。

波洛涅斯　来,各位朋友。

哈姆莱特　跟他去,朋友们;明天我们要听你们唱一本戏。(波洛涅斯偕众伶下,伶甲独留)听着,老朋友,你会演《贡扎古之死》吗?

伶　　甲　会演的,殿下。

哈姆莱特　那么我们明天晚上就把它上演。也许我为了必要的理由,要另外写下约莫十几行句子的一段剧词插进去,你能够把它预先背熟吗?

伶　　甲　可以,殿下。

哈姆莱特　很好。跟着那位老爷去;留心不要取笑他。(伶甲下。向罗森格兰兹、吉尔登斯吞)我的两位好朋友,我们今天晚上再见;欢迎你们到艾尔西诺来!

吉尔登斯吞　再会,殿下!(罗森格兰兹、吉尔登斯吞同下。)

哈姆莱特　好,上帝和你们同在!现在我只剩一个人了。啊,我是一个多么不中用的蠢才!这一个伶人不过在一本虚构的故事、一场激昂的幻梦之中,却能够使他的灵魂融化在他的意象里,在它的影响之下,他的整个的脸色变成惨白,他的眼中洋溢着热泪,他的神情流露着仓皇,他的声音是这么呜咽凄凉,他的全部动作都表现得和他的意象一致,这不是极其不可思议的吗?而且一点也不为了什么!为了赫卡柏!赫卡柏对他有什么相干,他对赫卡柏又有什么相干,他却要为她流泪?要是他也有了像我所有的那样使人痛心的理由,他将要怎样呢?他一定会让眼泪淹没了舞台,用可怖的字句震裂了听众的耳朵,使有罪的人发狂,使无罪的人惊骇,使愚昧无知的人惊惶失措,使所有的耳目迷乱了它们的功能。可是我,一个糊涂颠顶的家伙,垂头丧气,一天到晚像在做梦似的,忘记了杀父的大仇;虽然一个国王给人家用万恶的手段掠夺了他的权位,杀害了他的最宝贵的生命,我却始终哼不出一句话来。我是一个懦夫吗?谁骂我恶人?

谁敲破我的脑壳？谁拔去我的胡子，把它吹在我的脸上？谁扭我的鼻子？谁当面指斥我胡说？谁对我做这种事？嘿！我应该忍受这样的侮辱，因为我是一个没有心肝、逆来顺受的怯汉，否则我早已用这奴才的尸肉，喂肥了满天盘旋的乌鸢了。嗜血的、荒淫的恶贼！狠心的、奸诈的、淫邪的、悖逆的恶贼！啊！复仇！——嗨，我真是个蠢才！我的亲爱的父亲被人谋杀了，鬼神都在鞭策我复仇，我这做儿子的却像一个下流女人似的，只会用空言发发牢骚，学起泼妇骂街的样子来，在我已经是了不得的了！呸！呸！活动起来吧，我的脑筋！我听人家说，犯罪的人在看戏的时候，因为台上表演的巧妙，有时会激动天良，当场供认他们的罪恶；因为暗杀的事情无论干得怎样秘密，总会借着神奇的喉舌泄露出来。我要叫这班伶人在我的叔父面前表演一本跟我的父亲的惨死情节相仿的戏剧，我就在一旁窥察他的神色；我要探视到他的灵魂的深处，要是他稍露惊骇不安之态，我就知道我应该怎么办。我所看见的幽灵也许是魔鬼的化身，借着一个美好的形状出现，魔鬼是有这一种本领的；对于柔弱忧郁的灵魂，他最容易发挥他的力量；也许他看准了我的柔弱和忧郁，才来向我作祟，要把我引诱到沉沦的路上。我要先得到一些比这更切实的证据；凭着这一本戏，我可以发掘国王内心的隐秘。（下。）

# 第 三 幕

## 第一场　城堡中一室

　　国王、王后、波洛涅斯、奥菲利娅、罗森格兰兹及吉尔登斯吞上。

国　　王　你们不能用迂回婉转的方法,探出他为什么这样神魂颠倒,让紊乱而危险的疯狂困扰他的安静的生活吗?

罗森格兰兹　他承认他自己有些神经迷惘,可是绝口不肯说为了什么缘故。

吉尔登斯吞　他也不肯虚心接受我们的探问;当我们想要引导他吐露他自己的一些真相的时候,他总是用假作痴呆的神气故意回避。

王　　后　他对待你们还客气吗?

罗森格兰兹　很有礼貌。

吉尔登斯吞　可是不大自然。

罗森格兰兹　他很吝惜自己的话,可是我们问他话的时候,他回答起来却是毫无拘束。

王　　后　你们有没有劝诱他找些什么消遣?

罗森格兰兹　娘娘,我们来的时候,刚巧有一班戏子也要到这儿来,给我们赶过了;我们把这消息告诉了他,他听了好像很高兴。现在他们已经到了宫里,我想他已经盼咐他们今晚为他演出了。

波洛涅斯　一点儿不错;他还叫我来请两位陛下同去看看他们演得怎样哩。

国　　王　那好极了;我非常高兴听见他在这方面感到兴趣。请你们两位还要更进一步鼓起他的兴味,把他的心思移转到这种娱乐上面。

罗森格兰兹　是,陛下。(罗森格兰兹、吉尔登斯呑同下。)

国　　王　亲爱的乔特鲁德,你也暂时离开我们;因为我们已经暗中差人去唤哈姆莱特到这儿来,让他和奥菲利娅见见面,就像他们偶然相遇一般。她的父亲跟我两人将要权充一下密探,躲在可以看见他们,却不能被他们看见的地方,注意他们会面的情形,从他的行为上判断他的疯病究竟是不是因为恋爱上的苦闷。

王　后　我愿意服从您的意旨。奥菲利娅,但愿你的美貌果然是哈姆莱特疯狂的原因;更愿你的美德能够帮助他恢复原状,使你们两人都能安享尊荣。

奥菲利娅　娘娘,但愿如此。(王后下。)

波洛涅斯　奥菲利娅,你在这儿走走。陛下,我们就去躲起来吧。(向奥菲利娅)你拿这本书去读,他看见你这样用功,就不会疑心你为什么一个人在这儿了。人们往往用至诚的外表和虔敬的行动,掩饰一颗魔鬼般的内心,这样的例子是太多了。

国　　王　(旁白)啊,这句话是太真实了!它在我的良心上抽了多么重的一鞭!涂脂抹粉的娼妇的脸,还不及掩藏在虚伪的言辞后面的我的行为更丑恶。难堪的重负啊!

波洛涅斯　我听见他来了；我们退下去吧，陛下。（国王及波洛涅斯下。）

哈姆莱特上。

哈姆莱特　生存还是毁灭，这是一个值得考虑的问题；默然忍受命运的暴虐的毒箭，或是挺身反抗人世的无涯的苦难，通过斗争把它们扫清，这两种行为，哪一种更高贵？死了；睡着了；什么都完了；要是在这一种睡眠之中，我们心头的创痛，以及其他无数血肉之躯所不能避免的打击，都可以从此消失，那正是我们求之不得的结局。死了；睡着了；睡着了也许还会做梦；嗯，阻碍就在这儿：因为当我们摆脱了这一具朽腐的皮囊以后，在那死的睡眠里，究竟将要做些什么梦，那不能不使我们踌躇顾虑。人们甘心久困于患难之中，也就是为了这个缘故；谁愿意忍受人世的鞭挞和讥嘲、压迫者的凌辱、傲慢者的冷眼、被轻蔑的爱情的惨痛、法律的迁延、官吏的横暴和费尽辛勤所换来的小人的鄙视，要是他只要用一柄小小的刀子，就可以清算他自己的一生？谁愿意负着这样的重担，在烦劳的生命的压迫下呻吟流汗，倘不是因为惧怕不可知的死后，惧怕那从来不曾有一个旅人回来过的神秘之国，是它迷惑了我们的意志，使我们宁愿忍受目前的磨折，不敢向我们所不知道的痛苦飞去？这样，重重的顾虑使我们全变成了懦夫，决心的赤热的光彩，被审慎的思维盖上了一层灰色，伟大的事业在这一种考虑之下，也会逆流而退，失去了行动的意义。且慢！美丽的奥菲利娅！——女神，在你的祈祷之中，不要忘记替我忏悔我的罪孽。

奥菲利娅　我的好殿下，您这许多天来贵体安好吗？

哈姆莱特　谢谢你，很好，很好，很好。

奥菲利娅　殿下,我有几件您送给我的纪念品,我早就想把它们还给您;请您现在收回去吧。

哈姆莱特　不,我不要;我从来没有给你什么东西。

奥菲利娅　殿下,我记得很清楚您把它们送给了我,那时候您还向我说了许多甜言蜜语,使这些东西格外显得贵重;现在它们的芳香已经消散,请您拿回去吧,因为在有骨气的人看来,送礼的人要是变了心,礼物虽贵,也会失去了价值。拿去吧,殿下。

哈姆莱特　哈哈!你贞洁吗?

奥菲利娅　殿下!

哈姆莱特　你美丽吗?

奥菲利娅　殿下是什么意思?

哈姆莱特　要是你既贞洁又美丽,那么你的贞洁应该断绝跟你的美丽来往。

奥菲利娅　殿下,难道美丽除了贞洁以外,还有什么更好的伴侣吗?

哈姆莱特　嗯,真的;因为美丽可以使贞洁变成淫荡,贞洁却未必能使美丽受它自己的感化;这句话从前像是怪诞之谈,可是现在时间已经把它证实了。我的确曾经爱过你。

奥菲利娅　真的,殿下,您曾经使我相信您爱我。

哈姆莱特　你当初就不应该相信我,因为美德不能熏陶我们罪恶的本性;我没有爱过你。

奥菲利娅　那么我真是受了骗了。

哈姆莱特　进尼姑庵去吧;为什么你要生一群罪人出来呢?我自己还不算是一个顶坏的人;可是我可以指出我的许多过失,一个人有了那些过失,他的母亲还是不要生下他来的好。我很骄傲,有仇必报,富于野心,我的罪恶是那么多,连我的思想也容纳不下,我的想像也不能给它们形象,甚至于我都没有充分的时间可以把它们实行出来。像我这样的家伙,匍匐于天地之间,有什么用处呢?我们都是些十足的坏人;一个也不要相信我们。进尼姑庵去吧。你的父亲呢?

奥菲利娅　在家里,殿下。

哈姆莱特　把他关起来,让他只好在家里发发傻劲。再会!

奥菲利娅　嗳哟,天哪!救救他!

哈姆莱特　要是你一定要嫁人,我就把这一个咒诅送给你做嫁奁:尽管你像冰一样坚贞,像雪一样纯洁,你还是逃不过谗人的诽谤。进尼姑庵去吧,去;再会!或者要是你必须嫁人的话,就嫁给一个傻瓜吧;因为聪明人都明白你们会叫他们变成怎样的怪物。进尼姑庵去吧,去;越快越好。再会!

奥菲利娅　天上的神明啊,让他清醒过来吧!

哈姆莱特　我也知道你们会怎样涂脂抹粉;上帝给了你们一张脸,你们又替自己另外造了一张。你们烟视媚行,淫声浪气,替上帝造下的生物乱取名字,卖弄你们不懂事的风骚。算了吧,我再也不敢领教了;它已经使我发了狂。我说,我们以后再不要结什么婚了;已经结过婚的,除了一个人以外,都可以让他们活下去;没有结婚的不准再结婚,进尼姑庵去吧,去。(下。)

奥菲利娅　啊,一颗多么高贵的心是这样殒落了!朝臣的眼睛、学者的辩舌、军人的利剑、国家所瞩望的一朵娇花;时流的明镜、人伦的雅范、举世注目的中心,这样无可挽回地殒落了!我是一切妇女中间最伤心而不幸的,我曾经从他音乐一般的盟誓中吮吸芬芳的甘蜜,现在却眼看着他的高贵无上的理智，像一串美妙的银铃失去了谐和的音调，无比的青春美貌，在疯狂中凋谢！啊！我好苦，谁料过去的繁华，变作今朝的泥土！

　　　国王及波洛涅斯重上。

国　　王　恋爱！他的精神错乱不像是为了恋爱；他说的话虽然有些颠倒，也不像是疯狂。他有些什么心事盘踞在他的灵魂里，我怕它也许会产生危险的结果。为了防止万一，我已经当机立断，决定了一个办法：他必须立刻到英国去，向他们追索延宕未纳的贡物；也许他到海外各国游历一趟以后，时时变换的环境，可以替他排解去这一桩使他神思恍惚的心事。你看怎么样？

波洛涅斯　那很好；可是我相信他的烦闷的根本原因，还是为了恋爱上的失意。啊，奥菲利娅！你不用告诉我们哈姆莱特殿下说些什么话；我们全都听见了。陛下，照您的意思办吧；可是您要是认为可以的话，不妨在戏剧终场以后，让他的母后独自一人跟他在一起，恳求他向她吐露他的心事；她必须很坦白地跟他谈谈，我就找一个所在听他们说些什么。要是她也探听不出他的秘密来，您就叫他到英国去，或者凭着您的高见，把他关禁在一个适当的地方。

国　　王　就这样吧；大人物的疯狂是不能听其自然的。（同下。）

## 第二场　城堡中的厅堂

　　　哈姆莱特及若干伶人上。

哈姆莱特　请你念这段剧词的时候，要照我刚才读给你听的那样子，一个字一个字打舌头上很轻快地吐出来；要是你也像多数的伶人们一样,只会拉开了喉咙嘶叫,那么我宁愿叫那宣布告示的公差念我这几行词句。也不要老是把你的手在空中这么摇挥;一切动作都要温文,因为就是在洪水暴风一样的感情激发之中,你也必须取得一种节制,免得流于过火。啊!我顶不愿意听见一个披着满头假发的家伙在台上乱嚷乱叫,把一段感情片片撕碎,让那些只爱热闹的低级观众听了出神,他们中间的大部分是除了欣赏一些莫名其妙的手势以外,什么都不懂。我可以把这种家伙抓起来抽一顿鞭子,因为他把妥玛刚特形容过分,希律王的凶暴也要对他甘拜下风。① 请你留心避免才好。

伶　甲　我留心着就是了,殿下。

哈姆莱特　可是太平淡了也不对,你应该接受你自己的常识的指导,把动作和言语互相配合起来;特别要注意到这一点,你不能越过自然的常道;因为任何过分的表现都是和演剧的原意相反的,自有戏剧以来,它的目的始终是反映自然,显示善恶的本来面目,给它的时代看一看它自己演变发展的模型。要是表演得过分了或者太懈怠了,虽然可以博外行的观众一笑,明眼之士却要因此而皱眉;你必须看重这样一个卓识者的批评甚于满场观众盲目的毁誉。啊!我曾经看见有几个伶人演戏,而且也听见有人把他们极口捧场,说一句比喻不伦的话,他们既不会说基督徒的语言,又不会学着基督徒、异教徒或者一般人的样子走路,瞧他们在台上大摇大摆,使劲叫喊的样子,我心里就想一定是什么造化的雇

---

① 妥玛刚特是基督徒假想的伊斯兰教神祇,希律是耶稣诞生时的犹太暴君,二者均为英国旧日的宗教剧中常见之角色。

工把他们造了下来:造得这样拙劣,以至于全然失去了人类的面目。

伶　甲　我希望我们在这方面已经有了相当的纠正了。

哈姆莱特　啊!你们必须彻底纠正这一种弊病。还有你们那些扮演小丑的,除了剧本上专为他们写下的台词以外,不要让他们临时编造一些话加上去。往往有许多小丑爱用自己的笑声,引起台下一些无知的观众的哄笑,虽然那时候全场的注意力应当集中于其他更重要的问题上;这种行为是不可恕的,它表示出那丑角的可鄙的野心。去,准备起来吧。

(伶人等同下。)

波洛涅斯、罗森格兰兹及吉尔登斯吞上。

哈姆莱特　啊,大人,王上愿意来听这一本戏吗?

波洛涅斯　他跟娘娘都就要来了。

哈姆莱特　叫那些戏子们赶紧点儿。(波洛涅斯下)你们两人也去帮着催催他们。

罗森格兰兹
吉尔登斯吞　是,殿下。(罗森格兰兹、吉尔登斯吞下。)

哈姆莱特　喂!霍拉旭!

霍拉旭上。

霍拉旭　有,殿下。

哈姆莱特　霍拉旭,你是我所交接的人们中间最正直的一个人。

霍拉旭　啊,殿下!——

哈姆莱特　不,不要以为我在恭维你;你除了你的善良的精神以外,身无长物,我恭维了你又有什么好处呢?为什么要向穷人恭维?不,让蜜糖一样的嘴唇去吮舐愚妄的荣华,在有利可图的所在屈下他们生财有道的膝盖来吧。听着。自从我

155

能够辨别是非、察择贤愚以后,你就是我灵魂里选中的一个人,因为你虽然经历一切的颠沛,却不曾受到一点儿伤害,命运的虐待和恩宠,你都是受之泰然;能够把感情和理智调整得那么适当,命运不能把他玩弄于指掌之间,那样的人是有福的。给我一个不为感情所奴役的人,我愿意把他珍藏在我的心坎,我的灵魂的深处,正像我对你一样。这些话现在也不必多说了。今晚我们要在国王面前演一出戏,其中有一场的情节跟我告诉过你的我的父亲的死状颇相仿佛;当那幕戏正在串演的时候,我要请你集中你的全副精神,注视我的叔父,要是他在听到了那一段戏词以后,他的隐藏的罪恶还是不露出一丝痕迹来,那么我们所看见的那个鬼魂一定是个恶魔,我的幻想也就像铁匠的砧石那样黑漆一团了。留心看他;我也要把我的眼睛看定他的脸上;过后我们再把各人观察的结果综合起来,给他下一个判断。

霍拉旭　很好,殿下;在演这出戏的时候,要是他在容色举止之间,有什么地方逃过了我们的注意,请您惟我是问。

哈姆莱特　他们来看戏了;我必须装出一副糊涂样子。你去拣一个地方坐下。

　　　奏丹麦进行曲,喇叭奏花腔。国王、王后、波洛涅斯、奥菲利娅、罗森格兰兹、吉尔登斯吞及余人等上。

国　王　你过得好吗,哈姆莱特贤侄?

哈姆莱特　很好,好极了;我过的是变色蜥蜴的生活,整天吃空气,肚子让甜言蜜语塞满了;这可不是你们填鸭子的办法。

国　王　你这种话真是答非所问,哈姆莱特;我不是那个意思。

哈姆莱特　不,我现在也没有那个意思。(向波洛涅斯)大人,您说您在大学里念书的时候,曾经演过一回戏吗?

波洛涅斯　是的,殿下,他们都称赞我是一个很好的演员哩。

哈姆莱特　您扮演什么角色呢?

波洛涅斯　我扮的是裘力斯·凯撒;勃鲁托斯在朱庇特神殿里把我杀死。

哈姆莱特　他在神殿里杀死了那么好的一头小牛,真太残忍了。那班戏子已经预备好了吗?

罗森格兰兹　是,殿下,他们在等候您的旨意。

王　后　过来,我的好哈姆莱特,坐在我的旁边。

哈姆莱特　不,好妈妈,这儿有一个更迷人的东西哩。

波洛涅斯　(向国王)啊哈!您看见吗?

哈姆莱特　小姐,我可以睡在您的怀里吗?

奥菲利娅　不,殿下。

哈姆莱特　我的意思是说,我可以把我的头枕在您的膝上吗?

奥菲利娅　嗯,殿下。

哈姆莱特　您以为我在转着下流的念头吗?

奥菲利娅　我没有想到,殿下。

哈姆莱特　睡在姑娘大腿的中间,想起来倒是很有趣的。

奥菲利娅　什么,殿下?

哈姆莱特　没有什么。

奥菲利娅　您在开玩笑哩,殿下。

哈姆莱特　谁,我吗?

奥菲利娅　嗯,殿下。

哈姆莱特　上帝啊!要说玩笑,那就得属我了。一个人为什么不说说笑笑呢?您瞧,我的母亲多么高兴,我的父亲还不过死了两个钟头。

奥菲利娅　不,已经四个月了,殿下。

哈姆莱特　这么久了吗？嗳哟，那么让魔鬼去穿孝服吧，我可要去做一身貂皮的新衣啦。天啊！死了两个月，还没有把他忘记吗？那么也许一个大人物死了以后，他的记忆还可以保持半年之久；可是凭着圣母起誓，他必须造下几所教堂，否则他就要跟那被遗弃的木马一样，没有人再会想念他了。

　　　　高音笛奏乐。哑剧登场。

　　　　一国王及一王后上，状极亲热，互相拥抱。后跪地，向王作宣誓状，王扶后起，俯首后颈上。王就花坪上睡下；后见王睡熟离去。另一人上，自王头上去冠，吻冠，注毒药于王耳，下。后重上，见王死，作哀恸状。下毒者率其他二三人重上，伴作陪后悲哭状。从者舁王尸下。下毒者以礼物赠后，向其乞爱；后先作憎恶不愿状，卒允其请。同下。

奥菲利娅　这是什么意思，殿下？
哈姆莱特　呃，这是阴谋诡计、不干好事的意思。
奥菲利娅　大概这一场哑剧就是全剧的本事了。

　　　　致开场词者上。

哈姆莱特　这家伙可以告诉我们一切；演戏的都不能保守秘密，他们什么话都会说出来。
奥菲利娅　他也会给我们解释方才那场哑剧有什么奥妙吗？
哈姆莱特　是啊；这还不算，只要你做给他看什么，他也能给你解释什么；只要你做出来不害臊，他解释起来也决不害臊。
奥菲利娅　殿下真是淘气、真是淘气。我还是看戏吧。

　　　　　　开　场　词

　　　这悲剧要是演不好，
　　　　要请各位原谅指教，
　　　　小的在这厢有礼了。（致开场词者下。）

哈姆莱特　这算开场词呢,还是指环上的诗铭?

奥菲利娅　它很短,殿下。

哈姆莱特　正像女人的爱情一样。

　　　　　二伶人扮国王、王后上。

伶　王

　　日轮已经盘绕三十春秋,
　　那茫茫海水和滚滚地球,
　　月亮吐耀着借来的晶光,
　　三百六十回向大地环航,
　　自从爱把我们缔结良姻,
　　许门替我们证下了鸳盟。

伶　后

　　愿日月继续他们的周游,
　　让我们再厮守三十春秋!
　　可是唉,你近来这样多病,
　　郁郁寡欢,失去旧时高兴,
　　好教我满心里为你忧惧。
　　可是,我的主,你不必疑虑;
　　女人的忧伤像爱情一样,
　　不是太少,就是超过分量;
　　你知道我爱你是多么深,
　　所以才会有如此的忧心。
　　越是相爱,越是挂肚牵胸;
　　不这样哪显得你我情浓?

伶　王

　　爱人,我不久必须离开你,

　　　　　　　我的全身将要失去生机；
　　　　　　　留下你在这繁华的世界
　　　　　　　安享尊荣，受人们的敬爱：
　　　　　　　也许再嫁一位如意郎君——
伶　后
　　　　　　　啊！我断不是那样薄情人；
　　　　　　　我倘忘旧迎新，难邀天恕，
　　　　　　　再嫁的除非是杀夫淫妇。
哈姆莱特　（旁白）苦恼，苦恼！
伶　后
　　　　　　　妇人失节大半贪慕荣华，
　　　　　　　多情女子决不另抱琵琶；
　　　　　　　我要是与他人共枕同衾，
　　　　　　　怎么对得起地下的先灵！
伶　王
　　　　　　　我相信你的话发自心田，
　　　　　　　可是我们往往自食前言。
　　　　　　　志愿不过是记忆的奴隶，
　　　　　　　总是有始无终，虎头蛇尾，
　　　　　　　像未熟的果子密布树梢，
　　　　　　　一朝红烂就会离去枝条。
　　　　　　　我们对自己所负的债务，
　　　　　　　最好把它丢在脑后不顾；
　　　　　　　一时的热情中发下誓愿，
　　　　　　　心冷了，那意志也随云散。
　　　　　　　过分的喜乐，剧烈的哀伤，

反会毁害了感情的本常。
人世间的哀乐变幻无端,
痛哭转瞬早变成了狂欢。
世界也会有毁灭的一天,
何怪爱情要随境遇变迁;
有谁能解答这一个哑谜,
是境由爱造?是爱逐境移?
失财势的伟人举目无亲;
走时运的穷酸仇敌逢迎。
这炎凉的世态古今一辙:
富有的门庭挤满了宾客;
要是你在穷途向人求助,
即使知交也要情同陌路。
把我们的谈话拉回本题,
意志命运往往背道而驰,
决心到最后会全部推倒,
事实的结果总难符预料。
你以为你自己不会再嫁,
只怕我一死你就要变卦。

伶 后

地不要养我,天不要亮我!
昼不得游乐,夜不得安卧!
毁灭了我的希望和信心;
铁锁囚门把我监禁终身!
每一种恼人的飞来横逆,
把我一重重的心愿摧折!

　　　　　我倘死了丈夫再作新人，
　　　　　让我生前死后永陷沉沦！
哈姆莱特　要是她现在背了誓！
伶　王
　　　　　难为你发这样重的誓愿。
　　　　　爱人，你且去；我神思昏倦，
　　　　　想要小睡片刻。（睡。）
伶　后
　　　　　　　愿你安睡；
　　　　　上天保佑我俩永无灾悔！（下。）
哈姆莱特　母亲，您觉得这出戏怎样？
王　后　我觉得那女人在表白心迹的时候，说话过火了一些。
哈姆莱特　啊，可是她会守约的。
国　王　这本戏是怎么一个情节？里面没有什么要不得的地方吗？
哈姆莱特　不，不，他们不过开玩笑毒死了一个人；没有什么要不得的。
国　王　戏名叫什么？
哈姆莱特　《捕鼠机》。呃，怎么？这是一个象征的名字。戏中的故事影射着维也纳的一件谋杀案。贡扎古是那公爵的名字；他的妻子叫做白普蒂丝姐。您看下去就知道是怎么一回事啦。这是个很恶劣的作品，可是那有什么关系？它不会对您陛下跟我们这些灵魂清白的人有什么相干；让那有毛病的马儿去惊跳退缩吧，我们的肩背都是好好的。
　　　　　　一伶人扮琉西安纳斯上。
哈姆莱特　这个人叫做琉西安纳斯，是那国王的侄子。

奥菲利娅　您很会解释剧情，殿下。

哈姆莱特　要是我看见傀儡戏搬演您跟您爱人的故事，我也会替你们解释的。

奥菲利娅　您的嘴真厉害，殿下，您的嘴真厉害。

哈姆莱特　我要是真厉害起来，你非得哼哼不可。

奥菲利娅　说好就好，说糟就糟。

哈姆莱特　女人嫁丈夫也是一样。动手吧，凶手！混账东西，别扮鬼脸了，动手吧！来；哇哇的乌鸦发出复仇的啼声。

琉西安纳斯

　　　　黑心快手，遇到妙药良机；

　　　　趁着没人看见事不宜迟。

　　　　你夜半采来的毒草炼成，

　　　　赫卡忒的咒语念上三巡，

　　　　赶快发挥你凶恶的魔力，

　　　　让他的生命速归于幻灭。（以毒药注入睡者耳中。）

哈姆莱特　他为了觊觎权位，在花园里把他毒死。他的名字叫贡扎古；那故事原文还存在，是用很好的意大利文写成的。底下就要做到那凶手怎样得到贡扎古的妻子的爱了。

奥菲利娅　王上站起来了！

哈姆莱特　什么！给一响空枪吓怕了吗？

王　后　陛下怎么样啦？

波洛涅斯　不要演下去了！

国　王　给我点起火把来！去！

众　人　火把！火把！火把！（除哈姆莱特、霍拉旭外均下。）

哈姆莱特　嗨，让那中箭的母鹿掉泪，

　　　　没有伤的公鹿自去游玩；

163

　　　　有的人失眠,有的人酣睡,
　　　　　世界就是这样循环轮转。
　　老兄,要是我的命运跟我作起对来,凭着我这念词的本领,头上插上满头的羽毛,开缝的靴子上再缀上两朵绢花,你想我能不能在戏班子里插足?

霍拉旭　也许他们可以让您领半额包银。

哈姆莱特　我可要领全额的。
　　　　　因为你知道,亲爱的朋友,
　　　　　这一个荒凉破碎的国土
　　　　　原本是乔武统治的雄邦,
　　　　　而今王位上却坐着——孔雀。

霍拉旭　您该押韵才是。

哈姆莱特　啊,好霍拉旭!那鬼魂真的没有骗我。你看见吗?

霍拉旭　看见的,殿下。

哈姆莱特　在那演戏的一提到毒药的时候?

霍拉旭　我看得他很清楚。

哈姆莱特　啊哈!来,奏乐!来,那吹笛子的呢?
　　　　　要是国王不爱这出喜剧,
　　　　　那么他多半是不能赏识。
　　来,奏乐!

　　　　罗森格兰兹及吉尔登斯吞重上。

吉尔登斯吞　殿下,允许我跟您说句话。

哈姆莱特　好,你对我讲全部历史都可以。

吉尔登斯吞　殿下,王上——

哈姆莱特　嗯,王上怎么样?

吉尔登斯吞　他回去以后,非常不舒服。

哈姆莱特　喝醉了吗？

吉尔登斯吞　不，殿下，他在发脾气。

哈姆莱特　你应该把这件事告诉他的医生，才算你的聪明；因为叫我去替他诊视，恐怕反而更会激动他的脾气的。

吉尔登斯吞　好殿下，请您说话检点些，别这样拉扯开去。

哈姆莱特　好，我是听话的，你说吧。

吉尔登斯吞　您的母后心里很难过，所以叫我来。

哈姆莱特　欢迎得很。

吉尔登斯吞　不，殿下，这一种礼貌是用不着的。要是您愿意给我一个好好的回答，我就把您母亲的意旨向您传达；不然的话，请您原谅我，让我就这么回去，我的事情就算完了。

哈姆莱特　我不能。

吉尔登斯吞　您不能什么，殿下？

哈姆莱特　我不能给你一个好好的回答，因为我的脑子已经坏了；可是我所能够给你的回答，你——我应该说我的母亲——可以要多少有多少。所以别说废话，言归正传吧；你说我的母亲——

罗森格兰兹　她这样说：您的行为使她非常吃惊。

哈姆莱特　啊，好儿子，居然会叫一个母亲吃惊！可是在这母亲的吃惊的后面，还有些什么话呢？说吧。

罗森格兰兹　她请您在就寝以前，到她房间里去跟她谈谈。

哈姆莱特　即使她十次是我的母亲，我也一定服从她。你还有什么别的事情？

罗森格兰兹　殿下，我曾经蒙您错爱。

哈姆莱特　凭着我这双扒手起誓，我现在还是欢喜你的。

罗森格兰兹　好殿下，您心里这样不痛快，究竟为了什么原因？

要是您不肯把您的心事告诉您的朋友,那恐怕会害您自己失去自由。

哈姆莱特　我不满足我现在的地位。

罗森格兰兹　怎么!王上自己已经亲口把您立为王位的继承者了,您还不能满足吗?

哈姆莱特　嗯,可是"要等草儿青青——"①这句老话也有点儿发了霉啦。

　　　　　乐工等持笛上。

哈姆莱特　啊!笛子来了;拿一支给我。跟你们退后一步说话;为什么你们总这样千方百计地绕到我下风的一面,好像一定要把我逼进你们的圈套?

吉尔登斯吞　啊!殿下,要是我有太冒昧放肆的地方,那都是因为我对于您敬爱太深的缘故。

哈姆莱特　我不大懂得你的话。你愿意吹吹这笛子吗?

吉尔登斯吞　殿下,我不会吹。

哈姆莱特　请你吹一吹。

吉尔登斯吞　我真的不会吹。

哈姆莱特　请你不要客气。

吉尔登斯吞　我真的一点不会,殿下。

哈姆莱特　那是跟说谎一样容易的;你只要用你的手指按着这些笛孔,把你的嘴放在上面一吹,它就会发出最好听的音乐来。瞧,这些是音栓。

吉尔登斯吞　可是我不会从它里面吹出谐和的曲调来;我不懂那技巧。

---

①　这句谚语是:"要等草儿青青,马儿早已饿死。"

哈姆莱特　哼,你把我看成了什么东西!你会玩弄我;你自以为摸得到我的心窍;你想要探出我的内心的秘密;你会从我的最低音试到我的最高音;可是在这支小小的乐器之内,藏着绝妙的音乐,你却不会使它发出声音来。哼,你以为玩弄我比玩弄一支笛子容易吗?无论你把我叫作什么乐器,你也只能撩拨我,不能玩弄我。

　　　　波洛涅斯重上。

哈姆莱特　上帝祝福你,先生!
波洛涅斯　殿下,娘娘请您立刻就去见她说话。
哈姆莱特　你看见那片像骆驼一样的云吗?
波洛涅斯　嗳哟,它真的像一头骆驼。
哈姆莱特　我想它还是像一头鼬鼠。
波洛涅斯　它拱起了背,正像是一头鼬鼠。
哈姆莱特　还是像一条鲸鱼吧?
波洛涅斯　很像一条鲸鱼。
哈姆莱特　那么等一会儿我就去见我的母亲。(旁白)我给他们愚弄得再也忍不住了。(高声)我等一会儿就来。
波洛涅斯　我就去这么说。(下。)
哈姆莱特　说等一会儿是很容易的。离开我,朋友们。(除哈姆莱特外均下)现在是一夜之中最阴森的时候,鬼魂都在此刻从坟墓里出来,地狱也要向人世吐放疠气;现在我可以痛饮热腾腾的鲜血,干那白昼所不敢正视的残忍的行为。且慢!我还要到我母亲那儿去一趟。心啊!不要失去你的天性之情,永远不要让尼禄①的灵魂潜入我这坚定的胸怀;让我做

---

① 尼禄,曾谋杀其母。

167

一个凶徒,可是不要做一个逆子。我要用利剑一样的说话刺痛她的心,可是决不伤害她身体上一根毛发;我的舌头和灵魂要在这一次学学伪善者的样子,无论在言语上给她多么严厉的谴责,在行动上却要做得丝毫不让人家指摘。(下。)

## 第三场　城堡中一室

*国王、罗森格兰兹及吉尔登斯吞上。*

国　　王　我不喜欢他;纵容他这样疯闹下去,对于我是一个很大的威胁。所以你们快去准备起来吧;我马上叫人办好你们要递送的文书,同时打发他跟你们一块儿到英国去。就我的地位而论,他的疯狂每小时都可以危害我的安全,我不能让他留在我的近旁。

吉尔登斯吞　我们就去准备起来;许多人的安危都寄托在陛下身上,这一种顾虑是最圣明不过的。

罗森格兰兹　每一个庶民都知道怎样远祸全身,一个身负天下重寄的人,尤其应该时刻不懈地防备危害的袭击。君主的薨逝不仅是个人的死亡,它像一个漩涡一样,凡是在它近旁的东西,都要被它卷去同归于尽;又像一个矗立在最高山峰上的巨轮,它的轮辐上连附着无数的小物件,当巨轮轰然崩裂的时候,那些小物件也跟着它一齐粉碎。国王的一声叹息,总是随着全国的呻吟。

国　　王　请你们准备立刻出发;因为我们必须及早制止这一种公然的威胁。

罗森格兰兹<br>吉尔登斯吞　我们就去赶紧预备。(罗森格兰兹、吉尔登斯吞同下。)

　　　波洛涅斯上。

波洛涅斯　陛下,他到他母亲房间里去了。我现在就去躲在帏幕后面,听他们怎么说。我可以断定她一定会把他好好教训一顿的。您说得很不错,母亲对于儿子总有几分偏心,所以最好有一个第三者躲在旁边偷听他们的谈话。再会,陛下;在您未睡以前,我还要来看您一次,把我所探听到的事情告诉您。

国　王　谢谢你,贤卿。(波洛涅斯下)啊!我的罪恶的戾气已经上达于天;我的灵魂上负着一个元始以来最初的咒诅,杀害兄弟的暴行!我不能祈祷,虽然我的愿望像决心一样强烈;我的更坚强的罪恶击败了我的坚强的意愿。像一个人同时要做两件事情,我因为不知道应该先从什么地方下手而徘徊歧途,结果反弄得一事无成。要是这一只可咒诅的手上染满了一层比它本身还厚的兄弟的血,难道天上所有的甘霖,都不能把它洗涤得像雪一样洁白吗?慈悲的使命,不就是宽宥罪恶吗?祈祷的目的,不是一方面预防我们的堕落,一方面救拔我们于已堕落之后吗?那么我要仰望上天;我的过失已经犯下了。可是唉!哪一种祈祷才是我所适用的呢?"求上帝赦免我的杀人重罪"吗?那不能,因为我现在还占有着那些引起我的犯罪动机的目的物,我的王冠、我的野心和我的王后。非分攫取的利益还在手里,就可以幸邀宽恕吗?在这贪污的人世,罪恶的镀金的手也许可以把公道推开不顾,暴徒的赃物往往成为枉法的贿赂;可是天上却不是这样的,在那边一切都无可遁避,任何行动都要显现它的真相,我们必须当面为我们自己的罪恶作证。那么怎么办呢？还有什么法子好想呢？试一试忏悔的力量吧。什么事情是忏悔所不能做到的？可是对于一个不能忏悔的人，它又有什么用呢？啊，不幸的处境！啊，像死亡一样黑暗的心胸！啊，越是挣扎，越是不能脱身的胶住了的灵魂！救救我，天使们！试一试吧：屈下来，顽强的膝盖；钢丝一样的心弦，变得像新生之婴的筋肉一样柔嫩吧！但愿一切转祸为福！（退后跪祷。）

　　哈姆莱特上。

哈姆莱特　他现在正在祈祷，我正好动手；我决定现在就干，让他上天堂去，我也算报了仇了。不，那还要考虑一下：一个恶人杀死我的父亲；我，他的独生子，却把这个恶人送上天堂。啊，这简直是以恩报怨了。他用卑鄙的手段，在我父亲满心俗念、罪孽正重的时候乘其不备把他杀死；虽然谁也不知道在上帝面前，他的生前的善恶如何相抵，可是照我们一般的推想，他的孽债多半是很重的。现在他正在洗涤他的灵魂，要是我在这时候结果了他的性命，那么天国的路是为他开放着，这样还算是复仇吗？不！收起来，我的剑，等候一个更惨酷的机会吧；当他在酒醉以后，在愤怒之中，或是在乱伦纵欲的时候，有赌博、咒骂或是其他邪恶的行为的中间，我就要叫他颠踬在我的脚下，让他幽深黑暗不见天日的灵魂永堕地狱。我的母亲在等我。这一服续命的药剂不过延长了你临死的痛苦。（下。）

　　国王起立上前。

国　王　我的言语高高飞起，我的思想滞留地下；没有思想的言语永远不会上升天界。（下。）

## 第四场　王后寝宫

　　　　王后及波洛涅斯上。

波洛涅斯　他就要来了。请您把他着实教训一顿,对他说他这种狂妄的态度,实在叫人忍无可忍,倘没有您娘娘替他居中回护,王上早已对他大发雷霆了。我就悄悄地躲在这儿。请您对他讲得着力一点儿。

哈姆莱特　(在内)母亲,母亲,母亲!

王　　后　都在我身上,你放心吧。下去吧,我听见他来了。(波洛涅斯匿帏后。)

　　　　哈姆莱特上。

哈姆莱特　母亲,您叫我有什么事?

王　　后　哈姆莱特,你已经大大得罪了你的父亲啦。

哈姆莱特　母亲,您已经大大得罪了我的父亲啦。

王　　后　来,来,不要用这种胡说八道的话回答我。

哈姆莱特　去,去,不要用这种胡说八道的话问我。

王　　后　啊,怎么,哈姆莱特!

哈姆莱特　现在又是什么事?

王　　后　你忘记我了吗?

哈姆莱特　不,凭着十字架起誓,我没有忘记你;你是王后,你的丈夫的兄弟的妻子,你又是我的母亲——但愿你不是!

王　　后　嗳哟,那么我要去叫那些会说话的人来跟你谈谈了。

哈姆莱特　来,来,坐下来,不要动;我要把一面镜子放在你的面前,让你看一看你自己的灵魂。

王　　后　你要干么呀?你不是要杀我吗?救命!救命呀!

171

波洛涅斯　（在后）喂！救命！救命！救命！

哈姆莱特　（拔剑）怎么！是哪一个鼠贼？准是不要命了,我来结果你。（以剑刺穿帏幕。）

波洛涅斯　（在后）啊！我死了！

王　后　嗳哟！你干了什么事啦？

哈姆莱特　我也不知道；那不是国王吗？

王　后　啊,多么卤莽残酷的行为！

哈姆莱特　残酷的行为！好妈妈,简直就跟杀了一个国王再去嫁给他的兄弟一样坏。

王　后　杀了一个国王！

哈姆莱特　嗯,母亲,我正是这样说。（揭帏见波洛涅斯）你这倒运的、粗心的、爱管闲事的傻瓜,再会！我还以为是一个在你上面的人哩。也是你命不该活；现在你可知道爱管闲事的危险了。——别尽扭着你的手。静一静,坐下来,让我扭你的心；你的心倘不是铁石打成的,万恶的习惯倘不曾把它硬化得透不进一点感情,那么我的话一定可以把它刺痛。

王　后　我干了些什么错事,你竟敢这样肆无忌惮地向我摇唇弄舌？

哈姆莱特　你的行为可以使贞节蒙污,使美德得到了伪善的名称；从纯洁的恋情的额上取下娇艳的蔷薇,替它盖上一个烙印；使婚姻的盟约变成博徒的誓言一样虚伪；啊！这样一种行为,简直使盟约成为一个没有灵魂的躯壳,神圣的婚礼变成一串谵妄的狂言；苍天的脸上也为它带上羞色,大地因为痛心这样的行为,也罩上满面的愁容,好像世界末日就要到来一般。

王　后　唉！究竟是什么极恶重罪,你把它说得这样惊人呢？

哈姆莱特　瞧这一幅图画,再瞧这一幅;这是两个兄弟的肖像。你看这一个的相貌多么高雅优美:太阳神的鬈发,天神的前额,像战神一样威风凛凛的眼睛,像降落在高吻穹苍的山巅的神使一样矫健的姿态;这一个完善卓越的仪表,真像每一个天神都曾在那上面打下印记,向世间证明这是一个男子的典型。这是你从前的丈夫。现在你再看这一个:这是你现在的丈夫,像一株霉烂的禾穗,损害了他的健硕的兄弟。你有眼睛吗?你甘心离开这一座大好的高山,靠着这荒野生活吗?嘿!你有眼睛吗?你不能说那是爱情,因为在你的年纪,热情已经冷淡下来,变驯服了,肯听从理智的判断;什么理智愿意从这么高的地方,降落到这么低的所在呢?知觉你当然是有的,否则你就不会有行动;可是你那知觉也一定已经麻木了;因为就是疯人也不会犯那样的错误,无论怎样丧心病狂,总不会连这样悬殊的差异都分辨不出来。那么是什么魔鬼蒙住了你的眼睛,把你这样欺骗呢?有眼睛而没有触觉、有触觉而没有视觉、有耳朵而没有眼或手、只有嗅觉而别的什么都没有,甚至只剩下一种官觉还出了毛病,也不会糊涂到你这步田地。羞啊!你不觉得惭愧吗?要是地狱中的孽火可以在一个中年妇人的骨髓里煽起了蠢动,那么在青春的烈焰中,让贞操像蜡一样融化了吧。当无法阻遏的情欲大举进攻的时候,用不着喊什么羞耻了,因为霜雪都会自动燃烧,理智都会做情欲的奴隶呢。

王　后　啊,哈姆莱特!不要说下去了!你使我的眼睛看进了我自己灵魂的深处,看见我灵魂里那些洗拭不去的黑色的污点。

哈姆莱特　嘿,生活在汗臭垢腻的眠床上,让淫邪熏没了心窍,在污秽的猪圈里调情弄爱——

王　　后　啊,不要再对我说下去了!这些话像刀子一样戳进我的耳朵里;不要说下去了,亲爱的哈姆莱特!

哈姆莱特　一个杀人犯、一个恶徒、一个不及你前夫二百分之一的庸奴、一个冒充国王的丑角、一个盗国窃位的扒手,从架子上偷下那顶珍贵的王冠,塞在自己的腰包里!

王　　后　别说了!

哈姆莱特　一个下流褴褛的国王——

　　　　　　鬼魂上。

哈姆莱特　天上的神明啊,救救我,用你们的翅膀覆盖我的头顶!——陛下英灵不昧,有什么见教?

王　　后　嗳哟,他疯了!

哈姆莱特　您不是来责备您的儿子不该消磨时间和热情,把您煌煌的命令搁在一旁,耽误了应该做的大事吗?啊,说吧!

鬼　　魂　不要忘记。我现在是来磨砺你的快要蹉跎下去的决心。可是瞧!你的母亲那副惊愕的表情。啊,快去安慰安慰她的正在交战中的灵魂吧!最柔弱的人最容易受幻想的激动。去对她说话,哈姆莱特。

哈姆莱特　您怎么啦,母亲?

王　　后　唉!你怎么啦?为什么你把眼睛睁视着虚无,向空中喃喃说话?你的眼睛里射出狂乱的神情;像熟睡的兵士突然听到警号一般,你的整齐的头发一根根都像有了生命似的竖立起来。啊,好儿子!在你的疯狂的热焰上,浇洒一些清凉的镇静吧!你瞧什么?

哈姆莱特　他,他!您瞧,他的脸色多么惨淡!看见了他这一种形状,要是再知道他所负的沉冤,即使石块也会感动的。——不要瞧着我,免得你那种可怜的神气反会妨碍我的冷酷的决心;也许我会因此而失去勇气,让挥泪代替了流血。

王　后　你这番话是对谁说的?

哈姆莱特　您没有看见什么吗?

王　后　什么也没有;要是有什么东西在那边,我不会看不见的。

哈姆莱特　您也没有听见什么吗?

王　后　不,除了我们两人的说话以外,我什么也没有听见。

哈姆莱特　啊,您瞧!瞧,它悄悄地去了!我的父亲,穿着他生前所穿的衣服!瞧,他就在这一刻,从门口走出去了!(鬼魂下。)

王　后　这是你脑中虚构的意象;一个人在心神恍惚之中,最容易发生这种幻妄的错觉。

哈姆莱特　心神恍惚!我的脉搏跟您的一样,在按着正常的节奏跳动哩。我所说的并不是疯话;要是您不信,不妨试试,我可以把话一字不漏地复述一遍,一个疯人是不会记忆得那样清楚的。母亲,为了上帝的慈悲,不要自己安慰自己,以为我这一番说话,只是出于疯狂,不是真的对您的过失而发;那样的思想不过是骗人的油膏,只能使您溃烂的良心上结起一层薄膜,那内部的毒疮却在底下愈长愈大。向上天承认您的罪恶吧,忏悔过去,警戒未来;不要把肥料浇在莠草上,使它们格外蔓延起来。原谅我这一番正义的劝告;因为在这种万恶的时世,正义必须向罪恶乞恕,它必须俯首屈膝,要求人家接纳他的善意的箴规。

王　后　啊,哈姆莱特!你把我的心劈为两半了!

哈姆莱特　啊！把那坏的一半丢掉,保留那另外的一半,让您的灵魂清净一些。晚安！可是不要上我叔父的床！即使您已经失节,也得勉力学做一个贞节妇人的样子。习惯虽然是一个可以使人失去羞耻的魔鬼,但是它也可以做一个天使,对于勉力为善的人,它会用潜移默化的手段,使他徙恶从善。您要是今天晚上自加抑制,下一次就会觉得这一种自制的功夫并不怎样为难,慢慢地就可以习以为常了;因为习惯简直有一种改变气质的神奇的力量,它可以制服魔鬼,并且把他从人们心里驱逐出去。让我再向您道一次晚安;当您希望得到上天祝福的时候,我将求您祝福我。至于这一位老人家,(指波洛涅斯)我很后悔自己一时卤莽把他杀死;可是这是上天的意思,要借着他的死惩罚我,同时借着我的手惩罚他,使我成为代天行刑的凶器和使者。我现在先去把他的尸体安顿好了,再来承担这个杀人的过咎。晚安！为了顾全母子的恩慈,我不得不忍情暴戾;不幸已经开始,更大的灾祸还在接踵而至。再有一句话,母亲。

王　　后　我应当怎么做？

哈姆莱特　我不能禁止您不再让那肥猪似的僭王引诱您和他同床,让他拧您的脸,叫您做他的小耗子;我也不能禁止您因为他给了您一两个恶臭的吻,或是用他万恶的手指抚摩您的颈项,就把您所知道的事情一起说了出来,告诉他我实在是装疯,不是真疯。您应该让他知道的;因为哪一个美貌聪明懂事的王后,愿意隐藏着这样重大的消息,不去告诉一只蛤蟆、一只蝙蝠、一只老雄猫知道呢？不,虽然理性警告您保守秘密,您尽管学那寓言中的猴子,因为受了好奇心的驱使,到屋顶上去开了笼门,把鸟儿放走,自己钻进笼里去,结果连笼子一起掉下来跌死吧。

王　后　你放心吧,要是言语来自呼吸,呼吸来自生命,只要我一息犹存,就决不会让我的呼吸泄漏了你对我所说的话。

哈姆莱特　我必须到英国去;您知道吗?

王　后　唉!我忘了;这事情已经这样决定了。

哈姆莱特　公文已经封好,打算交给我那两个同学带去,对这两个家伙我要像对待两条咬人的毒蛇一样随时提防;他们将要做我的先驱,引导我钻进什么圈套里去。我倒要瞧瞧他们的能耐。开炮的要是给炮轰了,也是一件好玩的事;他们会埋地雷,我要比他们埋得更深,把他们轰到月亮里去。啊!用诡计对付诡计,不是顶有趣的吗?这家伙一死,多半会提早了我的行期;让我把这尸体拖到隔壁去。母亲,晚安!这一位大臣生前是个愚蠢饶舌的家伙,现在却变成非常谨严庄重的人了。来,老先生,该是收场的时候了。晚安,母亲!(各下。哈姆莱特曳波洛涅斯尸入内。)

# 第 四 幕

## 第一场　城堡中一室

国王、王后、罗森格兰兹及吉尔登斯吞上。

国　王　这些长吁短叹之中,都含着深长的意义,你必须明说出来,让我知道。你的儿子呢?

王　后　（向罗森格兰兹、吉尔登斯吞）请你们暂时退开。（罗森格兰兹、吉尔登斯吞下）啊,陛下! 今晚我看见了多么惊人的事情!

国　王　什么,乔特鲁德? 哈姆莱特怎么啦?

王　后　疯狂得像彼此争强斗胜的天风和海浪一样。在他野性发作的时候,他听见帏幕后面有什么东西爬动的声音,就拔出剑来,嚷着,"有耗子! 有耗子!"于是在一阵疯狂的恐惧之中,把那躲在幕后的好老人家杀死了。

国　王　啊,罪过罪过! 要是我在那儿,我也会照样死在他手里的;放任他这样胡作非为,对于你、对于我、对于每一个人,都是极大的威胁。唉! 这一件流血的暴行应当由谁负责呢? 我是不能辞其咎的,因为我早该防患未然,把这个发疯的孩子关禁起来,不让他到处乱走;可是我太爱他了,以至于不愿想一个适当的方策,正像一个害着恶疮的人,因为不让它出毒的缘故,弄到毒气攻心,无法救治一样。他到哪儿去了?

王　后　拖着那个被他杀死的尸体出去了。像一堆下贱的铅铁,掩不了真金的光彩一样,他知道他自己做错了事,他的纯良的本性就从他的疯狂里透露出来,他哭了。

国　王　啊,乔特鲁德!来!太阳一到了山上,我就赶紧让他登船出发。对于这一件罪恶的行为,我只有尽量利用我的威权和手腕,替他掩饰过去。喂!吉尔登斯呑!

　　　　罗森格兰兹及吉尔登斯呑重上。

国　王　两位朋友,你们去多找几个人帮忙。哈姆莱特在疯狂之中,已经把波洛涅斯杀死;他现在把那尸体从他母亲的房间里拖出去了。你们去找他来,对他说话要和气一点;再把那尸体搬到教堂里去。请你们快去把这件事情办好。(罗森格兰兹、吉尔登斯呑下)来,乔特鲁德,我要去召集我那些最有见识的朋友们,把我的决定和这一件意外的变故告诉他们,免得外边无稽的谰言牵涉到我身上,它的毒箭从低声的密语中间散放出去,是像弹丸从炮口射出去一样每发必中的,现在我们这样做后,它或许会落空了。啊,来吧!我的灵魂里充满着混乱和惊愕。(同下。)

## 第二场　城堡中另一室

　　　　哈姆莱特上。

哈姆莱特　藏好了。

罗森格兰兹  
吉尔登斯呑　(在内)哈姆莱特!哈姆莱特殿下!

哈姆莱特　什么声音？谁在叫哈姆莱特？啊，他们来了。

　　　　罗森格兰兹及吉尔登斯吞上。

罗森格兰兹　殿下，您把那尸体怎么样啦？

哈姆莱特　它本来就是泥土，我仍旧让它回到泥土里去。

罗森格兰兹　告诉我们它在什么地方，让我们把它搬到教堂里去。

哈姆莱特　不要相信。

罗森格兰兹　不要相信什么？

哈姆莱特　不要相信我会说出我的秘密，倒替你们保守秘密。而且，一块海绵也敢问起我来！一个堂堂王子应该用什么话去回答它呢？

罗森格兰兹　您把我当作一块海绵吗，殿下？

哈姆莱特　嗯，先生，一块吸收君王的恩宠、利禄和官爵的海绵。可是这样的官员要到最后才会显出他们对于君王的最大用处来；像猴子吃硬壳果一般，他们的君王先把他们含在嘴里舐弄了好久，然后再一口咽了下去。当他需要被你们所吸收去的东西的时候，他只要把你们一挤，于是，海绵，你又是一块干巴巴的东西了。

罗森格兰兹　我不懂您的话，殿下。

哈姆莱特　那很好，下流的话正好让它埋葬在一个傻瓜的耳朵里。

罗森格兰兹　殿下，您必须告诉我们那尸体在什么地方，然后跟我们见王上去。

哈姆莱特　他的身体和国王同在，可是那王并不和他的身体同在。国王是一件东西——

吉尔登斯吞　一件东西，殿下！

哈姆莱特　一件虚无的东西。带我去见他。狐狸躲起来,大家追上去。(同下。)

## 第三场　城堡中另一室

国王上,侍从后随。

国　王　我已经叫他们找他去了,并且叫他们把那尸体寻出来。让这家伙任意胡闹,是一件多么危险的事情!可是我们又不能把严刑峻法加在他的身上,他是为糊涂的群众所喜爱的,他们喜欢一个人,只凭眼睛,不凭理智;我要是处罚了他,他们只看见我的刑罚的苛酷,却不想到他犯的是什么重罪。为了顾全各方面的关系,这样叫他迅速离国,必须显得像是深思熟虑的结果。应付非常的变故,只有用非常的手段,不然是不中用的。

罗森格兰兹上。

国　王　啊!事情怎样啦?
罗森格兰兹　陛下,他不肯告诉我们那尸体在什么地方。
国　王　可是他呢?
罗森格兰兹　在外面,陛下;我们把他看起来了,等候您的旨意。
国　王　带他来见我。
罗森格兰兹　喂,吉尔登斯吞!带殿下进来。

哈姆莱特及吉尔登斯吞上。

国　王　啊,哈姆莱特,波洛涅斯呢?
哈姆莱特　吃饭去了。
国　王　吃饭去了!在什么地方?
哈姆莱特　不是在他吃饭的地方,是在人家吃他的地方;有一群精明的蛆虫正在他身上大吃特吃哩。蛆虫是全世界最大的饕餮家;我们喂肥了各种牲畜给自己受用,再喂肥了自己去给蛆虫受用。胖胖的国王跟瘦瘦的乞丐是一个桌子上两道不同的菜;不过是这么一回事。

国　王　唉!唉!

哈姆莱特　一个人可以拿一条吃过一个国王的蛆虫去钓鱼,再吃那吃过那条蛆虫的鱼。

国　王　你这句话是什么意思?

哈姆莱特　没有什么意思,我不过指点你一个国王可以在一个乞丐的脏腑里作一番巡礼。

国　王　波洛涅斯呢?

哈姆莱特　在天上;你差人到那边去找他吧。要是你的使者在天上找不到他,那么你可以自己到另外一个所在去找他。可是你们在这一个月里要是找不到他的话,你们只要跑上走廊的阶石,也就可以闻到他的气味了。

国　王　(向若干侍从)到走廊里去找一找。

哈姆莱特　他一定会恭候你们。(侍从等下。)

国　王　哈姆莱特,你干出这种事来,使我非常痛心。由于我很关心你的安全,你必须火速离开国境;所以快去自己预备预备。船已经整装待发,风势也很顺利,同行的人都在等着你,一切都已经准备好向英国出发。

哈姆莱特　到英国去!

国　王　是的,哈姆莱特。

哈姆莱特　好。

国　王　要是你明白我的用意,你应该知道这是为了你的好处。

哈姆莱特　我看见一个明白你的用意的天使。可是来,到英国去!再会,亲爱的母亲!

国　　王　　我是你慈爱的父亲,哈姆莱特。

哈姆莱特　　我的母亲。父亲和母亲是夫妇两个,夫妇是一体之亲;所以再会吧,我的母亲!来,到英国去!(下。)

国　　王　　跟在他后面,劝诱他赶快上船,不要耽误;我要叫他今晚离开国境。去!和这件事有关的一切公文要件,都已经密封停当了。请你们赶快一点儿。(罗森格兰兹、吉尔登斯吞下)英格兰王啊,丹麦的宝剑在你的国土上还留着鲜明的创痕,你向我们纳款输诚的敬礼至今未减,要是你畏惧我的威力,重视我的友谊,你就不能忽视我的意旨;我已经在公函里要求你把哈姆莱特立即处死,照着我的意思做吧,英格兰王,因为他像是我深入膏肓的痼疾,一定要借你的手把我医好。我必须知道他已经不在人世,我的脸上才会浮起笑容。(下。)

## 第四场　丹麦原野

福丁布拉斯、一队长及兵士等列队行进上。

福丁布拉斯　　队长,你去替我问候丹麦国王,告诉他说福丁布拉斯因为得到他的允许,已经按照约定,率领一支军队通过他的国境,请他派人来带路。你知道我们在什么地方集合。要是丹麦王有什么话要跟我当面说,我也可以入朝晋谒;你就这样对他说吧。

队　　长　　是,主将。

福丁布拉斯　　慢步前进。(福丁布拉斯及兵士等下。)

哈姆莱特、罗森格兰兹、吉尔登斯吞等同上。

哈姆莱特　官长,这些是什么人的军队?

队　　长　他们都是挪威的军队,先生。

哈姆莱特　请问他们是开到什么地方去的?

队　　长　到波兰的某一部分去。

哈姆莱特　谁是领兵的主将?

队　　长　挪威老王的侄儿福丁布拉斯。

哈姆莱特　他们是要向波兰本土进攻呢,还是去袭击边疆?

队　　长　不瞒您说,我们是要去夺一小块徒有虚名毫无实利的土地。叫我出五块钱去把它租下来,我也不要;要是把它标卖起来,不管是归挪威,还是归波兰,也不会得到更多的好处。

哈姆莱特　啊,那么波兰人一定不会防卫它的了。

队　　长　不,他们早已布防好了。

哈姆莱特　为了这一块荒瘠的土地,牺牲了二千人的生命,二万块的金圆,争执也不会解决。这完全是因为国家富足升平了,晏安的积毒蕴蓄于内,虽然已经到了溃烂的程度,外表上却还一点儿看不出致死的原因来。谢谢您,官长。

队　　长　上帝和您同在,先生。(下。)

罗森格兰兹　我们去吧,殿下。

哈姆莱特　我就来,你们先走一步。(除哈姆莱特外均下)我所见到、听到的一切,都好像在对我谴责,鞭策我赶快进行我的蹉跎未就的复仇大愿!一个人要是把生活的幸福和目的,只看做吃吃睡睡,他还算是个什么东西?简直不过是一头畜生!上帝造下我们来,使我们能够这样高谈阔论,瞻前顾后,当然要我们利用他所赋与我们的这一种能力和灵明的理智,不让它们白白废掉。现在我明明有理由、有决心、有力量、有方法，可以动手干我所要干的事，可是我还是在大言不惭地说："这件事需要作。"可是始终不曾在行动上表现出来；我不知道这是因为像鹿豕一般的健忘呢，还是因为三分懦怯一分智慧的过于审慎的顾虑。像大地一样显明的榜样都在鼓励我；瞧这一支勇猛的大军，领队的是一个娇美的少年王子，勃勃的雄心振起了他的精神，使他蔑视不可知的结果，为了区区弹丸大小的一块不毛之地，拚着血肉之躯，去向命运、死亡和危险挑战。真正的伟大不是轻举妄动，而是在荣誉遭遇危险的时候，即使为了一根稻秆之微，也要慷慨力争。可是我的父亲给人惨杀，我的母亲给人污辱，我的理智和感情都被这种不共戴天的大仇所激动，我却因循隐忍，一切听其自然，看着这二万个人为了博取一个空虚的名声，视死如归地走下他们的坟墓里去，目的只是争夺一方还不够给他们作战场或者埋骨之所的土地，相形之下，我将何地自容呢？啊！从这一刻起，让我屏除一切的疑虑妄念，把流血的思想充满在我的脑际！（下。）

## 第五场　艾尔西诺。城堡中一室

　　王后、霍拉旭及一侍臣上。

王　后　我不愿意跟她说话。
侍　臣　她一定要见您；她的神气疯疯癫癫，瞧着怪可怜的。
王　后　她要什么？
侍　臣　她不断提起她的父亲；她说她听见这世上到处是诡计；一边呻吟，一边搥她的心，对一些琐琐屑屑的事情痛骂，讲的都是些很玄妙的话，好像有意思，又好像没有意思。她的话虽然不知所云,可是却能使听见的人心中发生反应,而企图从它里面找出意义来;他们妄加猜测,把她的话断章取义,用自己的思想附会上去;当她讲那些话的时候,有时眨眼,有时点头,做着种种的手势,的确使人相信在她的言语之间,含蓄着什么意思,虽然不能确定,却可以作一些很不好听的解释。

霍拉旭　最好有什么人跟她谈谈,因为也许她会在愚妄的脑筋里散布一些危险的猜测。

王　后　让她进来。(侍臣下。)

　　　　　我负疚的灵魂惴惴惊惶,
　　　　　琐琐细事也像预兆灾殃;
　　　　　罪恶是这样充满了疑猜,
　　　　　越小心越容易流露鬼胎。
　　　　　侍臣率奥菲利娅重上。

奥菲利娅　丹麦的美丽的王后陛下呢?

王　后　啊,奥菲利娅!

奥菲利娅　(唱)
　　　　　张三李四满街走,
　　　　　　谁是你情郎?
　　　　　毡帽在头杖在手,
　　　　　　草鞋穿一双。

王　后　唉!好姑娘,这支歌是什么意思呢?

奥菲利娅　您说?请您听好了。(唱)
　　　　　姑娘,姑娘,他死了,
　　　　　　一去不复来;
　　　　　头上盖着青青草,

　　　　　脚下石生苔。

　　　　　嗬呵！

王　后　嗳，可是，奥菲利娅——

奥菲利娅　请您听好了。(唱)

　　　　　殓衾遮体白如雪——

　　　　　国王上。

王　后　唉！陛下，您瞧。

奥菲利娅

　　　　　鲜花红似雨；

　　　　　花上盈盈有泪滴，

　　　　　伴郎坟墓去。

国　王　你好，美丽的姑娘？

奥菲利娅　好，上帝保佑您！他们说猫头鹰是一个面包师的女儿变成的。主啊！我们都知道我们现在是什么，可是谁也不知道自己将来会变成什么。愿上帝和您同席！

国　王　她父亲的死激成了她这种幻想。

奥菲利娅　对不起，我们再别提这件事了。要是有人问您这是什么意思，您就这样对他说：(唱)

　　　　　情人佳节就在明天，

　　　　　　我要一早起身，

　　　　　梳洗齐整到你窗前，

　　　　　　来做你的恋人。

　　　　　他下了床披了衣裳，

　　　　　　他开开了房门；

　　　　　她进去时是个女郎，

　　　　　　出来变了妇人。

国　王　美丽的奥菲利娅!

奥菲利娅　真的,不用发誓,我会把它唱完:(唱)

　　　　　凭着神圣慈悲名字,

　　　　　　这种事太丢脸!

　　　　　少年男子不知羞耻,

　　　　　　一味无赖纠缠。

　　　　　她说你曾答应娶我,

　　　　　　然后再同枕席。

　　　　　——本来确是想这样作,

　　　　　　无奈你等不及。

国　王　她这个样子已经多久了?

奥菲利娅　我希望一切转祸为福!我们必须忍耐;可是我一想到他们把他放下寒冷的泥土里去,我就禁不住掉泪。我的哥哥必须知道这件事。谢谢你们很好的劝告。来,我的马车!晚安,太太们;晚安,可爱的小姐们;晚安,晚安!(下。)

国　王　紧紧跟住她;留心不要让她闹出乱子来。(霍拉旭下)啊!深心的忧伤把她害成这样子;这完全是为了她父亲的死。啊,乔特鲁德,乔特鲁德!不幸的事情总是接踵而来:第一是她父亲的被杀;然后是你儿子的远别,他闯了这样大祸,不得不亡命异国,也是自取其咎。人民对于善良的波洛涅斯的暴死,已经群疑蜂起,议论纷纷;我这样匆匆忙忙地把他秘密安葬,更加引起了外间的疑窦;可怜的奥菲利娅也因此而伤心得失去了她的正常的理智,我们人类没有了理智,不过是画上的图形,无知的禽兽。最后,跟这些事情同样使我不安的,她的哥哥已经从法国秘密回来,行动诡异,居心叵测,他的耳中所听到的,都是那些播弄是非的人所散播的关于他父亲死状的恶意的谣言;这些谣言,由于找不到确凿的事实根据,少不得牵涉到我的身上。啊,我的亲爱的乔特鲁德!这就像一尊厉害的开花炮,打得我遍体血肉横飞,死上加死。(内喧呼声。)

王　　后　嗳哟!这是什么声音?

　　　　　一侍臣上。

国　　王　我的瑞士卫队呢?叫他们把守宫门。什么事?

侍　　臣　赶快避一避吧,陛下;比大洋中的怒潮冲决堤岸、席卷平原还要汹汹其势,年轻的雷欧提斯带领着一队叛军,打败了您的卫士,冲进宫里来了。这一群暴徒把他称为主上;就像世界还不过刚才开始一般,他们推翻了一切的传统和习惯,自己制订规矩,擅作主张,高喊着,"我们推举雷欧提斯做国王!"他们掷帽举手,吆呼的声音响彻云霄,"让雷欧提斯做国王,让雷欧提斯做国王!"

王　　后　他们这样兴高采烈,却不知道已经误入歧途!啊,你们干了错事了,你们这些不忠的丹麦狗!(内喧呼声。)

国　　王　宫门都已打破了。

　　　　　雷欧提斯戎装上;一群丹麦人随上。

雷欧提斯　国王在哪儿?弟兄们,大家站在外面。

众　　人　不,让我们进来。

雷欧提斯　对不起,请你们听我的话。

众　　人　好,好。(众人退立门外。)

雷欧提斯　谢谢你们;把门看守好了。啊,你这万恶的奸王!还我的父亲来!

王　　后　安静一点儿,好雷欧提斯。

雷欧提斯　我身上要是有一点血安静下来,我就是个野生的杂种,我的父亲是个忘八,我的母亲的贞洁的额角上,也要雕上娼妓的恶名。

国　　王　雷欧提斯,你这样大张声势,兴兵犯上,究竟为了什么原因?——放了他,乔特鲁德;不要担心他会伤害我的身体,一个君王是有神灵呵护的,叛逆只能在一边蓄意窥伺,作不出什么事情来。——告诉我,雷欧提斯,你有什么气恼不平的事?——放了他,乔特鲁德。——你说吧。

雷欧提斯　我的父亲呢?

国　　王　死了。

王　　后　但是并不是他杀死的。

国　　王　尽他问下去。

雷欧提斯　他怎么会死的?我可不能受人家的愚弄。忠心,到地狱里去吧!让最黑暗的魔鬼把一切誓言抓了去!什么良心,什么礼貌,都给我滚下无底的深渊里去!我要向永劫挑战。我的立场已经坚决:今生怎样,来生怎样,我一概不顾,只要痛痛快快地为我的父亲复仇。

国　　王　有谁阻止你呢?

雷欧提斯　除了我自己的意志以外,全世界也不能阻止我;至于我的力量,我一定要使用得当,叫它事半功倍。

国　　王　好雷欧提斯,要是你想知道你的亲爱的父亲究竟是怎样死去的话,难道你复仇的方式是把朋友和敌人都当作对象,把赢钱的和输钱的赌注都一扫而光吗?

雷欧提斯　冤有头,债有主,我只要找我父亲的敌人算账。

国　　王　那么你要知道谁是他的敌人吗?

雷欧提斯　对于他的好朋友,我愿意张开我的手臂拥抱他们,像舍身的鹈鹕一样,把我的血供他们畅饮①。

国　　王　啊,现在你才说得像一个孝顺的儿子和真正的绅士。我不但对于令尊的死不曾有分,而且为此也感觉到非常的悲痛;这一个事实将会透过你的心,正像白昼的阳光照射你的眼睛一样。

众　　人　(在内)放她进去!

雷欧提斯　怎么!那是什么声音?

　　　　　奥菲利娅重上。

雷欧提斯　啊,赤热的烈焰,炙枯了我的脑浆吧!七倍辛酸的眼泪,灼伤了我的视觉吧!天日在上,我一定要叫那害你疯狂的仇人重重地抵偿他的罪恶。啊,五月的玫瑰!亲爱的女郎,好妹妹,奥菲利娅!天啊!一个少女的理智,也会像一个老人的生命一样受不起打击吗?人类的天性由于爱情而格外敏感,因为是敏感的,所以会把自己最珍贵的部分舍弃给所爱的事物。

奥菲利娅　(唱)

　　　　　他们把他抬上柩架;

　　　　　　哎呀,哎呀,哎哎呀;

　　　　　在他坟上泪如雨下;——

　　　　　再会,我的鸽子!

雷欧提斯　要是你没有发疯而激励我复仇,你的言语也不会比你现在这样子更使我感动了。

奥菲利娅　你应该唱:"当啊当,还叫他啊当啊。"哦,这纺轮转动的声音配合得多么好听!唱的是那坏良心的管家把主人

---

① 昔人误信鹈鹕以其血哺雏,故云。

191

的女儿拐了去了。

雷欧提斯　这一种无意识的话,比正言危论还要有力得多。

奥菲利娅　这是表示记忆的迷迭香;爱人,请你记着吧:这是表示思想的三色堇。

雷欧提斯　这疯话很有道理,思想和记忆都提得很合适。

奥菲利娅　这是给您的茴香和漏斗花;这是给您的芸香;这儿还留着一些给我自己;遇到礼拜天,我们不妨叫它慈悲草。啊!您可以把您的芸香插戴得别致一点儿。这儿是一枝雏菊;我想要给您几朵紫罗兰,可是我父亲一死,它们全都谢了;他们说他死得很好——(唱)

　　　可爱的罗宾是我的宝贝。

雷欧提斯　忧愁、痛苦、悲哀和地狱中的磨难,在她身上都变成了可怜可爱。

奥菲利娅　(唱)

　　　他会不会再回来?
　　　他会不会再回来?
　　　　不,不,他死了;
　　　　你的命难保,
　　　他再也不会回来。
　　　他的胡须像白银,
　　　满头黄发乱纷纷。
　　　　人死不能活,
　　　　且把悲声歇;
　　　　上帝饶赦他灵魂!

求上帝饶赦一切基督徒的灵魂!上帝和你们同在!(下。)

雷欧提斯　上帝啊,你看见这种惨事吗?

国　　王　雷欧提斯,我必须跟你详细谈谈关于你所遭逢的不幸;你不能拒绝我这一个权利。你不妨先去选择几个你的最有见识的朋友,请他们在你我两人之间做公正人:要是他们评断的结果,认为是我主动或同谋杀害的,我愿意放弃我的国土、我的王冠、我的生命以及我所有的一切,作为对你的补偿;可是他们假如认为我是无罪的,那么你必须答应助我一臂之力,让我们两人开诚合作,定出一个惩凶的方策来。

雷欧提斯　就这样吧;他死得这样不明不白,他的下葬又是这样偷偷摸摸的,他的尸体上没有一些战士的荣饰,也不曾替他举行一些哀祭的仪式,从天上到地下都在发出愤懑不平的呼声,我不能不问一个明白。

国　　王　你可以明白一切;谁是真有罪的,让斧钺加在他的头上吧。请你跟我来。(同下。)

## 第六场　城堡中另一室

　　　　　霍拉旭及一仆人上。

霍拉旭　要来见我说话的是些什么人?

仆　　人　是几个水手,主人;他们说他们有信要交给您。

霍拉旭　叫他们进来。(仆人下)倘不是哈姆莱特殿下差来的人,我不知道在这世上的哪一部分会有人来看我。

　　　　　众水手上。

水手甲　上帝祝福您,先生!

霍拉旭　愿他也祝福你。

水手乙　他要是高兴,先生,他会祝福我们的。这儿有一封信给您,先生——它是从那位到英国去的钦使寄来的。——要是您的名字果然是霍拉旭的话。

霍拉旭　（读信）"霍拉旭，你把这封信看过以后，请把来人领去见一见国王；他们还有信要交给他。我们在海上的第二天，就有一艘很凶猛的海盗船向我们追击。我们因为船行太慢，只好勉力迎敌；在彼此相持的时候，我跳上了盗船，他们就立刻抛下我们的船，扬帆而去，剩下我一个人做他们的俘虏。他们对待我很是有礼，可是他们也知道这样作对他们有利；我还要重谢他们哩。把我给国王的信交给他以后，请你就像逃命一般火速来见我。我有一些可以使你听了咋舌的话要在你的耳边说；可是事实的本身比这些话还要严重得多。来人可以把你带到我现在所在的地方。罗森格兰兹和吉尔登斯吞到英国去了；关于他们我还有许多话要告诉你。再会。你的知心朋友哈姆莱特。"来，让我立刻就带你们去把你们的信送出，然后请你们尽快领我到那把这些信交给你们的那个人的地方去。（同下。）

## 第七场　城堡中另一室

国王及雷欧提斯上。

国　王　你已经用你同情的耳朵，听见我告诉你那杀死令尊的人，也在图谋我的生命；现在你必须明白我的无罪，并且把我当作你的一个心腹的友人了。

雷欧提斯　听您所说，果然像是真的；可是告诉我，您自己的安全、长远的谋虑和其他一切，都在大力推动您，为什么您对于这样罪大恶极的暴行，反而不采取严厉的手段呢？

国　王　啊！那是因为有两个理由，也许在你看来是不成其为理由的，可是对于我却有很大的关系。王后，他的母亲，差不多一天不看见他就不能生活；至于我自己，那么不管这是我的好处或是我的致命的弱点，我的生命和灵魂是这样跟她连结在一起，正像星球不能跳出轨道一样，我也不能没有她而生活。而且我所以不能把这件案子公开，还有一个重要的顾虑：一般民众对他都有很大的好感，他们盲目的崇拜像一道使树木变成石块的魔泉一样，会把他戴的镣铐也当作光荣。我的箭太轻、太没有力了，遇到这样的狂风，一定不能射中目的，反而给吹了转来。

雷欧提斯　那么难道我的一个高贵的父亲就这样白白死去，一个好好的妹妹就这样白白疯了不成？如果能允许我赞美她过去的容貌才德，那简直是可以傲视一世、睥睨古今的。可是我的报仇的机会总有一天会到来。

国　　王　不要让这件事扰乱了你的睡眠；你不要以为我是这样一个麻木不仁的人，会让人家揪着我的胡须，还以为这不过是开开玩笑。不久你就可以听到消息。我爱你父亲，我也爱我自己；那我希望可以使你想到——

　　　　一使者上。

国　　王　啊！什么消息？

使　　者　启禀陛下，是哈姆莱特寄来的信；这一封是给陛下的，这一封是给王后的。

国　　王　哈姆莱特寄来的！是谁把它们送到这儿来的？

使　　者　他们说是几个水手，陛下，我没有看见他们；这两封信是克劳狄奥交给我的，来人把信送在他手里。

国　　王　雷欧提斯，你可以听一听这封信。出去！（使者下。读信）"陛下，我已经光着身子回到您的国土上来了。明天我就要请您允许我拜谒御容。让我先向您告我的不召而返之罪,然后再向您禀告我这次突然意外回国的原因。哈姆莱特敬上。"这是什么意思?同去的人也都一起回来了吗?还是有什么人在捣鬼,事实上并没有这么一回事?

雷欧提斯　您认识这笔迹吗?

国　　王　这确是哈姆莱特的亲笔。"光着身子"!这儿还附着一笔,说是"一个人回来"。你看他是什么用意?

雷欧提斯　我可不懂,陛下。可是他来得正好;我一想到我能够有这样一天当面申斥他:"你干的好事",我的郁闷的心也热起来了。

国　　王　要是果然这样的话,可是怎么会这样呢?然而,此外又如何解释呢?雷欧提斯,你愿意听我的吩咐吗?

雷欧提斯　愿意,陛下,只要您不勉强我跟他和解。

国　　王　我是要使你自己心里得到平安。要是他现在中途而返,不预备再作这样的航行,那么我已经想好了一个计策,怂恿他去作一件事情,一定可以叫他自投罗网;而且他死了以后,谁也不能讲一句闲话,即使他的母亲也不能觉察我们的诡计,只好认为是一件意外的灾祸。

雷欧提斯　陛下,我愿意服从您的指挥,最好请您设法让他死在我的手里。

国　　王　我正是这样计划。自从你到国外游学以后,人家常常说起你有一种特长的本领,这种话哈姆莱特也是早就听到过的;虽然在我的意见之中,这不过是你所有的才艺中间最不足道的一种,可是你的一切才艺的总和,都不及这一种本领更能挑起他的妒忌。

雷欧提斯　是什么本领呢,陛下?

国　　王　它虽然不过是装饰在少年人帽上的一条缎带,但也是少不了的;因为年轻人应该装束得华丽潇洒一些,表示他的健康活泼,正像老年人应该装束得朴素大方一些,表示他的矜严庄重一样。两个月以前,这儿来了一个诺曼绅士;我自己曾经见过法国人,和他们打过仗,他们都是很精于骑术的;可是这位好汉简直有不可思议的魔力,他骑在马上,好像和他的坐骑化成了一体似的,随意驰骤,无不出神入化。他的技术是那样远超过我的预料,无论我杜撰一些怎样夸大的辞句,都不够形容它的奇妙。

雷欧提斯　是个诺曼人吗？

国　　王　是诺曼人。

雷欧提斯　那么一定是拉摩德了。

国　　王　正是他。

雷欧提斯　我认识他;他的确是全国知名的勇士。

国　　王　他承认你的武艺很了不得,对于你的剑术尤其极口称赞,说是倘有人能够和你对敌,那一定大有可观;他发誓说他们国里的剑士要是跟你交起手来,一定会眼花缭乱,全然失去招架之功。他对你的这一番夸奖,使哈姆莱特妒恼交集,一心希望你快些回来,跟他比赛一下。从这一点上——

雷欧提斯　从这一点上怎么,陛下？

国　　王　雷欧提斯,你真爱你的父亲吗？还是不过是做作出来的悲哀,只有表面,没有真心？

雷欧提斯　您为什么这样问我？

国　　王　我不是以为你不爱你的父亲;可是我知道爱不过起于一时感情的冲动,经验告诉我,经过了相当时间,它是会逐渐冷淡下去的。爱像一盏油灯,灯芯烧枯以后,它的火焰也会由微暗而至于消灭。一切事情都不能永远保持良好,因为过度的善反会摧毁它的本身,正像一个人因充血而死去一样。我们所要做的事,应该一想到就做;因为人的想法是会变化的,有多少舌头、多少手、多少意外,就会有多少犹豫、多少迟延;那时候再空谈该作什么,只不过等于聊以自慰的长吁短叹,只能伤害自己的身体罢了。可是回到我们所要谈论的中心问题上来吧。哈姆莱特回来了;你预备怎样用行动代替言语,表明你自己的确是你父亲的孝子呢?

雷欧提斯　我要在教堂里割破他的喉咙。

国　王　当然,无论什么所在都不能庇护一个杀人的凶手;复仇应该不受地点的限制。可是,好雷欧提斯,你要是果然志在复仇,还是住在自己家里不要出来。哈姆莱特回来以后,我们可以让他知道你也已经回来,叫几个人在他的面前夸奖你的本领,把你说得比那法国人所讲的还要了不得,怂恿他和你作一次比赛,赌个输赢。他是个粗心的人,一向厚道,想不到人家在算计他,一定不会仔细检视比赛用的刀剑的利钝;你只要预先把一柄利剑混杂在里面,趁他没有注意的时候不动声色地自己拿了,在比赛之际,看准他的要害刺了过去,就可以替你的父亲报了仇了。

雷欧提斯　我愿意这样做;为了达到复仇的目的,我还要在我的剑上涂一些毒药。我已经从一个卖药人手里买到一种致命的药油,只要在剑头上沾了一滴,刺到人身上,它一碰到血,即使只是擦破了一些皮肤,也会毒性发作,无论什么灵丹仙草,都不能挽救。我就去把剑尖蘸上这种烈性毒剂,只要我刺破他一点,就叫他送命。

国　王　让我们再考虑考虑,看时间和机会能够给我们什么方便。要是这一个计策会失败,要是我们会在行动之间露出破绽,那么还是不要尝试的好。为了预防失败起见,我们应该另外再想一个万全之计。且慢!让我想来:我们可以对你们两人的胜负打赌;啊,有了:你在跟他交手的时候,必须使出你全副的精神,使他疲于奔命,等他口干烦躁,要讨水喝的当儿,我就为他预备好一杯毒酒,万一他逃过了你的毒剑,只要他让酒沾唇,我们的目的也就同样达到了。且慢!什么声音?

　　　王后上。

国　王　啊,亲爱的王后!

王　后　一桩祸事刚刚到来,又有一桩接踵而至。雷欧提斯,你的妹妹掉在水里淹死了。

雷欧提斯　淹死了!啊!在哪儿?

王　后　在小溪之旁,斜生着一株杨柳,它的毵毵的枝叶倒映在明镜一样的水流之中;她编了几个奇异的花环来到那里,用的是毛茛、荨麻、雏菊和长颈兰——正派的姑娘管这种花叫死人指头,说粗话的牧人却给它起了另一个不雅的名字。——她爬上一根横垂的树枝,想要把她的花冠挂在上面;就在这时候,一根心怀恶意的树枝折断了,她就连人带花一起落下呜咽的溪水里。她的衣服四散展开,使她暂时像人鱼一样漂浮水上;她嘴里还断断续续唱着古老的谣曲,好像一点不感觉到她处境的险恶,又好像她本来就是生长在水中一般。可是不多一会儿,她的衣服给水浸得重起来了,这可怜的人歌儿还没有唱完,就已经沉到泥里去了。

雷欧提斯　唉!那么她淹死了吗?

王　后　淹死了,淹死了!

雷欧提斯　太多的水淹没了你的身体,可怜的奥菲利娅,所以我必须忍住我的眼泪。可是人类的常情是不能遏阻的,我掩饰不了心中的悲哀,只好顾不得惭愧了;当我们的眼泪干了以后,我们的妇人之仁也会随着消灭的。再会,陛下!我有一段炎炎欲焚的烈火般的话,可是我的傻气的眼泪把它浇熄了。(下。)

国　　王　让我们跟上去,乔特鲁德;我好容易才把他的怒气平息了一下,现在我怕又要把它挑起来了。快让我们跟上去吧。(同下。)

# 第 五 幕

## 第一场 墓 地

　　　　二小丑携锄锹等上。

小丑甲　她存心自己脱离人世,却要照基督徒的仪式下葬吗?

小丑乙　我对你说是的,所以你赶快把她的坟掘好吧;验尸官已经验明她的死状,宣布应该按照基督徒的仪式把她下葬。

小丑甲　这可奇了,难道她是因为自卫而跳下水里的吗?

小丑乙　他们验明是这样的。

小丑甲　那一定是为了自毁,不可能有别的原因。因为问题是这样的:要是我有意投水自杀,那必须成立一个行为;一个行为可以分为三部分,那就是干、行、做;所以,她是有意投水自杀的。

小丑乙　嗳,你听我说——

小丑甲　让我说完。这儿是水;好,这儿站着人;好,要是这个人跑到这个水里,把他自己淹死了,那么,不管他自己愿不愿意,总是他自己跑下去的;你听见了没有?可是要是那水来到他的身上把他淹死了,那就不是他自己把自己淹死;所以,对于他自己的死无罪的人,并没有缩短他自己的生命。

小丑乙　法律上是这样说的吗？

小丑甲　嗯，是的，这是验尸官的验尸法。

小丑乙　说一句老实话，要是死的不是一位贵家女子，他们决不会按照基督徒的仪式把她下葬的。

小丑甲　对了，你说得有理；有财有势的人，就是要投河上吊，比起他们同教的基督徒来也可以格外通融，世上的事情真是太不公平了！来，我的锄头。要讲家世最悠久的人，就得数种地的、开沟的和掘坟的；他们都继承着亚当的行业。

小丑乙　亚当也算世家吗？

小丑甲　自然要算，他在创立家业方面很有两手呢。

小丑乙　他有什么两手？

小丑甲　怎么？你是个异教徒吗？你的《圣经》是怎么念的？《圣经》上说亚当掘地；没有两手，能够掘地吗？让我再问你一个问题；要是你回答得不对，那么你就承认你自己——

小丑乙　你问吧。

小丑甲　谁造出东西来比泥水匠、船匠或是木匠更坚固？

小丑乙　造绞架的人；因为一千个寄寓在上面的人都已经先后死去，它还是站在那儿动都不动。

小丑甲　我很喜欢你的聪明，真的。绞架是很合适的；可是它怎么是合适的？它对于那些有罪的人是合适的。你说绞架造得比教堂还坚固，说这样的话是罪过的；所以，绞架对于你是合适的。来，重新说过。

小丑乙　谁造出东西来比泥水匠、船匠或是木匠更坚固？

小丑甲　嗯，你回答了这个问题，我就让你下工。

小丑乙　呃，现在我知道了。

小丑甲　说吧。

小丑乙　真的,我可回答不出来。

　　　　哈姆莱特及霍拉旭上,立远处。

小丑甲　别尽绞你的脑汁了,懒驴子是打死也走不快的;下回有人问你这个问题的时候,你就对他说,"掘坟的人,"因为他造的房子是可以一直住到世界末日的。去,到约翰的酒店里去给我倒一杯酒来。(小丑乙下。小丑甲且掘且歌。)

　　　　年轻时候最爱偷情,

　　　　　觉得那事很有趣味;

　　　　规规矩矩学做好人,

　　　　　在我看来太无意义。

哈姆莱特　这家伙难道对于他的工作一点没有什么感觉,在掘坟的时候还会唱歌吗?

霍拉旭　他做惯了这种事,所以不以为意。

哈姆莱特　正是;不大劳动的手,它的感觉要比较灵敏一些。

小丑甲　(唱)

　　　　谁料如今岁月潜移,

　　　　　老景催人急于星火,

　　　　两腿挺直,一命归西,

　　　　　世上原来不曾有我。(掷起一骷髅。)

哈姆莱特　那个骷髅里面曾经有一条舌头,它也会唱歌哩;瞧这家伙把它摔在地上,好像它是第一个杀人凶手该隐①的颚骨似的!它也许是一个政客的头颅,现在却让这蠢货把它丢来踢去;也许他生前是个偷天换日的好手,你看是不是?

霍拉旭　也许是的,殿下。

────────

①　该隐(Cain),亚当之长子,杀其弟亚伯,事见《旧约·创世记》。

203

哈姆莱特　也许是一个朝臣,他会说,"早安,大人!您好,大人!"也许他就是某大人,嘴里称赞某大人的马好,心里却想把它讨了来,你看是不是?

霍拉旭　是,殿下。

哈姆莱特　啊,正是;现在却让蛆虫伴寝,他的下巴也脱掉了,一柄工役的锄头可以在他头上敲来敲去。从这种变化上,我们大可看透了生命的无常。难道这些枯骨生前受了那么多的教养,死后却只好给人家当木块一般抛着玩吗?想起来真是怪不好受的。

小丑甲　（唱）

　　　　　锄头一柄,铁铲一把,
　　　　　　殓衾一方掩面遮身;
　　　　　挖松泥土深深掘下,
　　　　　　掘了个坑招待客人。（掷起另一骷髅。）

哈姆莱特　又是一个;谁知道那不会是一个律师的骷髅?他的玩弄刀笔的手段,颠倒黑白的雄辩,现在都到哪儿去了?为什么他让这个放肆的家伙用龌龊的铁铲敲他的脑壳,不去控告他一个殴打罪?哼!这家伙生前也许曾经买下许多地产,开口闭口用那些条文、具结、罚款、双重保证、赔偿一类的名词吓人;现在他的脑壳里塞满了泥土,这就算是他所取得的罚款和最后的赔偿了吗?他的双重保证人难道不能保他再多买点地皮,只给他留下和那种一式二份的契约同样大小的一块地面吗?这个小木头匣子,原来要装他土地的字据都恐怕装不下,如今地主本人却也只能有这么一点地盘,哈?

霍拉旭　不能比这再多一点了,殿下。

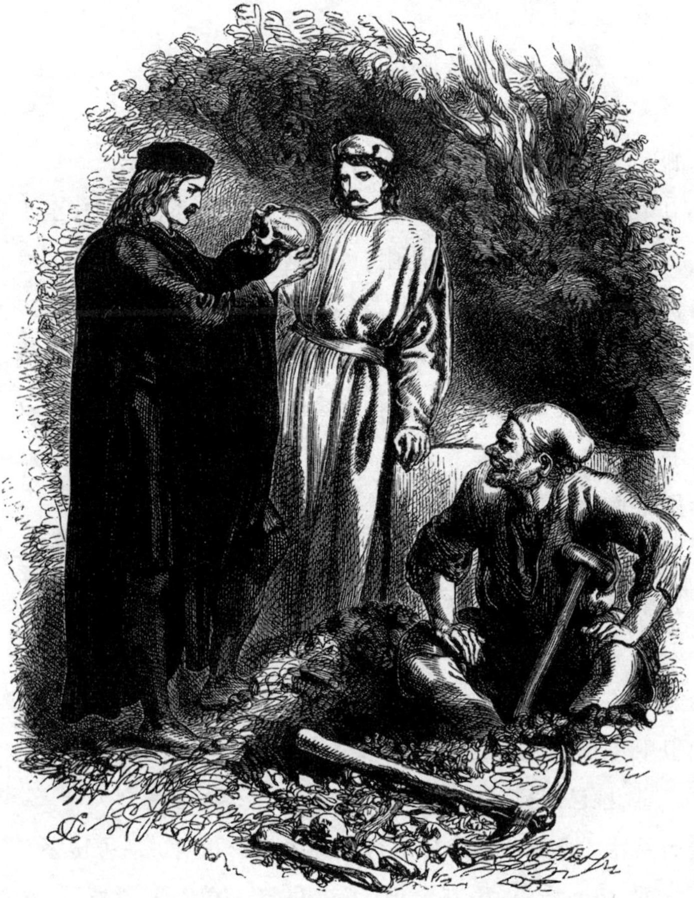

哈姆莱特　契约纸不是用羊皮作的吗？

霍拉旭　是的，殿下，也有用牛皮作的。

哈姆莱特　我看痴心指靠那些玩意儿的人，比牲口聪明不了多少。我要去跟这家伙谈谈。大哥，这是谁的坟？

小丑甲　我的，先生——

　　　　挖松泥土深深掘下，

　　　　　掘了个坑招待客人。

哈姆莱特　我看也是你的，因为你在里头胡闹。

小丑甲　您在外头也不老实，先生，所以这坟不是您的；至于说我，我倒没有在里头胡闹，可是这坟的确是我的。

哈姆莱特　你在里头，又说是你的，这就是"在里头胡闹"。因为挖坟是为死人，不是为会蹦会跳的活人，所以说你胡闹。

小丑甲　这套胡闹的话果然会蹦会跳，先生；等会儿又该从我这里跳到您那里去了。

哈姆莱特　你是在给什么人挖坟？是个男人吗？

小丑甲　不是男人，先生。

哈姆莱特　那么是个女人？

小丑甲　也不是女人。

哈姆莱特　不是男人，也不是女人，那么谁葬在这里面？

小丑甲　先生，她本来是一个女人，可是上帝让她的灵魂得到安息，她已经死了。

哈姆莱特　这混蛋倒会分辨得这样清楚！我们讲话可得字斟句酌，精心推敲，稍有含糊，就会出丑。凭着上帝发誓，霍拉旭，我觉得这三年来，人人都越变越精明，庄稼汉的脚趾头已经挨近朝廷贵人的脚后跟，可以磨破那上面的冻疮了。——你做这掘墓的营生，已经多久了？

小丑甲　我开始干这营生,是在我们的老王爷哈姆莱特打败福丁布拉斯那一天。

哈姆莱特　那是多久以前的事?

小丑甲　你不知道吗?每一个傻子都知道的;那正是小哈姆莱特出世的那一天,就是那个发了疯给他们送到英国去的。

哈姆莱特　嗯,对了;为什么他们叫他到英国去?

小丑甲　就是因为他发了疯呀;他到英国去,他的疯病就会好的,即使疯病不会好,在那边也没有什么关系。

哈姆莱特　为什么?

小丑甲　英国人不会把他当作疯子;他们都跟他一样疯。

哈姆莱特　他怎么会发疯?

小丑甲　人家说得很奇怪。

哈姆莱特　怎么奇怪?

小丑甲　他们说他神经有了毛病。

哈姆莱特　从哪里来的?

小丑甲　还不就是从丹麦本地来的?我在本地干这掘墓的营生,从小到大,一共有三十年了。

哈姆莱特　一个人埋在地下,要经过多少时候才会腐烂?

小丑甲　假如他不是在未死以前就已经腐烂——就如现在有的是害杨梅疮死去的尸体,简直抬都抬不下去——他大概可以过八九年;一个硝皮匠在九年以内不会腐烂。

哈姆莱特　为什么他要比别人长久一些?

小丑甲　因为,先生,他的皮硝得比人家的硬,可以长久不透水;倒楣的尸体一碰到水,是最会腐烂的。这儿又是一个骷髅;这骷髅已经埋在地下二十三年了。

哈姆莱特　它是谁的骷髅?

小丑甲　是个婊子养的疯小子;你猜是谁?

哈姆莱特　不,我猜不出。

小丑甲　这个遭瘟的疯小子!他有一次把一瓶葡萄酒倒在我的头上。这一个骷髅,先生,是国王的弄人郁利克的骷髅。

哈姆莱特　这就是他!

小丑甲　正是他。

哈姆莱特　让我看。(取骷髅)唉,可怜的郁利克!霍拉旭,我认识他;他是一个最会开玩笑、非常富于想像力的家伙。他曾经把我负在背上一千次;现在我一想起来,却忍不住胸头作恶。这儿本来有两片嘴唇,我不知吻过它们多少次。——现在你还会挖苦人吗?你还会蹦蹦跳跳,逗人发笑吗?你还会唱歌吗?你还会随口编造一些笑话,说得满座捧腹吗?你没有留下一个笑话,讥笑你自己吗?这样垂头丧气了吗?现在你给我到小姐的闺房里去,对她说,凭她脸上的脂粉搽得一寸厚,到后来总要变成这个样子的;你用这样的话告诉她,看她笑不笑吧。霍拉旭,请你告诉我一件事情。

霍拉旭　什么事情,殿下?

哈姆莱特　你想亚历山大在地下也是这副形状吗?

霍拉旭　也是这样。

哈姆莱特　也有同样的臭味吗?呸!(掷下骷髅。)

霍拉旭　也有同样的臭味,殿下。

哈姆莱特　谁知道我们将来会变成一些什么下贱的东西,霍拉旭!要是我们用想像推测下去,谁知道亚历山大的高贵的尸体,不就是塞在酒桶口上的泥土?

霍拉旭　那未免太想入非非了。

哈姆莱特　不,一点不,我们可以不作怪论、合情合理地推想他怎样会到那个地步；比方说吧：亚历山大死了；亚历山大埋葬了；亚历山大化为尘土；人们把尘土做成烂泥；那么为什么亚历山大所变成的烂泥，不会被人家拿来塞在啤酒桶的口上呢？

  凯撒死了，你尊严的尸体
  也许变了泥把破墙填砌；
  啊！他从前是何等的英雄，
  现在只好替人挡雨遮风！

可是不要作声！不要作声！站开；国王来了。

  教士等列队上；众异奥菲利娅尸体前行；雷欧提斯及诸送葬者、国王、王后及侍从等随后。

哈姆莱特 王后和朝臣们也都来了；他们是送什么人下葬呢？仪式又是这样草率的？瞧上去好像他们所送葬的那个人，是自杀而死的，同时又是个很有身分的人。让我们躲在一旁瞧瞧他们。（与霍拉旭退后。）

雷欧提斯 还有些什么仪式？

哈姆莱特 （向霍拉旭旁白）那是雷欧提斯，一个很高贵的青年；听着。

雷欧提斯 还有些什么仪式？

教士甲 她的葬礼已经超过了她所应得的名分。她的死状很是可疑；倘不是因为我们迫于权力，按例就该把她安葬在圣地以外，直到最后审判的喇叭吹召她起来。我们不但不应该替她祷告，并且还要用砖瓦碎石丢在她坟上；可是现在我们已经允许给她处女的葬礼，用花圈盖在她的身上，替她散播鲜花，鸣钟送她入土，这还不够吗？

雷欧提斯 难道不能再有其他仪式了吗？

教士甲　不能再有其他仪式了;要是我们为她唱安魂曲,就像对于一般平安死去的灵魂一样,那就要亵渎了教规。

雷欧提斯　把她放下泥土里去;愿她的娇美无瑕的肉体上,生出芬芳馥郁的紫罗兰来!我告诉你,你这下贱的教士,我的妹妹将要做一个天使,你死了却要在地狱里呼号。

哈姆莱特　什么!美丽的奥菲利娅吗?

王　后　好花是应当散在美人身上的;永别了!(散花)我本来希望你做我的哈姆莱特的妻子;这些鲜花本来要铺在你的新床上,亲爱的女郎,谁想得到我要把它们散在你的坟上!

雷欧提斯　啊!但愿千百重的灾祸,降临在害得你精神错乱的那个该死的恶人的头上!等一等,不要就把泥土盖上去,让我再拥抱她一次。(跳下墓中)现在把你们的泥土倒下来,把死的和活的一起掩埋了吧;让这块平地上堆起一座高山,那古老的丕利恩和苍秀插天的俄林波斯都要俯伏在它的足下。

哈姆莱特　(上前)哪一个人的心里装载得下这样沉重的悲伤?哪一个人的哀恸的辞句,可以使天上的行星惊疑止步?那是我,丹麦王子哈姆莱特!(跳下墓中。)

雷欧提斯　魔鬼抓了你的灵魂去!(将哈姆莱特揪住。)

哈姆莱特　你祷告错了。请你不要掐住我的头颈;因为我虽然不是一个暴躁易怒的人,可是我的火性发作起来,是很危险的,你还是不要激恼我吧。放开你的手!

国　王　把他们扯开!

王　后　哈姆莱特!哈姆莱特!

众　人　殿下,公子——

霍拉旭　好殿下,安静点儿。(侍从等分开二人,二人自墓中出。)

哈姆莱特　嘿,我愿意为了这个题目跟他决斗,直到我的眼皮不再眨动。

王　后　啊,我的孩子!什么题目?

哈姆莱特　我爱奥菲利娅;四万个兄弟的爱合起来,还抵不过我对她的爱。你愿意为她干些什么事情?

国　王　啊!他是个疯人,雷欧提斯。

王　后　看在上帝的情分上,不要跟他认真。

哈姆莱特　哼,让我瞧瞧你会干些什么事。你会哭吗?你会打架吗?你会绝食吗?你会撕破你自己的身体吗?你会喝一大缸醋吗?你会吃一条鳄鱼吗?我都做得到。你是到这儿来哭泣的吗?你跳下她的坟墓里,是要当面羞辱我吗?你跟她活埋在一起,我也会跟她活埋在一起;要是你还要夸说什么高山大岭,那么让他们把几百万亩的泥土堆在我们身上,直到把我们的地面堆得高到可以被"烈火天"烧焦,让巍峨的奥萨山在相形之下变得只像一个瘤那么大吧!嘿,你会吹,我就不会吹吗?

王　后　这不过是他一时的疯话。他的疯病一发作起来,总是这个样子的;可是等一会儿他就会安静下来,正像母鸽孵育它那一双金羽的雏鸽的时候一样温和了。

哈姆莱特　听我说,老兄;你为什么这样对待我?我一向是爱你的。可是这些都不用说了,有本领的,随他干什么事吧;猫总是要叫,狗总是要闹的。(下。)

国　王　好霍拉旭,请你跟住他。(霍拉旭下。向雷欧提斯)记住我们昨天晚上所说的话,格外忍耐点儿吧;我们马上就可以实行我们的办法。好乔特鲁德,叫几个人好好看守你的儿子。这一个坟上要有活生生的纪念物,平静的时间不久就会到来；现在我们必须耐着心把一切安排。
（同下。）

## 第二场　城堡中的厅堂

　　　　哈姆莱特及霍拉旭上。

哈姆莱特　这个题目已经讲完，现在我可以让你知道另外一段事情。你还记得当初的一切经过情形吗？

霍拉旭　记得，殿下！

哈姆莱特　当时在我的心里有一种战争，使我不能睡眠；我觉得我的处境比锁在脚镣里的叛变的水手还要难堪。我就卤莽行事。——结果倒卤莽对了，我们应该承认，有时候一时孟浪，往往反而可以做出一些为我们的深谋密虑所做不成功的事；从这一点上，我们可以看出来，无论我们怎样辛苦图谋，我们的结果却早已有一种冥冥中的力量把它布置好了。

霍拉旭　这是无可置疑的。

哈姆莱特　我从舱里起来，把一件航海的宽衣罩在我的身上，在黑暗之中摸索着找寻那封公文，果然给我达到目的，摸到了他们的包裹；我拿着它回到我自己的地方，疑心使我忘记了礼貌，我大胆地拆开了他们的公文，在那里面，霍拉旭——啊，堂皇的诡计！——我发现一道严厉的命令，借了许多好听的理由为名，说是为了丹麦和英国双方的利益，决不能让我这个险恶的人物逃脱，接到公文之后，必须不等磨好利斧，立即枭下我的首级。

霍拉旭　有这等事？

哈姆莱特　这一封就是原来的国书；你有空的时候可以仔细读

一下。可是你愿意听我告诉你后来我怎么办吗？

霍拉旭　请您告诉我。

哈姆莱特　在这样重重诡计的包围之中，我的脑筋不等我定下心来思索，就开始活动起来了；我坐下来另外写了一通国书，字迹清清楚楚。从前我曾经抱着跟我们那些政治家们同样的意见，认为字体端正是一件有失体面的事，总是想竭力忘记这一种技能，可是现在它却对我有了大大的用处。你知道我写些什么话吗？

霍拉旭　嗯，殿下。

哈姆莱特　我用国王的名义，向英王提出恳切的要求，因为英国是他忠心的藩属，因为两国之间的友谊，必须让它像棕榈树一样发荣繁茂，因为和平的女神必须永远戴着她的荣冠，沟通彼此的情感，以及许许多多诸如此类的重要理由，请他在读完这一封信以后，不要有任何的迟延，立刻把那两个传书的来使处死，不让他们有从容忏悔的时间。

霍拉旭　可是国书上没有盖印，那怎么办呢？

哈姆莱特　啊，就在这件事上，也可以看出一切都是上天预先注定。我的衣袋里恰巧藏着我父亲的私印，它跟丹麦的国玺是一个式样的；我把伪造的国书照着原来的样子折好，签上名字，盖上印玺，把它小心封好，归还原处，一点没有露出破绽。下一天就遇见了海盗，那以后的情形，你早已知道了。

霍拉旭　这样说来，吉尔登斯吞和罗森格兰兹是去送死的了。

哈姆莱特　哎，朋友，他们本来是自己钻求这件差使的；我在良心上没有对不起他们的地方，是他们自己的阿谀献媚断送了他们的生命。两个强敌猛烈争斗的时候，不自量力的微弱之辈，却去插身在他们的刀剑中间，这样的事情是最危险

213

不过的。

霍拉旭　想不到竟是这样一个国王！

哈姆莱特　你想，我是不是应该——他杀死了我的父王，奸污了我的母亲，篡夺了我的嗣位的权利，用这种诡计谋害我的生命，凭良心说我是不是应该亲手向他复仇雪恨？如果我不去剪除这一个戕害天性的蟊贼，让他继续为非作恶，岂不是该受天谴吗？

霍拉旭　他不久就会从英国得到消息，知道这一回事情产生了怎样的结果。

哈姆莱特　时间虽然很局促，可是我已经抓住眼前这一刻工夫；一个人的生命可以在说一个"一"字的一刹那之间了结。可是我很后悔，好霍拉旭，不该在雷欧提斯之前失去了自制；因为他所遭遇的惨痛，正是我自己的怨愤的影子。我要取得他的好感。可是他倘不是那样夸大他的悲哀，我也决不会动起那么大的火性来的。

霍拉旭　不要作声！谁来了？

　　　　奥斯里克上。

奥斯里克　殿下，欢迎您回到丹麦来！

哈姆莱特　谢谢您，先生。（向霍拉旭旁白）你认识这只水苍蝇吗？

霍拉旭　（向哈姆莱特旁白）不，殿下。

哈姆莱特　（向霍拉旭旁白）那是你的运气，因为认识他是一件丢脸的事。他有许多肥田美壤；一头畜生要是作了一群畜生的主子，就有资格把食槽搬到国王的席上来了。他"咯咯"叫起来简直没个完，可是——我方才也说了——他拥有大批粪土。

奥斯里克　殿下,您要是有空的话,我奉陛下之命,要来告诉您一件事情。

哈姆莱特　先生,我愿意恭聆大教。您的帽子是应该戴在头上的,您还是戴上去吧。

奥斯里克　谢谢殿下,天气真热。

哈姆莱特　不,相信我,天冷得很,在刮北风哩。

奥斯里克　真的有点儿冷,殿下。

哈姆莱特　可是对于像我这样的体质,我觉得这一种天气却是闷热得厉害。

奥斯里克　对了,殿下;真是说不出来的闷热。可是,殿下,陛下叫我来通知您一声,他已经为您下了一个很大的赌注了。殿下,事情是这样的——

哈姆莱特　请您不要这样多礼。(促奥斯里克戴上帽子。)

奥斯里克　不,殿下,我还是这样舒服些,真的。殿下,雷欧提斯新近到我们的宫廷里来;相信我,他是一位完善的绅士,充满着最卓越的特点,他的态度非常温雅,他的仪表非常英俊;说一句发自衷心的话,他是上流社会的南针,因为在他身上可以找到一个绅士所应有的品质的总汇。

哈姆莱特　先生,他对于您这一番描写,的确可以当之无愧;虽然我知道,要是把他的好处一件一件列举出来,不但我们的记忆将要因此而淆乱,交不出一篇正确的账目来,而且他这一艘满帆的快船,也决不是我们失舵之舟所能追及;可是,凭着真诚的赞美而言,我认为他是一个才德优异的人,他的高超的禀赋是那样稀有而罕见,说一句真心的话,除了在他的镜子里以外,再也找不到第二个跟他同样的人,纷纷追踪求迹之辈,不过是他的影子而已。

奥斯里克　殿下把他说得一点不错。

哈姆莱特　您的用意呢？为什么我们要用尘俗的呼吸，嘘在这位绅士的身上呢？

奥斯里克　殿下？

霍拉旭　自己所用的语言，到了别人嘴里，就听不懂了吗？早晚你会懂的，先生。

哈姆莱特　您向我提起这位绅士的名字，是什么意思？

奥斯里克　雷欧提斯吗？

霍拉旭　他的嘴里已经变得空空洞洞，因为他的那些好听话都说完了。

哈姆莱特　正是雷欧提斯。

奥斯里克　我知道您不是不明白——

哈姆莱特　您真能知道我这人不是不明白，那倒很好；可是，说老实话，即使你知道我是明白人，对我也不是什么光采的事。好，您怎么说？

奥斯里克　我是说，您不是不明白雷欧提斯有些什么特长——

哈姆莱特　那我可不敢说，因为也许人家会疑心我有意跟他比并高下；可是要知道一个人的底细，应该先知道他自己。

奥斯里克　殿下，我的意思是说他的武艺；人家都称赞他的本领一时无两。

哈姆莱特　他会使些什么武器？

奥斯里克　长剑和短刀。

哈姆莱特　他会使这两种武器吗？很好。

奥斯里克　殿下，王上已经用六匹巴巴里的骏马跟他打赌；在他的一方面，照我所知道的，押的是六柄法国的宝剑和好刀，连同一切鞘带钩子之类的附件，其中有三柄的挂机尤其珍奇可爱,跟剑柄配得非常合式,式样非常精致,花纹非常富丽。

哈姆莱特　您所说的挂机是什么东西?

霍拉旭　我知道您要听懂他的话,非得翻查一下注解不可。

奥斯里克　殿下,挂机就是钩子。

哈姆莱特　要是我们腰间挂着大炮,用这个名词倒还合适;在那一天没有来到以前,我看还是就叫它钩子吧。好,说下去;六匹巴巴里骏马对六柄法国宝剑,附件在内,外加三个花纹富丽的挂机;法国产品对丹麦产品。可是,用你的话来说,这样"押"是为了什么呢?

奥斯里克　殿下,王上跟他打赌,要是你们两人交起手来,在十二个回合之中,他至多不过多赢您三着;可是他却觉得他可以稳赢九个回合。殿下要是答应的话,马上就可以试一试。

哈姆莱特　要是我答应个"不"字呢?

奥斯里克　殿下,我的意思是说,您答应跟他当面比较高低。

哈姆莱特　先生,我还要在这儿厅堂里散散步。您去回陛下说,现在是我一天之中休息的时间。叫他们把比赛用的钝剑预备好了,要是这位绅士愿意,王上也不改变他的意见的话,我愿意尽力为他博取一次胜利;万一不幸失败,那我也不过丢了一次脸,给他多剁了两下。

奥斯里克　我就照这样去回话吗?

哈姆莱特　您就照这个意思去说,随便您再加上一些什么新颖词藻都行。

奥斯里克　我保证为殿下效劳。

哈姆莱特　不敢,不敢。(奥斯里克下)多亏他自己保证,别人谁也不会替他张口的。

霍拉旭　这一只小鸭子顶着壳儿逃走了。

哈姆莱特　他在母亲怀抱里的时候,也要先把他母亲的奶头恭维几句,然后吮吸。像他这一类靠着一些繁文缛礼撑撑场面的家伙,正是愚妄的世人所醉心的;他们的浅薄的牙慧使傻瓜和聪明人同样受他们的欺骗,可是一经试验,他们的水泡就爆破了。

　　　　一贵族上。

贵　族　殿下,陛下刚才叫奥斯里克来向您传话,知道您在这儿厅上等候他的旨意;他叫我再来问您一声,您是不是仍旧愿意跟雷欧提斯比剑,还是慢慢再说。

哈姆莱特　我没有改变我的初心,一切服从王上的旨意。现在也好,无论什么时候都好,只要他方便,我总是随时准备着,除非我丧失了现在所有的力气。

贵　族　王上、娘娘,跟其他的人都要到这儿来了。

哈姆莱特　他们来得正好。

贵　族　娘娘请您在开始比赛以前,对雷欧提斯客气几句。

哈姆莱特　我愿意服从她的教诲。(贵族下。)

霍拉旭　殿下,您在这一回打赌中间,多半要失败的。

哈姆莱特　我想我不会失败。自从他到法国去以后,我练习得很勤;我一定可以把他打败。可是你不知道我的心里是多么不舒服;那也不用说了。

霍拉旭　啊,我的好殿下——

哈姆莱特　那不过是一种傻气的心理;可是一个女人也许会因为这种莫名其妙的疑虑而惶惑。

霍拉旭　要是您心里不愿意做一件事,那么就不要做吧。我可以去通知他们不用到这儿来,说您现在不能比赛。

哈姆莱特　不,我们不要害怕什么预兆;一只雀子的死生,都是命运预先注定的。注定在今天,就不会是明天;不是明天,就是今天;逃过了今天,明天还是逃不了,随时准备着就是了。一个人既然在离开世界的时候,只能一无所有,那么早早脱身而去,不是更好吗?随它去。

　　　国王、王后、雷欧提斯、众贵族、奥斯里克及侍从等持钝剑等上。

国　王　来,哈姆莱特,来,让我替你们两人和解和解。(牵雷欧提斯、哈姆莱特二人手使相握。)

哈姆莱特　原谅我,雷欧提斯;我得罪了你,可是你是个堂堂男子,请你原谅我吧。这儿在场的众人都知道,你也一定听见人家说起,我是怎样被疯狂害苦了。凡是我的所作所为,足以伤害你的感情和荣誉、激起你的愤怒来的,我现在声明都是我在疯狂中犯下的过失。难道哈姆莱特会做对不起雷欧提斯的事吗?哈姆莱特决不会做这种事。要是哈姆莱特在丧失他自己的心神的时候,做了对不起雷欧提斯的事,那样的事不是哈姆莱特做的,哈姆莱特不能承认。那么是谁做的呢?是他的疯狂。既然是这样,那么哈姆莱特也是属于受害的一方,他的疯狂是可怜的哈姆莱特的敌人。当着在座众人之前,我承认我在无心中射出的箭,误伤了我的兄弟;我现在要向他请求大度包涵,宽恕我的不是出于故意的罪恶。

雷欧提斯　按理讲,对这件事情,我的感情应该是激动我复仇的主要力量,现在我在感情上总算满意了;但是另外还有荣誉这一关,除非有什么为众人所敬仰的长者,告诉我可以跟你捐除宿怨,指出这样的事是有前例可援的,不至于损害我的名誉,那时我才可以跟你言归于好。目前我且先接受你友好的表示,并且保证决不会辜负你的盛情。

哈姆莱特　我绝对信任你的诚意,愿意奉陪你举行这一次友谊的比赛。把钝剑给我们。来。

雷欧提斯　来,给我一柄。

哈姆莱特　雷欧提斯,我的剑术荒疏已久,只能给你帮场;正像最黑暗的夜里一颗吐耀的明星一般,彼此相形之下,一定更显得你的本领的高强。

雷欧提斯　殿下不要取笑。

哈姆莱特　不,我可以举手起誓,这不是取笑。

国　王　奥斯里克,把钝剑分给他们。哈姆莱特侄儿,你知道我们怎样打赌吗?

哈姆莱特　我知道,陛下;您把赌注下在实力较弱的一方了。

国　王　我想我的判断不会有错。你们两人的技术我都领教过;但是后来他又有了进步,所以才规定他必须多赢几着。

雷欧提斯　这一柄太重了;换一柄给我。

哈姆莱特　这一柄我很满意。这些钝剑都是同样长短的吗?

奥斯里克　是,殿下。(二人准备比剑。)

国　王　替我在那桌子上斟下几杯酒。要是哈姆莱特击中了第一剑或是第二剑,或者在第三次交锋的时候争得上风,让所有的碉堡上一齐鸣起炮来;国王将要饮酒慰劳哈姆莱特,他还要拿一颗比丹麦四代国王戴在王冠上的更贵重的珍珠丢在酒杯里。把杯子给我;鼓声一起,喇叭就接着吹响,通知外面的炮手,让炮声震彻天地,报告这一个消息,"现在国王为哈姆莱特祝饮了!"来,开始比赛吧;你们在场裁判的都要留心看着。

哈姆莱特　请了。

雷欧提斯　请了,殿下。(二人比剑。)

哈姆莱特　一剑。

雷欧提斯　不,没有击中。

哈姆莱特　请裁判员公断。

奥斯里克　中了,很明显的一剑。

雷欧提斯　好;再来。

国　王　且慢;拿酒来。哈姆莱特,这一颗珍珠是你的;祝你健康!把这一杯酒给他。(喇叭齐奏。内鸣炮。)

哈姆莱特　让我先赛完这一局;暂时把它放在一旁。来。(二人比剑)又是一剑;你怎么说?

雷欧提斯　我承认给你碰着了。

国　王　我们的孩子一定会胜利。

王　后　他身体太胖,有些喘不过气来。来,哈姆莱特,把我的手巾拿去,揩干你额上的汗。王后为你饮下这一杯酒,祝你的胜利了,哈姆莱特。

哈姆莱特　好妈妈!

国　王　乔特鲁德,不要喝。

王　后　我要喝的,陛下;请您原谅我。

国　王　(旁白)这一杯酒里有毒;太迟了!

哈姆莱特　母亲,我现在还不敢喝酒;等一等再喝吧。

王　后　来,让我擦干你的脸。

雷欧提斯　陛下,现在我一定要击中他了。

国　王　我怕你击不中他。

雷欧提斯　(旁白)可是我的良心却不赞成我干这件事。

哈姆莱特　来,该第三个回合了,雷欧提斯。你怎么一点不起

221

劲？请你使出你全身的本领来吧；我怕你在开我的玩笑哩。

雷欧提斯　你这样说吗？来。（二人比剑。）

奥斯里克　两边都没有中。

雷欧提斯　受我这一剑！（雷欧提斯挺剑刺伤哈姆莱特；二人在争夺中彼此手中之剑各为对方夺去，哈姆莱特以夺来之剑刺雷欧提斯，雷欧提斯亦受伤。）

国　　王　分开他们！他们动起火来了。

哈姆莱特　来，再试一下。（王后倒地。）

奥斯里克　嗳哟，瞧王后怎么啦！

霍拉旭　他们两人都在流血。您怎么啦，殿下？

奥斯里克　您怎么啦，雷欧提斯？

雷欧提斯　唉，奥斯里克，正像一只自投罗网的山鹬，我用诡计害人，反而害了自己，这也是我应得的报应。

哈姆莱特　王后怎么啦？

国　　王　她看见他们流血，昏了过去了。

王　　后　不，不，那杯酒，那杯酒——啊，我的亲爱的哈姆莱特！那杯酒，那杯酒；我中毒了。（死。）

哈姆莱特　啊，奸恶的阴谋！喂！把门锁上！阴谋！查出来是哪一个人干的。（雷欧提斯倒地。）

雷欧提斯　凶手就在这儿，哈姆莱特。哈姆莱特，你已经不能活命了；世上没有一种药可以救治你，不到半小时，你就要死去。那杀人的凶器就在你的手里，它的锋利的刃上还涂着毒药。这奸恶的诡计已经回转来害了我自己；瞧！我躺在这儿，再也不会站起来了。你的母亲也中了毒。我说不下去了。国王——国王——都是他一个人的罪恶。

哈姆莱特　锋利的刃上还涂着毒药！——好，毒药，发挥你的力量吧！（刺国王。）

众　　人　　反了！反了！

国　　王　　啊！帮帮我，朋友们；我不过受了点伤。

哈姆莱特　　好，你这败坏伦常、嗜杀贪淫、万恶不赦的丹麦奸王！喝干了这杯毒药——你那颗珍珠是在这儿吗？——跟我的母亲一道去吧！（国王死。）

雷欧提斯　　他死得应该；这毒药是他亲手调下的。尊贵的哈姆莱特，让我们互相宽恕；我不怪你杀死我和我的父亲，你也不要怪我杀死你！（死。）

哈姆莱特　　愿上天赦免你的错误！我也跟着你来了。我死了，霍拉旭。不幸的王后，别了！你们这些看见这一幕意外的惨变而战栗失色的无言的观众，倘不是因为死神的拘捕不给人片刻的停留，啊！我可以告诉你们——可是随它去吧。霍拉旭，我死了，你还活在世上；请你把我的行事的始末根由昭告世人，解除他们的疑惑。

霍拉旭　　不，我虽然是个丹麦人，可是在精神上我却更是个古代的罗马人；这儿还留剩着一些毒药。

哈姆莱特　　你是个汉子，把那杯子给我；放手；凭着上天起誓，你必须把它给我。啊，上帝！霍拉旭，我一死之后，要是世人不明白这一切事情的真相，我的名誉将要永远蒙着怎样的损伤！你倘然爱我，请你暂时牺牲一下天堂上的幸福，留在这一个冷酷的人间，替我传述我的故事吧。（内军队自远处行进及鸣炮声）这是哪儿来的战场上的声音？

奥斯里克　　年轻的福丁布拉斯从波兰奏凯班师，这是他对英国来的钦使所发的礼炮。

哈姆莱特　　啊！我死了，霍拉旭；猛烈的毒药已经克服了我的精

223

神，我不能活着听见英国来的消息。可是我可以预言福丁布拉斯将被推戴为王，他已经得到我这临死之人的同意；你可以把这儿所发生的一切事实告诉他。此外仅余沉默而已。（死。）

霍拉旭　一颗高贵的心现在碎裂了！晚安，亲爱的王子，愿成群的天使们用歌唱抚慰你安息！——为什么鼓声越来越近了？（内军队行进声。）

　　　　　　福丁布拉斯、英国使臣及余人等上。

福丁布拉斯　这一场比赛在什么地方举行？

霍拉旭　你们要看些什么？要是你们想知道一些惊人的惨事，那么不用再到别处去找了。

福丁布拉斯　好一场惊心动魄的屠杀！啊，骄傲的死神！你用这样残忍的手腕，一下子杀死了这许多王裔贵胄，在你的永久的幽窟里，将要有一席多么丰美的盛筵！

使臣甲　这一个景象太惨了。我们从英国奉命来此，本来是要回复这儿的王上，告诉他我们已经遵从他的命令，把罗森格兰兹和吉尔登斯吞两人处死；不幸我们来迟了一步，那应该听我们说话的耳朵已经没有知觉了，我们还希望从谁的嘴里得到一声感谢呢？

霍拉旭　即使他能够向你们开口说话，他也不会感谢你们；他从来不曾命令你们把他们处死。可是既然你们都来得这样凑巧，有的刚从波兰回来，有的刚从英国到来，恰好看见这一幕流血的惨剧，那么请你们叫人把这几个尸体抬起来放在高台上面，让大家可以看见，让我向那懵无所知的世人报告这些事情的发生经过；你们可以听到奸淫残杀、反常悖理的行为，冥冥中的判决、意外的屠戮、借手杀人的狡计，以及陷人自害的结局;这一切我都可以确确实实地告诉你们。

福丁布拉斯　让我们赶快听你说;所有最尊贵的人,都叫他们一起来吧。我在这一个国内本来也有继承王位的权利,现在国中无主,正是我要求这一个权利的机会;可是我虽然准备接受我的幸运,我的心里却充满了悲哀。

霍拉旭　关于那一点,我受死者的嘱托,也有一句话要说,他的意见是可以影响许多人的;可是在这人心惶惶的时候,让我还是先把这一切解释明白了,免得引起更多的不幸、阴谋和错误来。

福丁布拉斯　让四个将士把哈姆莱特像一个军人似的抬到台上,因为要是他能够践登王位,一定会成为一个贤明的君主的;为了表示对他的悲悼,我们要用军乐和战地的仪式,向他致敬。把这些尸体一起抬起来。这一种情形在战场上是不足为奇的,可是在宫廷之内,却是非常的变故。去,叫兵士放起炮来。(奏丧礼进行曲;众舁尸同下。内鸣炮。)

# 安东尼与克莉奥佩特拉

朱生豪 译
方　　重 校

ANTONY AND CLEOPATRA.

Act V. Sc. 2.

## 剧 中 人 物

玛克·安东尼 ⎫
奥克泰维斯·凯撒 ⎬ 罗马三执政
伊米力斯·莱必多斯 ⎭

塞克斯特斯·庞贝厄斯

道密歇斯·爱诺巴勃斯 ⎫
文 提 狄 斯
爱 洛 斯
斯 凯 勒 斯 ⎬ 安东尼部下将佐
德 西 塔 斯
狄 米 特 律 斯
菲 罗 ⎭

茂 西 那 斯 ⎫
阿 格 立 巴
道 拉 培 拉 ⎬ 凯撒部下将佐
普 洛 丘 里 厄 斯
赛 琉 斯
盖 勒 斯 ⎭

茂　那　斯 ⎫
茂尼克拉提斯 ⎬ 庞贝部下将佐
凡　里　厄　斯 ⎭

陶勒斯　凯撒副将

凯尼狄斯　安东尼副将

西里厄斯　文提狄斯属下裨将

尤弗洛涅斯　安东尼遣往凯撒处的使者

艾勒克萨斯 ⎫
玛　狄　恩 ⎬ 克莉奥佩特拉的侍从
塞　琉　克　斯 ⎬
狄俄墨得斯 ⎭

预言者

小丑


克莉奥佩特拉　埃及女王

奥克泰维娅　凯撒之妹，安东尼之妻

查米恩 ⎫
　　　　⎬ 克莉奥佩特拉的侍女
伊拉丝 ⎭


将佐、兵士、使者及其他侍从等

# 地　点

罗马帝国各部

# 第 一 幕

### 第一场　亚历山大里亚。克莉奥佩特拉宫中一室

狄米特律斯及菲罗上。

菲　罗　嘿，咱们主帅这样迷恋，真太不成话啦。从前他指挥大军的时候，他的英勇的眼睛像全身盔甲的战神一样发出棱棱的威光，现在却如醉如痴地尽是盯在一张黄褐色的脸上。他的大将的雄心曾经在激烈的鏖战里涨断了胸前的扣带，现在却失掉一切常态，甘愿做一具风扇，扇凉一个吉卜赛女人的欲焰。瞧！他们来了。

喇叭奏花腔。安东尼及克莉奥佩特拉率侍从上；太监掌扇随侍。

菲　罗　留心看着，你就可以知道他本来是这世界上三大柱石之一，现在已经变成一个娼妇的弄人了，瞧吧。

克莉奥佩特拉　要是那真的是爱，告诉我多么深。

安东尼　可以量深浅的爱是贫乏的。

克莉奥佩特拉　我要立一个界限，知道你能够爱我到怎么一个极度。

安东尼　那么你必须发现新的天地。

一侍从上。

侍　　从　　禀将军，罗马有信来了。

安东尼　　讨厌！简简单单告诉我什么事。

克莉奥佩特拉　　不，听听他们怎么说吧，安东尼。富尔维娅也许在生气了；也许那乳臭未干的凯撒会降下一道尊严的谕令来，吩咐你说，"做这件事，做那件事；征服这个国家，清除那个国家；照我的话执行，否则就要处你一个违抗命令的罪名。"

安东尼　　怎么会，我爱！

克莉奥佩特拉　　也许！不，那是非常可能的；你不能再在这儿逗留了；凯撒已经把你免职；所以听听他们怎么说吧，安东尼。富尔维娅签发的传票呢？我应该说是凯撒的？还是他们两人的？叫那送信的人进来。我用埃及女王的身份起誓，你在脸红了，安东尼；你那满脸的热血是你对凯撒所表示的敬礼；否则就是因为长舌的富尔维娅把你骂得不好意思。叫那送信的人进来！

安东尼　　让罗马融化在台伯河的流水里，让广袤的帝国的高大的拱门倒塌吧！这儿是我的生存的空间。纷纷列国，不过是一堆堆泥土；粪秽的大地养育着人类，也养育着禽兽；生命的光荣存在于一双心心相印的情侣的及时互爱和热烈拥抱之中；(拥抱克莉奥佩特拉)这儿是我的永远的归宿；我们要让全世界知道，我们是卓立无比的。

克莉奥佩特拉　　巧妙的谎话！他既然不爱富尔维娅，为什么要跟她结婚呢？我还是假作痴呆吧；安东尼就会回复他的本色的。

安东尼　　没有克莉奥佩特拉鼓起他的活力，安东尼就是一个毫无生气的人。可是看在爱神和她那温馨的时辰分上，让我们不要把大好的光阴在口角争吵之中蹉跎过去；从现在起，我们生命中的每一分钟,都要让它充满了欢乐。今晚我们怎样玩?

**克莉奥佩特拉**　接见罗马的使者。

**安东尼**　嗳哟,淘气的女王!你生气、你笑、你哭,都是那么可爱;每一种情绪在你的身上都充分表现出它的动人的姿态。我不要接见什么使者,只要和你在一起;今晚让我们两人到市街上去逛逛,察看察看民间的情况。来,我的女王;你昨晚就有这样一个愿望的。不要对我们说话。(安东尼、克莉奥佩特拉及侍从同下。)

**狄米特律斯**　安东尼会这样藐视凯撒吗?

**菲　罗**　先生,有时候他不是安东尼,他的一言一动,都够不上安东尼所应该具有的伟大的品格。

**狄米特律斯**　那些在罗马造谣的小人,把他说得怎样怎样不堪,想不到他竟会证实他们的话;可是我希望他明天能够改变他的态度。再会!(各下。)

## 第二场　同前。另一室

查米恩、伊拉丝、艾勒克萨斯及一预言者上。

**查米恩**　艾勒克萨斯大人,可爱的艾勒克萨斯,什么都是顶好的艾勒克萨斯,顶顶顶好的艾勒克萨斯,你在娘娘面前竭力推荐的那个算命的呢?我倒很想知道我的未来的丈夫,你不是说他会在他的角上挂起花圈吗?

**艾勒克萨斯**　预言者!

**预言者**　您有什么吩咐?

**查米恩**　就是他吗?先生,你能够预知未来吗?

233

预言者　在造化的无穷尽的秘籍中,我曾经涉猎一二。

艾勒克萨斯　把你的手让他相相看。

　　　　　爱诺巴勃斯上。

爱诺巴勃斯　筵席赶快送进去;为克莉奥佩特拉祝饮的酒要多一些。

查米恩　好先生,给我一些好运气。

预言者　我不能制造命运,只能预知休咎。

查米恩　那么请你替我算出一注好运气来。

预言者　你将来要比现在更美好。

查米恩　他的意思是说我的皮肤会变得白嫩一些。

伊拉丝　不,你老了可以搽粉的。

查米恩　千万不要长起皱纹来才好!

艾勒克萨斯　不要打扰他的预言;留心听着。

查米恩　嘘!

预言者　你将要爱别人甚于被别人所爱。

查米恩　那我倒宁愿让酒来燃烧我的这颗心。

艾勒克萨斯　不,听他说。

查米恩　好,现在可给我算出一些非常好的命运来吧!让我在一个上午嫁了三个国王,再让他们一个个死掉;让我在五十岁生了一个孩子,犹太的希律王都要向他鞠躬致敬;让我嫁给奥克泰维斯·凯撒,和娘娘做一个并肩的人。

预言者　你将要比你的女主人活得长久。

查米恩　啊,好极了!多活几天总是好的。

预言者　你的前半生的命运胜过后半生的命运。

查米恩　那么大概我的孩子们都是没出息的;请问我有几个儿子几个女儿?

预言者　要是你的每一个愿望都会怀胎受孕,你可以有一百万个儿女。

查米恩　啐,呆子!妖言惑众,恕你无罪。

艾勒克萨斯　你以为除了你的枕席以外,谁也不知道你在转些什么念头。

查米恩　来,来,替伊拉丝也算个命。

艾勒克萨斯　我们大家都要算个命。

爱诺巴勃斯　我知道我们今晚的命运,是喝得烂醉上床。

伊拉丝　从这一只手掌即使看不出别的什么来,至少可以看出一个贞洁的性格。

查米恩　正像从泛滥的尼罗河可以看出旱灾一样。

伊拉丝　去,你这浪蹄子,你又不会算命。

查米恩　嗳哟,要是一只滑腻的手掌不是多子的征兆,那么就是我的臂膊疯瘫了。请你为她算出一个平平常常的命运来。

预言者　你们的命运都差不多。

伊拉丝　怎么差不多?怎么差不多?说得具体些。

预言者　我已经说过了。

伊拉丝　难道我的命运一寸一分也没有胜过她的地方吗?

查米恩　好,要是你的命运比我胜过一分,你愿意在什么地方胜过我?

伊拉丝　不是在我丈夫的鼻子上。

查米恩　愿上天改变我们邪恶的思想!艾勒克萨斯,——来,他的命运,他的命运。啊!让他娶一个不能怀孕的女人,亲爱的爱昔斯①女神,我求求你;让他第一个妻子死了,再娶一

---

① 爱昔斯(Isis),埃及神话中司丰饶蕃殖的女神。

个更坏的;让他娶了一个又一个,一个不如一个,直到最坏的一个满脸笑容地送他戴着五十顶绿头巾下了坟墓!好爱昔斯女神,你可以拒绝我其他更重要的请求,可是千万听从我这一个祷告;好爱昔斯,我求求你!

伊拉丝　阿门。亲爱的女神,俯听我们下民的祷告吧!因为正像看见一个漂亮的男人娶到一个淫荡的妻子,可以叫人心碎一样,看见一个奸恶的坏人有一个不偷汉子的老婆,也是会使人大失所望的;所以亲爱的爱昔斯,给他应得的命运吧!

查米恩　阿门。

艾勒克萨斯　瞧,瞧!要是她们有权力使我做一个王八,就是叫她们当婊子,她们也会干的。

爱诺巴勃斯　嘘!安东尼来了。

查米恩　不是他,是娘娘。

　　　克莉奥佩特拉上。

克莉奥佩特拉　你们看见主上吗?

爱诺巴勃斯　没有,娘娘。

克莉奥佩特拉　他刚才不是在这儿吗?

查米恩　不在,娘娘。

克莉奥佩特拉　他本来高高兴兴的,忽然一下子又触动了他的思念罗马的心。爱诺巴勃斯!

爱诺巴勃斯　娘娘!

克莉奥佩特拉　你去找找他,把他带到这儿来。艾勒克萨斯呢?

艾勒克萨斯　有,娘娘有什么吩咐?主上来了。

　　　安东尼偕一使者及侍从等上。

克莉奥佩特拉　我不要见他;跟我去。(克莉奥佩特拉、爱诺巴勃斯、艾勒克萨斯、伊拉丝、查米恩、预言者及侍从等同下。)

使　者　你的妻子富尔维娅第一个上战场。

安东尼　向我的兄弟路歇斯开战吗？

使　者　是,可是那次战事很快就结束了,当时形势的变化,使他们捐嫌修好,合力反抗凯撒的攻击；在初次交锋的时候,凯撒就得到胜利,把他们驱出了意大利境外。

安东尼　好,还有什么最坏的消息？

使　者　人们因为不爱听恶消息,往往会连带憎恨那报告恶消息的人。

安东尼　只有愚人和懦夫才会这样。说吧；已经过去的事,我决不再介意。谁告诉我真话,即使他的话里藏着死亡,我也会像听人家恭维我一样听着他。

使　者　拉卞纳斯——这是很刺耳的消息——已经带着他的帕提亚军队长驱直进,越过亚洲境界；沿着幼发拉底河岸,他的胜利的旌旗从叙利亚招展到吕底亚和爱奥尼亚；可是——

安东尼　可是安东尼却无所事事,你的意思是这样说。

使　者　啊,将军！

安东尼　直捷痛快地把一般人怎么批评我的话告诉我,不要吞吞吐吐地怕什么忌讳；罗马人怎样称呼克莉奥佩特拉,你也怎样称呼她；富尔维娅怎样责骂我,你也怎样责骂我；尽管放胆指斥我的过失,无论它是情真罪当的,或者不过是恶意的讥弹。啊！只有这样才可以使我们反躬自省,平心静气地拔除我们内心的莠草,耕垦我们荒芜的德性。你且暂时退下。

使　者　遵命。(下。)

237

安东尼　喂！从息些温来的人呢？

侍从甲　有没有从息些温来的人？

侍从乙　他在等候着您的旨意。

安东尼　叫他进来。我必须挣断这副坚强的埃及镣铐，否则我将在沉迷中丧失自己了。

　　　　另一使者上。

安东尼　你是什么人？

使者乙　你的妻子富尔维娅死了。

安东尼　她死在什么地方？

使者乙　在息些温。她的抱病的经过，还有其他更重要的事情，都在这封信里。（呈上书信。）

安东尼　下去。（使者乙下）一个伟大的灵魂去了！我曾经盼望她死；我们一时间的憎嫌，往往引起过后的追悔；眼前的欢愉冷淡了下来，便会变成悲哀；因为她死了，我才感念到她生前的好处；喜怒爱恶，都只在一转手之间。我必须割断情丝，离开这个迷人的女王；千万种我所意料不到的祸事已在我的怠惰之中萌蘖生长。喂！爱诺巴勃斯！

　　　　爱诺巴勃斯重上。

爱诺巴勃斯　主帅有什么吩咐？

安东尼　我必须赶快离开这儿。

爱诺巴勃斯　嗳哟，那么我们那些娘儿们一个个都要活不成啦。我们知道一件无情的举动会多么刺伤她们的心；要是她们见我们走了，她们一定会死的。

安东尼　我非去不可。

爱诺巴勃斯　要是果然有逼不得已的原因，那么就让她们死了吧；好端端把她们丢了，未免可惜，虽然在一个重大的理由之下,只好把她们置之不顾。克莉奥佩特拉只要略微听到了这一个风声,就会当场死去;我曾经看见她为了一点点的细事死过二十次。我想死神倒也是一个懂得怜香惜玉的多情种子,她总是死得那么容易。

安东尼　她的狡狯简直是不可思议的。

爱诺巴勃斯　唉!主帅,不,她的感情完全是从最纯洁微妙的爱心里提炼出来的。我们不能用风雨形容她的叹息和眼泪;它们是历书上从来没有记载过的狂风暴雨。这决不是她的狡狯,否则她就跟乔武一样有驱风召雨的神力了。

安东尼　但愿我从来没有看见她!

爱诺巴勃斯　啊,主帅,那您就要错过了一件神奇的杰作;失去这样的眼福,您的壮游也会大大地减色的。

安东尼　富尔维娅死了。

爱诺巴勃斯　主帅?

安东尼　富尔维娅死了。

爱诺巴勃斯　富尔维娅!

安东尼　死了。

爱诺巴勃斯　啊,主帅,快向天神举行一次感谢的献祭吧。旧衣服破了,裁缝会替人重做新的;一个妻子死了,天神也早给他另外注定一段姻缘。要是世上除了富尔维娅以外,再没有别的女人,那么您确是遭到了重大的打击,听见了这样的噩耗,也的确应该痛哭流涕;可是在这一段不幸之上,却有莫大的安慰;旧裙换了新裙,旧人换了新人;要是为了表示对于死者的恩情,必须洒几滴眼泪的话,尽可以借重洋葱的力量的。

安东尼　我不能不去料理料理她在国内的未了之事。

爱诺巴勃斯　您在这儿也有未了之事,不能抛开不管;尤其是克莉奥佩特拉的事情,她一刻也少不了您。

安东尼　不要一味打趣。把我的决心传谕我的部下。我要去向女王告知我们必须立刻出发的原因,请她放我们远走。因为不但富尔维娅的死讯和其他更迫切的动机在敦促我就道,而且我在罗马的许多同志也有信来恳求我急速回国。塞克斯特斯·庞贝厄斯已经向凯撒挑战,他的威力控制了海上的帝国;我们那些反复无常的民众——他们在一个人的生前从来不知道感激他的功德,一定要等他死了以后才会把他视若神明——已经开始把庞贝大王的一切尊荣加在他的儿子的身上;凭借着这样盛大的名誉和权力,再加上天赋高贵的血统和身世,他已经成为一个雄视一世的战士;要是让他的势力继续发展下去,全世界都会受到他的威胁。无数的变化正在酝酿之中,它们像初出卵的小蛇一样,虽然已经有了生命,它们的毒舌还不会伤人。你去通告我的手下将士,就说我命令他们准备立刻动身。

爱诺巴勃斯　我就去照您的话办。(各下。)

## 第三场　同前。另一室

　　　　　克莉奥佩特拉、查米恩、伊拉丝及艾勒克萨斯上。

克莉奥佩特拉　他呢?

查米恩　我后来一直没看见他。

克莉奥佩特拉　瞧瞧他在什么地方,跟什么人在一起,在干些什么事。不要说是我叫你去的。要是你看见他在发恼,就说我在跳舞;要是他样子很高兴,就对他说我突然病了。快去快来。(艾勒克萨斯下。)

查米恩　娘娘,我想您要是真心爱他,这一种手段是不能取得他的好感的。

克莉奥佩特拉　我有什么应该做的事没有做过呢?

查米恩　您应该什么事都顺从他的意思,别跟他闹别扭。

克莉奥佩特拉　你是个傻瓜;听了你的教训,我就要永远失去他了。

查米恩　不要过分玩弄他;我希望您不要这样。人们对于他们所畏惧的人,日久之后,往往会心怀怨恨。可是安东尼来了。

　　　　安东尼上。

克莉奥佩特拉　我身子不舒服,心绪很恶劣。

安东尼　我觉得非常难于启口——

克莉奥佩特拉　搀我进去,亲爱的查米恩,我快要倒下来了;我这身子再也支持不住,恐怕不久于人世了。

安东尼　我的最亲爱的女王——

克莉奥佩特拉　请你站得离开我远一点。

安东尼　究竟为了什么事?

克莉奥佩特拉　就从你那双眼睛里,我知道一定有些好消息。那位明媒正娶的娘子怎么说?你去吧。但愿她从来没有允许你来!不要让她说是我把你羁留在这里;我作不了你的主,你是她的。

安东尼　天神知道——

克莉奥佩特拉　啊!从来不曾有过一个女王受到这样大的欺骗;可是我早就看出你是不怀好意的。

安东尼　克莉奥佩特拉——

241

克莉奥佩特拉　你已经不忠于富尔维娅,虽然你向神明旦旦而誓,为什么我要相信你会真心爱我呢?被这些随口毁弃的空口的盟誓所迷惑,简直是无可理喻的疯狂!

安东尼　最可爱的女王——

克莉奥佩特拉　不,请你不必找什么借口,你要去就去吧。当你要求我准许你留下的时候,才用得着你的花言巧语;那时候你是怎么也不想走的;我的嘴唇和眼睛里有永生的欢乐,我的弯弯的眉毛里有天堂的幸福;我身上的每一部分都带着天国的馨香。它们并没有变样,除非你这全世界最伟大的战士已经变成了最伟大的说谎者。

安东尼　嗳哟,爱人!

克莉奥佩特拉　我希望我也长得像你一样高,让你知道埃及女王也有一颗勇敢豪迈的心呢。

安东尼　听我说,女王:为了应付时局的需要,我不能不暂时离开这里,可是我的整个的心还是继续和你厮守在一起的。内乱的刀剑闪耀在我们意大利全境;塞克斯特斯·庞贝厄斯已经向罗马海口进发;国内两支势均力敌的军队,还在那儿彼此摩擦。不齿众口的人,只要培植起强大的势力,人心就会自然趋附他;被摈斥的庞贝仗着他父亲的威名,已经在不知不觉中取得那些现政局下失意分子的拥戴,他们人数众多,是罗马的心腹之患;蠢蠢思乱的人心,只要一旦起了什么剧烈的变化,就会造成不可收拾的混乱。关于我自己个人方面的,还有一个你可以放心让我走的理由,富尔维娅死了。

克莉奥佩特拉　年龄的增长虽然改不掉我的愚蠢,却能去掉我轻信人言的稚气。富尔维娅也会死吗?

安东尼　她死了,我的女王。瞧,请你有空读一读这封信,就知道她一手掀起了多少风波;我的好人儿,最后你还可以看到她死在什么时候、什么地方。

克莉奥佩特拉　啊,最负心的爱人!那应该盛满了你悲哀的泪珠的泪壶呢?现在我知道了,我知道了,富尔维娅死了,你是这个样子,将来我死了,我也推想得到你会怎样对待我。

安东尼　不要吵嘴了,静静地听我说明我的决意;要是你听了不以为然,我也可以放弃我的主张。凭着蒸晒尼罗河畔粘土的骄阳起誓,我现在离此他去,永远是你的兵士和仆人,或战或和,都遵照着你的意旨。

克莉奥佩特拉　解开我的衣带,查米恩,赶快;可是让它去吧,我是很容易害病,也很容易痊愈的。只消安东尼还懂得爱。

安东尼　我的宝贝女王,别说这种话,给我一个机会,试验试验我对你的真情吧。

克莉奥佩特拉　富尔维娅给了我一些教训。请你转过头去为她哀哭;然后再向我告别,就说那些眼泪是属于埃及女王的。好,扮演一幕绝妙的假戏,让它瞧上去活像真心的流露吧。

安东尼　你再说下去,我要恼了。

克莉奥佩特拉　你还可以表演得动人一些,可是这样也就不错了。

安东尼　凭着我的宝剑——

克莉奥佩特拉　和盾牌起誓。他越演越有精神了;可是这还不是他的登峰造极的境界。瞧,查米恩,这位罗马巨人的怒相有多么庄严。

安东尼　我要告辞了,陛下。

克莉奥佩特拉　多礼的将军,一句话。将军,你我既然必须分别——不，不是那么说；将军，你我曾经相爱过——不，也不是那么说；您知道——我想要说的是句什么话呀？唉！我的好记性正像安东尼一样，把什么都忘得干干净净了。

安东尼　倘不是为了你的高贵的地位，我就要说你是个无事嚼舌的女人。

克莉奥佩特拉　克莉奥佩特拉要是有那么好的闲情逸致，她也不会这样满腹悲哀了。可是，将军，原谅我吧；既然我的一举一动您都瞧不上眼，我也不知道怎样的行为才是适当的。您的荣誉在呼唤您去；所以不要听我的不足怜悯的痴心的哀求，愿所有的神明和您同在吧！愿胜利的桂冠悬在您的剑端，敌人到处俯伏在您的足下！

安东尼　我们去吧。来，我们虽然分离，实际上并没有分离；你住在这里，你的心却跟着我驰骋疆场；我离开了这里，我的心仍旧留在你身边。走吧！（同下。）

## 第四场　罗马。凯撒府中一室

*奥克泰维斯·凯撒、莱必多斯及侍从等上。*

凯撒　你现在可以知道，莱必多斯，我不是因为气量狭隘，才这样痛恨我们这位伟大的同僚。从亚历山大里亚传来的消息，都说他每天钓钓鱼，喝喝酒，嬉游纵乐，彻夜不休，比克莉奥佩特拉更没有男人的气概，既不接见宾客使者，也不把他旧日的同僚放在心上；凡是众人所最容易犯的过失，都可以在他身上找到。

莱必多斯　他的一二缺陷，决不能掩盖住他的全部优点；他的过失就像天空中的星点一般，因为夜间的黑暗而格外显著；它们是与生俱来的,不是有意获得的;他这是连自己也无能为力,决不是存心如此。

凯　　撒　　你太宽容了。即使我们承认淫乱了托勒密①王室的宫闱,为了一时的欢乐而牺牲了一个王国,和一个下贱的奴才对坐饮酒,踏着蹒跚的醉步白昼招摇过市,和那些满身汗臭的小人互相殴打,这种种恶劣的行为,都算不得他的过失;即使安东尼果然有那样希世的威仪,能够不因这些秽德而减色,我们也绝对不能宽恕他,因为他的轻举妄动,已经加重了我们肩头的负担。假如他因为闲散无事,用醇酒妇人消磨他的光阴,那么即使过度的淫乐煎枯了他的骨髓,也只是他自作自受,不干别人的事;可是在这样国家多难的时候,他还是沉迷不返,就像一个已经能够明白事理的孩子,因为贪图眼前的欢乐而忘记父兄的教诲一样,我们不能不对他严辞谴责。

　　　　一使者上。

莱必多斯　　又有什么消息来了。

使　　者　　尊贵的凯撒,你的命令已经遵照实行,每一小时你都可以听到外边的消息。庞贝在海上的势力非常强大,那些因为畏惧而臣服凯撒的人,似乎都对他表示衷心的爱戴;不满意现状的,一个个都到海边投奔他。一般人都说罗马亏待了他。

凯　　撒　　我应该早就料到这一点。人类的常情教训我们,一个人未在位的时候,是为众人所钦佩的,等到他一旦在位,大家就对他失去了信仰;受尽冷眼的失势英雄,身败名裂以

---

① 托勒密(Ptolemy),公元前三世纪至公元前一世纪埃及王室的名字。

245

后，也会受到世人的爱慕。群众就像漂浮在水上的菖蒲，随着潮流的方向而进退，在盲目的行动之中湮灭腐烂。

使　者　凯撒，我还要报告你一件消息。茂尼克拉提斯和茂那斯，两个著名的海盗，啸集了大小船只，横行海上，四出剽掠，屡次侵犯意大利的海疆；沿海居民望风胆裂，年轻力壮的相率入伙，协同作乱；凡是出口的船舶，才离海岸，就被他们邀截而去；因为他们只要一提起庞贝的名字，就可以所向无敌。

凯　撒　安东尼，离开你的荒唐的淫乐吧！你从前杀死了赫息斯和潘萨两个执政、从摩地那被逐出亡的时候，饥荒到处追随着你，你虽然是一个娇生惯养的人，却用无比的毅力和环境苦斗，忍受山谷野人所不堪忍受的苦难；你喝的是马尿和畜类嗅到了也会恶心的污水；吃的是荒野中粗恶生涩的浆果，甚至于像失食的牡鹿一样，当白雪铺盖牧场的时候，啃着树皮充饥；在阿尔卑斯山上，据说你曾经吃过腐烂的尸体，有些人看见这种东西是会惊怖失色的。我现在提起这些往事，虽然好像有伤你的名誉，可是当时你的确用百折不挠的战士的精神忍受这一切，你的神采奕奕的脸上，并不因此而现出一些憔悴的痕迹。

莱必多斯　可惜他不能全始全终。

凯　撒　但愿他自知惭愧，赶快回到罗马来。现在我们两人必须临阵应战，所以应该立刻召集将士，决定方略；庞贝的势力是会在我们的怠惰之中一天一天强大起来的。

莱必多斯　凯撒，明天我就可以确实告诉你我能够在海陆双方集合多少的军力，应付当前的变局。

凯　撒　我也要去调度一下。那么明天见。

莱必多斯　明天见,阁下。要是你听见外面有什么变动,请通知我一声。

凯　撒　当然当然,那是我的责任。(各下。)

## 第五场　亚历山大里亚。宫中一室

　　　　　克莉奥佩特拉、查米恩、伊拉丝及玛狄恩上。

克莉奥佩特拉　查米恩!

查米恩　娘娘!

克莉奥佩特拉　唉唉!给我喝一些曼陀罗汁。

查米恩　为什么,娘娘?

克莉奥佩特拉　我的安东尼去了,让我把这一段长长的时间昏睡过去吧。

查米恩　您太想念他了。

克莉奥佩特拉　啊!胡说!

查米恩　娘娘,我不敢。

克莉奥佩特拉　你,太监玛狄恩!

玛狄恩　陛下有什么吩咐?

克莉奥佩特拉　我现在不想听你唱歌;我不喜欢一个太监能作的任何事:好在你净了身子,再也不会胡思乱想,让你的一颗心飞出埃及。你也有爱情吗?

玛狄恩　有的,娘娘。

克莉奥佩特拉　当真!

玛狄恩　当真不了的,娘娘,因为我干不来那些伤风败俗的行为;可是我也有强烈的爱情,我常常想起维纳斯和马斯所干的事。

克莉奥佩特拉　啊,查米恩!你想他现在是在什么地方?他是站着还是坐着?他在走吗?还是骑在马上?幸运的马啊,你能够把安东尼驮在你的身上!出力啊,马儿,你知道谁骑着你吗?他是撑持着半个世界的巨人,全人类的勇武的干城哩。他现在在说话了,也许他在低声微语,"我那古老的尼罗河畔的花蛇呢?"因为他是这样称呼我的。现在我在用最美味的毒药陶醉我自己。他在想念我吗,我这被福玻斯的热情的眼光烧灼得遍身黝黑、时间已经在我额上留下深深皱纹的人?阔面广颐的凯撒啊,当你大驾光临的时候,我还只是一个少不更事的女郎,伟大的庞贝老是把他的眼睛盯在我的脸上,好像永远舍不得离开一般。

　　　艾勒克萨斯上。

艾勒克萨斯　埃及的女王,万岁!

克莉奥佩特拉　你和玛克·安东尼是多么不同!可是因为你是从他的地方来的,你的身上也带着几分他的光彩了。我的勇敢的玛克·安东尼怎样?

艾勒克萨斯　亲爱的女王,他在无数次的热吻以后,最后吻着这一颗东方的珍珠。他的话紧紧粘在我的心上。

克莉奥佩特拉　那就要靠我的耳朵来摘取了。

艾勒克萨斯　他说,"好朋友,你去说,那忠实的罗马人把这一颗蚌壳里的珍宝献给伟大的埃及女王;请她不要嫌这礼物的菲薄,因为我还要为她征服无数的王国,让它们在她富饶的王座之下臣服纳贡;你对她说,所有东方的国家,都要称她为它们的女王。"于是他点了点头,很庄严地骑上了一匹披甲的骏马;我虽然还想对他说话,可是那马儿的震耳的长嘶,把一切声音全都盖住了。

克莉奥佩特拉　啊！他是忧愁的还是快乐的？

艾勒克萨斯　就像在盛暑和严寒之间的季候一样,他既不忧愁也不快乐。

克莉奥佩特拉　多么平衡沉稳的性情！听着,听着,查米恩,这才是一个男子;可是听着。他并不忧愁,因为他必须把他的光辉照耀到那些仰望他的人的脸上;他并不快乐,那似乎告诉他们他的眷念是和他的欢乐一起留在埃及的;可是在这两者之间,啊,神圣的混合,无论你忧愁或快乐,那强烈的情绪都可以显出你的可爱,没有一个人能够比得上你。你碰见我的使者吗？

艾勒克萨斯　是,娘娘,我碰见二十个给您送信的人。为什么您这样接连不断地叫他们寄信去？

克莉奥佩特拉　谁要是在我忘记寄信给安东尼的那一天出世的,一定穷苦而死。查米恩,拿墨水和信纸来。欢迎,我的好艾勒克萨斯。查米恩,我曾经这样爱过凯撒吗？

查米恩　啊,那勇敢的凯撒！

克莉奥佩特拉　让另外一句感叹窒塞了你的咽喉吧！你应该说勇敢的安东尼。

查米恩　威武的凯撒！

克莉奥佩特拉　凭着爱昔斯女神起誓,你要是再把凯撒的名字和我的唯一的英雄相提并论,我要打得你满口出血了。

查米恩　请娘娘开恩恕罪,我不过把您说过的话照样说说罢了。

克莉奥佩特拉　那时候我年轻识浅,我的热情还没有煽起,所以才会说那样的话！可是来,我们进去吧;把墨水和信纸给我。他将要每天收到一封信,要不然我要把埃及全国的人都打发去为我送信。(同下。)

# 第 二 幕

### 第一场　墨西拿。庞贝府中一室

庞贝、茂尼克拉提斯及茂那斯同上。

庞　贝　伟大的天神们假如是公平正直的,他们一定会帮助理直辞正的人。

茂尼克拉提斯　尊贵的庞贝,天神对于他们所眷顾的人,也许给他一时的留难,但决不会长久使他失望。

庞　贝　当我们还在向他们神座之前祈求的时候,也许我们的希望已经毁灭了。

茂尼克拉提斯　我们昧于利害,往往所祈求的反而对我们自己有损无益;聪明的天神拒绝我们的祷告,正是玉成我们的善意;我们虽然所愿不遂,其实还是实受其利。

庞　贝　我一定可以成功:人民这样爱戴我,海上的霸权已经操在我的手里;我的势力正像上弦月一样逐渐扩展,终有一天会变成一轮高悬中天的满月。玛克·安东尼正在埃及闲坐宴饮,懒得出外作战;凯撒搜括民财,弄得众怒沸腾;莱必多斯只知道两面讨好,他们两人也对他假意殷勤,可是他对他们两人既然并无好感,他们两人也不把他放在心上。

茂那斯　凯撒和莱必多斯已经上了战场；他们带着一支很强大的军队。

庞　　贝　你从什么地方听到这个消息？那是假的。

茂那斯　西尔维斯说的,主帅。

庞　　贝　他在做梦；我知道他们都在罗马等候着安东尼。淫荡的克莉奥佩特拉啊,但愿一切爱情的魔力柔润你的褪了色的朱唇！让妖术和美貌互相结合,再用淫欲加强它们的魅力！把这浪子围困在酒色阵里,让他的头脑终日昏迷；美味的烹调刺激他的食欲,醉饱酣眠消磨了他的雄心,直到长睡不醒的一天！

　　　　凡里厄斯上。

庞　　贝　啊,凡里厄斯！

凡里厄斯　我要报告一个非常确实的消息：玛克·安东尼快要到罗马了；他早已离开埃及,算起日子来应该早到了。

庞　　贝　我真不愿相信这句话。茂那斯,我想这位好色之徒未必会为了这样一场小小的战争而披起他的甲胄来。讲到他的将才,的确要比那两个人胜过一倍；要是我们这一次行动,居然能够把沉湎女色的安东尼从那埃及寡妇的怀中惊醒起来,那倒很可以抬高我们的身价。

茂那斯　我想凯撒和安东尼未必能够彼此相容；他的已故的妻子曾经得罪凯撒,他的兄弟也和凯撒动过刀兵,虽然我想不是出于安东尼的指使。

庞　　贝　茂那斯,我不知道他们大敌当前,会不会捐弃私人间的嫌怨。倘不是我向他们三人揭起了挑战的旗帜,他们大概就会自相火并的,因为他们彼此间的积恨,已经到了剑拔弩张的境地了；可是我们还要看看同仇敌忾的心理究竟能够把他们团结到什么程度。一切依照神明的意旨吧！我们的成败存亡,全看我们能不能运用坚强的手腕。来,茂那斯。(同下。)

## 第二场　罗马。莱必多斯府中一室

　　　　爱诺巴勃斯及莱必多斯上。

莱必多斯　好爱诺巴勃斯,你要是能够劝告你家主帅,请他在说话方面温和一些,那就是做了一件大大的好事了。

爱诺巴勃斯　我要请他按照他自己的本性说话;要是凯撒激恼了他,让安东尼向凯撒睥睨而视,发出像战神一样的怒吼吧。凭着朱庇特起誓,要是安东尼的胡子装在我的脸上,我今天决不愿意修剪。

莱必多斯　现在不是闹私人意气的时候。

爱诺巴勃斯　要是别人有意寻事,那就随时都可以闹起来的。

莱必多斯　可是我们现在有更重大的问题,应该抛弃小小的争执。

爱诺巴勃斯　要是小小的争执在前,重大的问题在后,那就不能这么说。

莱必多斯　你的话全然是感情用事;可是请你不要拨起火灰来。尊贵的安东尼来了。

　　　　安东尼及文提狄斯上。

爱诺巴勃斯　凯撒也打那边来了。

　　　　凯撒、茂西那斯及阿格立巴上。

安东尼　要是我们在这儿相安无事,你就到帕提亚去;听着,文提狄斯。

凯　　撒　我不知道,茂西那斯;问阿格立巴。

莱必多斯　尊贵的朋友们,非常重大的事故把我们联合在一起,让我们不要因为细微的小事而彼此参商。各人有什么不痛快的地方,不妨平心静气提出来谈谈;要是为了一点小小的意见而弄得面红耳赤,那就不单是见伤不救,简直是向病人行刺了。所以,尊贵的同僚们,请你们俯从我的诚恳的请求,用最友好的态度讨论你们最不愉快的各点,千万不要意气用事,处理当前的大事是主要的。

安东尼　说得有理。即使我们现在彼此以兵戎相见,也应该保持这样的精神。

凯　　撒　欢迎你回到罗马来!

安东尼　谢谢你。

凯　　撒　请坐。

安东尼　请坐。

凯　　撒　那么有僭了。

安东尼　听说你为了一些捕风捉影,或者和你毫不相干的事情,心里不大痛快。

凯　　撒　要是我无缘无故,或者为了一些小小的事情而生起气来,尤其是生你的气,那不是笑话了吗?要是你的名字根本用不着我提在嘴上,我却好端端把它诋毁,那不更是笑话了吗?

安东尼　凯撒,我在埃及跟你有什么相干?

凯　　撒　本来你在埃及,就跟我在罗马一样,大家都是各不相干的;可是假如你在那边图谋危害我的地位,那我就不能不把它当作一个与我有关的问题了。

安东尼　你说我图谋危害是什么意思?

凯　撒　你只要看看我在这儿遭到些什么事情,就可以懂得我的意思。你的妻子和兄弟都向我宣战,他们用的都是你的名义。

安东尼　你完全弄错了;我的兄弟从来没有让我与闻他的行动。我曾经调查这件事情的经过,从几个和你交锋过的人的嘴里听到确实的报告。他不是把你我两人一律看待,同样向我们两人的权力挑战吗?我早就有信给你,向你解释过了。你要是有意寻事,应该找一个更充分的理由,这样的借口是不能成立的。

凯　撒　你推托得倒很干净,可是太把我看得不明事理啦。

安东尼　那倒不是这样说;我相信你一定不会不想到,他既然把我们两人同时作为攻击的目标,我当然不会赞许他这一种作乱的行为。至于我的妻子,那么我希望你也有一位像她这样强悍的夫人:三分之一的世界在你的统治之下,你可以很容易地把它驾驭,可是你永远驯伏不了这样一个妻子。

爱诺巴勃斯　但愿我们都有这样的妻子,那么男人可以和女人临阵对垒了!

安东尼　凯撒,她的脾气实在太暴躁了,虽然她也是个精明强干的人;我很抱歉她给了你很大的烦扰,你必须原谅我没有力量控制她。

凯　撒　你在亚历山大里亚喝酒作乐的时候,我有信写给你;你却把我的信置之不理,把我的使者一顿辱骂赶出去。

安东尼　阁下,这是他自己不懂礼节。我还没有叫他进来,他就莽莽撞撞走到我的面前;那时候我刚宴请过三个国王,不免有些酒后失态;可是第二天我就向他当面说明,那也等于向他道歉一样。让我们不要把这个人作为我们争论的题目吧;我们即使反目,也不要把他当作借口。

凯　　撒　你已经破坏盟约,我却始终信守。

莱必多斯　得啦,凯撒!

安东尼　不,莱必多斯,让他说吧;这是攸关我的荣誉的事,果然如他所说,我就是一个不讲信义的人了。说,凯撒,我怎么破坏了盟约。

凯　　撒　我们有约在先,当我需要你的助力的时候,你必须举兵相援,可是你却拒绝我的请求。

安东尼　那是我一时糊涂,疏忽了我的责任;我愿意向你竭诚道歉。我的诚实决不会减低我的威信;失去诚实,我的权力也就无法行施。那个时候我实在不知道富尔维娅为了希望我离开埃及,已经在这儿发动战事。在这一点上,我应该请你原谅。

莱必多斯　这才是英雄的口气。

茂西那斯　请你们两位不要记念旧恶,还是合力同心,应付当前的局势吧。

莱必多斯　说得有理,茂西那斯。

爱诺巴勃斯　或者你们可以暂时做一会儿好朋友,等到庞贝的名字不再被人提起以后,你们没有别的事情可做,不妨旧事重提,那时候尽你们去争吵好了。

安东尼　你是个武夫,不要胡说。

爱诺巴勃斯　老实人是应该闭口不言的,我倒几乎忘了。

安东尼　少说话,免得伤了在座众人的和气。

爱诺巴勃斯　好,好,我就做一块小心翼翼的石头。

凯　　撒　他的出言虽然莽撞,却有几分意思;因为我们的行动这样互相背驰,要维持长久的友谊是不可能的。不过要是我

255

知道有什么方法可以加强我们的团结,那我即使踏遍天涯
　　　去访求也是愿意的。
阿格立巴　允许我说一句话,凯撒。
凯　　撒　说吧,阿格立巴。
阿格立巴　你有一个同母姊妹,贤名久播的奥克泰维娅;玛克·
　　　安东尼现在是一个鳏夫。
凯　　撒　不要这样说,阿格立巴;要是给克莉奥佩特拉听见了,
　　　少不了一顿骂。
安 东 尼　我没有妻室,凯撒;让我听听阿格立巴有些什么话说。
阿格立巴　为了保持你们永久的和好,使你们成为兄弟,把你们
　　　的心紧紧结合在一起,让安东尼娶奥克泰维娅做他的妻子
　　　吧;她的美貌配得上世间第一等英雄,她的贤德才智胜过任
　　　何人所能给她的誉扬。缔结了这一段姻缘以后,一切现在
　　　所看得十分重大的猜嫉疑虑,一切对于目前的危机所感到
　　　的严重的恐惧,都可以一扫而空;现在你们把无稽的传闻看
　　　得那样认真,到了那时候,真正的事实也都可以一笑置之
　　　了;她对于你们两人的爱,一定可以促进你们两人间的情
　　　谊。请你们恕我冒昧,提出了这样一个意见;这并不是我临
　　　时想起来的,我觉得自己责任所在,早就把这意思详细考虑
　　　过了。
安 东 尼　凯撒愿意表示他的意见吗?
凯　　撒　他必须先听听安东尼对于这番话有什么反应。
安 东 尼　要是我说,"阿格立巴,照你的话办吧,"阿格立巴有什
　　　么力量,可以使它成为事实呢?
凯　　撒　凯撒有这样的力量,他可以替奥克泰维娅做主。
安 东 尼　但愿这一件大好的美事没有一点阻碍,顺利达到了我

们的愿望！把你的手给我；从现在起，让兄弟的友爱支配着我们远大的计划！

凯　　撒　　这儿是我的手。我给了你一个妹妹，没有一个兄长爱他的妹妹像我爱她一样；让她联系我们的王国和我们的心，永远不要彼此离贰！

莱必多斯　　但愿如此。阿门！

安东尼　　我不想对庞贝作战，因为他最近对我礼意非常优渥，我必须先答谢他的盛情，免得被他批评我无礼；然后我再责问他兴师犯境的理由。

莱必多斯　　时间不容我们犹豫；我们倘不立刻就去找庞贝，庞贝就要来找我们了。

安东尼　　他驻屯在什么地方？

凯　　撒　　在密西嫩山附近。

安东尼　　他在陆地上的实力怎样？

凯　　撒　　很强大，而且每天都在扩充；可是在海上他已经握有绝对的主权。

安东尼　　外边的传说正是这样。我们大家早一点商量商量就好了！事不宜迟；可是在我们穿上武装以前，先把刚才所说的事情办好吧。

凯　　撒　　很好，我现在就带你到舍妹那儿去，介绍你们见见面。

安东尼　　去吧；莱必多斯，你也必须陪我们去。

莱必多斯　　尊贵的安东尼，即使有病我也要扶杖追随。（喇叭奏花腔。凯撒、安东尼、莱必多斯同下。）

茂西那斯　　欢迎你从埃及回来，朋友！

爱诺巴勃斯　　凯撒的心腹，尊贵的茂西那斯！我的正直的朋友阿格立巴！

阿格立巴　好爱诺巴勃斯!

茂西那斯　事情这样圆满解决,真是可喜。你在埃及将养得很好。

爱诺巴勃斯　是的,老兄;我们白天睡得日月无光,夜里喝得天旋地转。

茂西那斯　听说十二个人吃一顿早餐,烤了八口整个的野猪,有这回事吗?

爱诺巴勃斯　这不过是大鹰旁边的一只苍蝇而已;我们还有更惊人的豪宴,那说来才叫人咋舌呢。

茂西那斯　她是一位非常豪华的女王,要是一般的传说没有把她夸张过分的话。

爱诺巴勃斯　她在昔特纳斯河上第一次遇见玛克·安东尼的时候,就把他的心捉住了。

阿格立巴　我也听见说他们在那里会面。

爱诺巴勃斯　让我告诉你们。她坐的那艘画舫就像一尊在水上燃烧的发光的宝座;舵楼是用黄金打成的;帆是紫色的,熏染着异香,逗引得风儿也为它们害起相思来了;桨是白银的,随着笛声的节奏在水面上下,使那被它们击动的痴心的水波加快了速度追随不舍。讲到她自己,那简直没有字眼可以形容;她斜卧在用金色的锦绸制成的天帐之下,比图画上巧夺天工的维纳斯女神还要娇艳万倍;在她的两旁站着好几个脸上浮着可爱的酒涡的小童,就像一群微笑的丘匹德一样,手里执着五彩的羽扇,那羽扇的风,本来是为了让她柔嫩的面颊凉快一些的,反而使她的脸色变得格外绯红了。

阿格立巴　啊!安东尼看见这样一位美人,真是几生有幸!

爱诺巴勃斯　她的侍女们像一群海上的鲛人神女,在她眼前奔走服侍,她们的周旋进退,都是那么婉娈多姿;一个作着鲛人装束的女郎掌着舵,她那如花的纤手矫捷地执行她的职务,沾沐芳泽的丝缆也都得意得心花怒放了。从这画舫之上散出一股奇妙扑鼻的芳香,弥漫在附近的两岸。倾城的仕女都出来瞻望她,只剩安东尼一个人高坐在市场上,向着空气吹啸;那空气倘不是因为填充空隙的缘故,也一定飞去观看克莉奥佩特拉,而在天地之间留下一个缺口了。

阿格立巴　希有的埃及人!

爱诺巴勃斯　她上了岸,安东尼就遣使请她晚餐;她回答说他是客人,应当让她自己尽东道之谊,请他进宫赴宴。我们这位娴习礼仪的安东尼是从来不曾在一个妇女面前说过一个"不"字的,整容十次方才前去;这一去不打紧,为了他眼睛所享受的盛餐,他把一颗心付了下来,作为一席之欢的代价了。

阿格立巴　了不得的女人!怪不得我们从前那位凯撒为了她竟放下刀枪,安置在她的床边:他耕耘,她便发出芽苗。

爱诺巴勃斯　我有一次看见她从市街上奔跳过去,一边喘息一边说话;那吁吁娇喘的神气,也是那么楚楚动人,在她破碎的语言里,自有一种天生的媚力。

茂西那斯　现在安东尼必须把她完全割舍了。

爱诺巴勃斯　不,他决不会丢弃她,年龄不能使她衰老,习惯也腐蚀不了她的变化无穷的伎俩;别的女人使人日久生厌,她却越是给人满足,越是使人饥渴;因为最丑恶的事物一到了她的身上,也会变成美好,即使她在卖弄风情的时候,神圣的祭司也不得不为她祝福。

茂西那斯　要是美貌、智慧和贤淑可以把安东尼的心安定下来，那么奥克泰维娅是他的一位很好的内助。

阿格立巴　我们走吧。好爱诺巴勃斯，当你在这儿停留的时候，请你做我的客人吧。

爱诺巴勃斯　多谢你的好意。(同下。)

## 第三场　同前。凯撒府中一室

　　　　凯撒、安东尼、奥克泰维娅(居二人之间)及侍从等上。

安东尼　这广大的世界和我的重要的职务，使我有时不能不离开你的怀抱。

奥克泰维娅　当你出去的时候，我将要长跪神前，为你祈祷。

安东尼　晚安，阁下！我的奥克泰维娅，不要从世间的传说之中诵读我的缺点；我过去诚然有行止不检的地方，可是从今以后，一定循规蹈矩。晚安，亲爱的女郎！

奥克泰维娅　晚安，将军！

凯　　撒　晚安！(凯撒、奥克泰维娅同下。)

　　　　预言者上。

安东尼　喂，我问你，你想不想回埃及去？

预言者　我希望我从来没有离开埃及，我更希望你从来没有到过埃及！

安东尼　你能够告诉我你的理由吗？

预言者　我心里明白，嘴里却说不出来。可是我看你还是赶快到埃及去吧。

安东尼　对我说，将来是凯撒的命运强，还是我的命运强？

预言者　凯撒的命运强。所以，安东尼啊！不要留在他的旁边吧。你的本命星是高贵勇敢、一往无敌的,可是一挨近凯撒的身边,它就黯然失色,好像被他掩去了光芒一般;所以你应该和他离得远一点儿才好。

安东尼　不要再提起这些话了。

预言者　这些话我只对你说;别人面前我可再也不提起。你无论跟他玩什么游戏,一定胜不过他,因为他有那种天赋的幸运,即使明明你比他本领高强,他也会把你击败。凡是他的光辉所在,你的光总是黯淡的。我再说一句,你在他旁边的时候,你的本命星就会惴惴不安,失去了主宰你的力量,可是他一走开,它又变得不可一世了。

安东尼　你去对文提狄斯说,我要跟他谈谈。(预言者下)他必须到帕提亚去。这家伙也许果然能够知道过去未来,也许给他偶然猜中,说的话倒很有道理。就是骰子也会听他的话;我们在游戏之中,虽然我的技术比他高明,总敌不过他的手风顺利;抽签的时候,总是他占便宜;无论斗鸡斗鹑,他都能够以弱胜强。我还是到埃及去;虽然为了息事宁人而缔结了这门婚事,可是我的快乐是在东方。

　　　　文提狄斯上。

安东尼　啊!来,文提狄斯,你必须到帕提亚去一次;你的委任文书已经办好了,跟我来拿吧。(同下。)

## 第四场　同前。街道

　　　　莱必多斯、茂西那斯及阿格立巴上。

莱必多斯　不劳远送,请两位催促你们的主帅早日就道。

阿格立巴　将军,等玛克·安东尼和奥克泰维娅温存一下,我们就会来的。

莱必多斯　那么等你们披上戎装以后,我再跟你们相见吧。

茂西那斯　照路程计算起来,莱必多斯,我们可以比你先到密西嫩山。

莱必多斯　你们的路程要短一些;我因为还有其他的任务,不能不多绕一些远路。你们大概比我先到两天。

茂西那斯　将军,祝你成功!

阿格立巴
莱必多斯　再会!(各下。)


## 第五场　亚历山大里亚。宫中一室

克莉奥佩特拉、查米恩、伊拉丝、艾勒克萨斯及侍从等上。

克莉奥佩特拉　给我奏一些音乐;对于我们这些以恋爱为职业的人,音乐是我们忧郁的食粮。

侍　从　奏乐!

玛狄恩上。

克莉奥佩特拉　算了;我们打弹子吧。来,查米恩。

查米恩　我的手腕疼;您跟玛狄恩打吧。

克莉奥佩特拉　女人跟太监玩,就像女人跟女人玩一样。来,你愿意陪我玩玩吗?

玛狄恩　我愿意勉力奉陪,娘娘。

克莉奥佩特拉　心有余而力不足,那一片好意,总是值得嘉许的。我现在也不要打弹子了。替我把钓竿拿来,我们到河边去;你们在远远的地方奏着音乐,我就把钓竿放下去,诱那长着赭色鳍片的鱼儿上钩;我的弯弯的钓钩要钩住它们滑溜溜的嘴巴;当我拉起它们来的时候,我要把每一尾鱼当作一个安东尼,我要说,"啊哈!你可给我捉住啦!"

查米恩　那一次您跟他在一起钓鱼,你们还打赌哩;他不知道您已经叫一个人钻在水里,悄悄把一条腌鱼挂在他的钓钩上了,而他还当是什么好东西,拚命地往上提,想起来真是有趣得很。

克莉奥佩特拉　唉,提起那些话,真叫人不胜今昔之感!那时候我笑得他老羞成怒,可是一到晚上,我又笑得他回嗔作喜;第二天早晨我在九点钟以前就把他灌醉上床,替他穿上我的衣帽,我自己佩带了他那柄腓力比的宝剑。

　　　一使者上。

克莉奥佩特拉　啊!从意大利来的;我的耳朵里久已不听见消息了,你有多少消息,一起把它们塞了进去吧。

使　者　娘娘,娘娘——

克莉奥佩特拉　安东尼死了!你要是这样说,狗才,你就杀死你的女主人了;可是你要是说他平安无恙,这儿有的是金子,你还可以吻一吻这一只许多君王们曾经吻过的手;他们一面吻,一面还发抖呢。

使　者　第一,娘娘,他是平安的。

克莉奥佩特拉　啊,我还要给你更多的金子。可是听着,我们常常说已死的人是平安的;要是你也是这个意思,我就要把那赏给你的金子熔化了,灌下你这报告凶讯的喉咙里去。

使　者　好娘娘,听我说。

克莉奥佩特拉　好,好,我听你说;可是瞧你的相貌不像是个好人;安东尼要是平安无恙,不该让这样一张难看的面孔报告这样大好的消息;要是他有什么疾病灾难,你应该像一尊头

263

上盘绕着毒蛇的凶神,不该仍旧装做人的样子。

使　者　请您听我说下去吧。

克莉奥佩特拉　我很想在你没有开口以前先把你捶一顿;可是你要是说安东尼没有死,很平安,凯撒待他很好,没有把他监禁起来,我就把金子像暴雨一般淋在你头上,把珍珠像冰雹一样撒在你身上。

使　者　娘娘,他很平安。

克莉奥佩特拉　说得好。

使　者　他跟凯撒感情很好。

克莉奥佩特拉　你是个好人。

使　者　凯撒和他的友谊已经比从前大大增进了。

克莉奥佩特拉　我要赏给你一大笔财产。

使　者　可是,娘娘——

克莉奥佩特拉　我不爱听"可是",它会推翻先前所说的那些好消息;呸,"可是"!"可是"就像一个狱卒,它会带上一个大奸巨恶的罪犯。朋友,请你把你所知道的消息,不管是好的坏的,一起灌进我的耳朵里吧。他跟凯撒很要好;他身体健康,你说;你还说他行动自由。

使　者　自由,娘娘!不,我没有这样说;他已经被奥克泰维娅约束住了。

克莉奥佩特拉　什么约束?

使　者　他们已经缔结了百年之好。

克莉奥佩特拉　查米恩,我的脸色发白了!

使　者　娘娘,他跟奥克泰维娅结了婚啦。

克莉奥佩特拉　最恶毒的瘟疫染在你身上!(击使者倒地。)

使　者　好娘娘,请息怒。

264

克莉奥佩特拉　你说什么？滚,(又击)可恶的狗才！否则我要把你的眼珠放在脚前踢出去;我要拔光你的头发;(将使者拉扯殴辱)我要用钢丝鞭打你,用盐水煮你,用酸醋慢慢地浸死你。

使　　者　好娘娘,我不过报告您这么一个消息,又不是我作的媒。

克莉奥佩特拉　说没有这样的事,我就赏给你一处封邑,让你安享富贵;你惹我生气,我已经打过了你,也不再计较了;你还有什么要求,只要向我说,我都可以答应你。

使　　者　他真的结了婚啦,娘娘。

克莉奥佩特拉　混蛋！你不要活命吗？(拔刀。)

使　　者　嗳哟,那我可要逃了。您这是什么意思,娘娘？我没有过失呀。(下。)

查米恩　好娘娘,定一定心吧;这人是没有罪的。

克莉奥佩特拉　天雷殛死的不一定是有罪的人。让埃及溶解在尼罗河里,让善良的人都变成蛇吧！叫那家伙进来;我虽然发疯,我还不会咬他。叫他进来。

查米恩　他不敢来。

克莉奥佩特拉　我不伤害他就是了。(查米恩下)这一双手太有失自己的尊严了,是我自己闯的祸,却去殴打一个比我卑微的人。

　　　　查米恩及使者重上。

克莉奥佩特拉　过来,先生。把坏消息告诉人家,即使诚实不虚,总不是一件好事;悦耳的喜讯不妨极口渲染,不幸的噩耗还是缄口不言,让那身受的人自己感到的好。

使　　者　我不过尽我的责任。

克莉奥佩特拉　他已经结了婚吗？你要是再说一声"是"，我就更恨你了。

使　者　他已经结了婚了，娘娘。

克莉奥佩特拉　愿天神重罚你！你还是这么说吗？

使　者　我应该说谎吗，娘娘？

克莉奥佩特拉　啊！我但愿你说谎，即使我的半个埃及完全陆沉，变成鳞蛇栖息的池沼。出去；要是你有美少年那耳喀索斯一般美好的姿容，在我的眼中你也是最丑陋的伧夫。他结了婚吗？

使　者　求陛下恕罪。

克莉奥佩特拉　他结了婚吗？

使　者　陛下不要见气，我也不过遵照您的命令行事，要是因此而受责，那真是太冤枉啦。他跟奥克泰维娅结了婚了。

克莉奥佩特拉　啊，他的过失现在都要叫你承担，虽然你所肯定的，又与你无关！滚出去；你从罗马带来的货色我接受不了；让它堆在你身上，把你压死！（使者下。）

查米恩　陛下息怒。

克莉奥佩特拉　我在赞美安东尼的时候，把凯撒诋毁得太过分了。

查米恩　您好多次都是这样，娘娘。

克莉奥佩特拉　现在我可受到报应啦。带我离开这里；我要晕倒了。啊，伊拉丝！查米恩！算了。好艾勒克萨斯，你去问问那家伙，奥克泰维娅容貌长得怎样，多大年纪，性格怎样；不要忘记问她的头发是什么颜色；问过了赶快回来告诉我。（艾勒克萨斯下）让他一去不回吧；不，查米恩！我还是望他回来，虽然他一边的面孔像个狰狞的怪物，另一边却像威武的战神。(向玛狄恩)你去叫艾勒克萨斯再问问她的身材有多高。可怜我,查米恩,可是不要对我说话。带我到我的寝室里去。(同下。)

## 第六场　密西嫩附近

　　喇叭奏花腔。鼓角前导,庞贝及茂那斯自一方上;凯撒、安东尼、莱必多斯、爱诺巴勃斯、茂西那斯率兵士等自另一方行进上。

庞　贝　我已经得到你们的保证,你们也已经得到我的保证,在没有交战以前,让我们先来举行一次谈判。

凯　撒　先礼后兵是最妥当的办法,所以我们已经把我们的目的预先用书面通知你了;你要是已经把它考虑过,请让我们知道那些条件能不能使你收起你的愤愤不平的剑,带领你的子弟们回到西西里去,免得白白在这里牺牲许多有用的青年。

庞　贝　你们三位是当今宰制天下的元老,神明意旨的主要执行者,你们还记得裘力斯·凯撒的阴魂在腓利比向善良的勃鲁托斯作祟的时候,他看见你们怎样为他出力;我的父亲也是有儿子、有朋友的,为什么他就没有人替他复仇?脸色惨白的凯歇斯为什么要阴谋作乱?那正直无私、为众人所尊敬的罗马人勃鲁托斯,和他的武装的党徒们,那一群追求着可爱的自由的人,为什么要血溅圣殿?他们的目的不是希望有一个真正的英雄出来统治罗马吗?我现在兴起水上的雄师,驾着怒海的波涛而来,也就是为了这一个目的;凭着我的盛大的军力,我要痛惩无情的罗马,报复它对我尊贵的父亲负心的罪辜。

凯　撒　什么事情都好慢慢商量。

安东尼　庞贝,你不能用你船只的强盛吓退我们;就是到海上见面,我们也决不怕你。在陆地上你知道我们的力量是远远胜过你的。

庞　贝　不错,在陆地上你把我父亲的屋子也占去了;可是既然杜鹃不会自己筑巢,你就住下去吧。

莱必多斯　现在我们不必讲别的话,请告诉我们,你对于我们向你提出的条件觉得怎样?

凯　撒　这是我们今天谈话的中心。

安东尼　我们并不一定要求你接受,请你自己熟权利害。

凯　撒　要是这样的条件还不能使你满足,那么妄求非分的结果也是值得考虑的。

庞　贝　你们允许把西西里和撒丁尼亚两岛让给我;我必须替你们扫除海盗,还要把多少小麦送到罗马;双方同意以后,就可以完盾全刃,各自回去。

凯　撒
安东尼　这正是我们所提的条件。
莱必多斯

庞　贝　那么告诉你们吧,我到这儿来跟你们会见,本来是预备接受你们的条件的,可是看见了玛克·安东尼,却有点儿气愤不过。虽然一个人不该自己卖弄恩德,不过你要知道,凯撒和你兄弟交战的时候,你的母亲到西西里来,曾经受到殷勤的礼遇。

安东尼　我也听见说起过,庞贝;我早就想重重谢你。

庞　贝　让我握你的手。将军,想不到我会在这儿碰见你。

安东尼　东方的枕褥是温暖的;幸亏你把我叫了起来,否则我还要在那边留恋下去,错过许多机会了。

凯　撒　自从我上次看见你以后,你已经变了许多啦。

庞　贝　嗯,我不知道冷酷的命运在我的脸上留下了什么痕迹,可是我决不让她钻进我的胸中,使我的心成为她的臣仆。

莱必多斯　今天相遇,真是一件幸事。

庞　贝　我也希望这样,莱必多斯。那么我们已经彼此同意了。为了表示郑重起见,我希望把我们的协定写下来,各人签署盖印。

凯　撒　那是当然的手续。

庞　贝　我们在分手以前,还要各人互相请一次客;让我们抽签决定哪一个人先请。

安东尼　我先来吧,庞贝。

庞　贝　不,安东尼,你也得抽签;可是不管先请后请,你那很好的埃及式烹调是总要领教领教的。我听说裘力斯·凯撒在那边吃成了一个胖子。

安东尼　你倒听到不少事哪。

庞　贝　我并无恶意,将军。

安东尼　那么你就好好地讲吧。

庞　贝　这些我都是听来的。我还听见说,阿坡罗陀勒斯把一个——

爱诺巴勃斯　那话不用说了,是有这一回事。

庞　贝　请问是怎么一回事?

爱诺巴勃斯　把一个女王裹在褥子里送到凯撒的地方。

庞　贝　我现在记起你来了;你好,壮士?

爱诺巴勃斯　有酒有肉,怎么不好;看来我的口福不浅,眼前就要有四次宴会了。

269

庞　　贝　　让我握握你的手;我从来没有对你怀恨。我曾经看见
　　　　　　你打仗,很钦慕你的勇敢。
爱诺巴勃斯　　将军,我对您一向没有多大好感,可是我不是没有
　　　　　　称赞过您,虽然我给您的称赞,还不及您实际价值的十分
　　　　　　之一。
庞　　贝　　你的爽直正是你的好处。现在我要请各位赏光到敝船
　　　　　　上去叙叙;请了,各位将军。
凯　　撒
安 东 尼　　请你领路,将军。(除茂那斯、爱诺巴勃斯外皆下。)
莱必多斯
茂 那 斯　　庞贝,你的父亲是决不会签订这样的条约的。朋友,我
　　　　　　们曾经有一面之雅。
爱诺巴勃斯　　我想我在海上见过你。
茂 那 斯　　正是,朋友。
爱诺巴勃斯　　你在海上很了不得。
茂 那 斯　　你在陆地上也不错。
爱诺巴勃斯　　谁愿意恭维我的,我都愿意恭维他;虽然我在陆地
　　　　　　上横行无敌,是一件无可否认的事。
茂 那 斯　　我在水上横行无敌,也是不可否认的。
爱诺巴勃斯　　为了你自己的安全,你还是否认了的好;你是一个
　　　　　　海上的大盗。
茂 那 斯　　你是一个陆地的暴徒。
爱诺巴勃斯　　那么我就否认我的陆地上的功劳。可是把你的手
　　　　　　给我,茂那斯;要是我们的眼睛可以替我们作见证,它们在
　　　　　　这儿可以看见两个盗贼握手言欢。
茂 那 斯　　人们的手尽管不老实,他们的脸总是老实的。

爱诺巴勃斯  可是没有一个美貌的女人有一张老实的脸。

茂那斯  不错,她们是会把男人的心偷走的。

爱诺巴勃斯  我们到这儿来,本来是要跟你们厮杀。

茂那斯  拿我自己说,打仗变成了喝酒,真是扫兴得很。庞贝今天把他的一份家私笑掉了。

爱诺巴勃斯  要是他真的把家私笑掉了,那可是再也哭不回来的。

茂那斯  你说得有理,朋友。我们没有想到会在这儿看见玛克·安东尼。请问他已经跟克莉奥佩特拉结了婚吗?

爱诺巴勃斯  凯撒的妹妹名叫奥克泰维娅。

茂那斯  不错,朋友;她本来是卡厄斯·玛瑟勒斯的妻子。

爱诺巴勃斯  可是她现在是玛克斯·安东尼厄斯的妻子了。

茂那斯  怎么?

爱诺巴勃斯  这句话是真的。

茂那斯  那么凯撒跟他永远联合在一起了。

爱诺巴勃斯  要是叫我预测这一个结合的将来,我可不敢发表这样乐观的论断。

茂那斯  我想这一门婚事,大概还是政策上的权宜,不是出于男女双方的爱恋。

爱诺巴勃斯  我也这样想;可是你不久就会发现联结他们友谊的这一条带子,结果反而勒毙了他们的感情。奥克泰维娅的性情是端庄而冷静的。

茂那斯  谁不愿意有这样一个妻子?

爱诺巴勃斯  玛克·安东尼自己不是这样一个人,所以他也不喜欢这样一个妻子。他一定会再到埃及去领略他的异味;那时候奥克泰维娅的叹息便会扇起凯撒心头的怒火,正像

271

我刚才所说的,她现在是他们两人之间感情的联系,将来却会变成促动两人反目的原因。安东尼的心早已另有所属了,他在这儿结婚,只是一种应付环境的手段。

茂那斯　你的话也许会成为事实。来,朋友,上船去吧。我要请你喝杯酒呢。

爱诺巴勃斯　我一定领情;我们在埃及是喝惯了大口的酒的。

茂那斯　来,我们去吧。(同下。)

## 第七场　密西嫩附近海面庞贝大船上

　　音乐;两三仆人持酒食上。

仆　甲　他们就要到这儿来啦,伙计。有几个人已经醉得站立不稳,一丝最轻微的风都可以把他们吹倒。

仆　乙　莱必多斯喝得满脸通红。

仆　甲　他们故意开他的玩笑,尽是哄他一杯一杯灌下去。

仆　乙　他们自己却留着酒量,他只顾叫喊不喝了,不喝了;结果还是自己管不住自己。

仆　甲　他岂不是失去了理智,开了自己的玩笑。

仆　乙　混在大人物中间,给他们玩弄玩弄也是活该。叫我举一根掮不起的枪杆子,不如拈一根不中用的芦苇。

仆　甲　高居于为众人所仰望的地位而毫无作为,正像眼眶里没有眼珠,只留下两个怪可怜的空洞的凹孔一样。

　　喇叭奏花腔。凯撒、安东尼、莱必多斯、庞贝、阿格立巴、茂西那斯、爱诺巴勃斯、茂那斯及其他将领等上。

安东尼　他们都是这样的,阁下。他们用金字塔做标准,测量尼罗河水位的高低,由此判断年岁的丰歉。尼罗河的河水越是高涨,收成越有把握;潮水退落以后,农夫就可以在烂泥上播种,不多几时就结实了。

莱必多斯　你们那边有很奇怪的蛇。

安东尼　是的,莱必多斯。

莱必多斯　你们埃及的蛇是生在烂泥里,晒着太阳光长大的;你们的鳄鱼也是一样。

安东尼　正是这样。

庞　贝　请坐——酒来!我们干一杯祝莱必多斯健康!

莱必多斯　我身子不顶舒服,可是我决不示弱。

爱诺巴勃斯　除非等你睡去,他们决不会放过你的。

莱必多斯　嗯,的确,我听说托勒密王朝的金字塔造得很好;我听见人家都是这样一致公认。

茂那斯　庞贝,我要跟你说句话。

庞　贝　就在我的耳边说;什么事?

茂那斯　主帅,请你离开你的坐位,听我对你说。

庞　贝　等一等,我就来。这一杯酒祝莱必多斯健康!

莱必多斯　你们的鳄鱼是怎么一种东西?

安东尼　它的形状就像一条鳄鱼;它有鳄鱼那么大,也有鳄鱼那么高;它用它自己的肢体行动,靠着它所吃的东西活命;它的精力衰竭以后,它就死了。

莱必多斯　它的颜色是怎样的?

安东尼　也跟鳄鱼的颜色差不多。

莱必多斯　那是一种奇怪的蛇。

安东尼　可不是;而且它的眼泪是湿的。

凯　撒　你这样说,他会信服么?

安东尼　有庞贝向他敬酒还有问题吗,否则他真是个穷奢极欲

273

之人了。

庞　　贝　该死,该死!这算什么话?去!照我吩咐你的去做。我叫你们替我斟下的这杯酒呢?

茂那斯　要是你愿意听我说话,请你站起来。

庞　　贝　我想你在发疯了。什么事?(二人走至一旁。)

茂那斯　我一向都是忠心耿耿,为你的利益打算。

庞　　贝　你替我做事很忠实。还有什么话说?各位将军,大家痛痛快快乐一下。

安东尼　莱必多斯,留心你脚底下的浮沙,你要摔下来了。

茂那斯　你要做全世界的主人吗?

庞　　贝　你说什么?

茂那斯　你要做全世界的主人吗?再干一场。

庞　　贝　怎么做法?

茂那斯　你只要抱着这样的决心,虽然你看我是一个微贱的人,我能够把全世界交在你的手里。

庞　　贝　你喝醉了吗?

茂那斯　不,庞贝,我一口酒也没有沾唇。你要是有胆量,就可以做地上的君王;大洋环抱之内,苍天覆盖之下,都归你所有,只要你有这样的雄心。

庞　　贝　指点我一条路径。

茂那斯　这三个统治天下、鼎峙称雄的人物,现在都在你的船上;让我割断缆绳,把船开到海心,砍下他们的头颅,那么一切都是你的了。

庞　　贝　唉!这件事你应该自己去干,不该先来告诉我。我干了这事,人家要说我不顾信义;你去干了,却是为主尽忠。你必须知道,我不能把利益放在荣誉的前面,我的荣誉是比利益更重要的。你应该懊悔让你的舌头说出了你的计谋;要是趁我不知道的时候干了,我以后会觉得你这件事情干得很好,可是现在我必须斥责这样的行为。放弃了这一个念头,还是喝酒吧。

茂那斯 (旁白)从此以后,我再也不追随你这前途黯淡的命运了。放着这样大好机会当面错过,以后再找,还找得到吗?

庞 贝 再敬莱必多斯一杯!

安东尼 把他抬上岸去。我来替他干了吧,庞贝。

爱诺巴勃斯 敬你一杯,茂那斯!

茂那斯 爱诺巴勃斯,太客气了!

庞 贝 把酒满满地倒在杯子里,让它一直齐到杯口。

爱诺巴勃斯 茂那斯,那是一个很有力气的家伙。(指一负莱必多斯下场之侍从。)

茂那斯 为什么?

爱诺巴勃斯 你没看见他把三分之一的世界负在背上吗?

茂那斯 那么三分之一的世界已经喝醉了,但愿整个世界都喝得酩酊大醉,像车轮般旋转起来!

爱诺巴勃斯 你也喝,大家喝个痛快。

茂那斯 来。

庞 贝 我们今天的聚会,比起亚历山大里亚的豪宴来,恐怕还是望尘莫及。

安东尼 也差不多了。来,碰杯!这一杯是敬凯撒的!

凯 撒 我可喝不下去了;我这头脑越洗越糊涂。

安东尼 今天大家不醉勿归,不能让你例外。

凯 撒 那么你先喝,我陪着你喝;可是与其在一天之内喝这么多的酒,我宁愿绝食整整四天。

爱诺巴勃斯　（向安东尼）哈！我的好皇帝；我们现在要不要跳起埃及酒神舞来,庆祝我们今天的欢宴？

庞　贝　好壮士,让我们跳起来吧。

安东尼　来,我们大家手搀着手,一直跳到美酒浸透了我们的知觉,把我们送进了温柔的黑甜乡里。

爱诺巴勃斯　大家搀着手。当我替你们排队的时候,让音乐在我们的耳边高声弹奏；于是歌童唱起歌来,每一个人都要拉开喉咙和着他唱,唱得越响越好。（奏乐；爱诺巴勃斯同众人携手列队。）

### 歌

来,巴克科斯,酒国的仙王,

你两眼红红,胖胖皮囊！

替我们浇尽满腹牢骚,

替我们满头挂上葡萄：

喝,喝,喝一个天旋地转,

喝,喝,喝一个天旋地转！

凯　撒　够了,够了。庞贝,晚安！好兄弟,我求求你,跟我回去吧；不要一味游戏,忘记了我们的正事。各位将军,我们分手吧；你们看我们的脸烧得这样红；强壮的爱诺巴勃斯喝得一点力气都没有了；我自己的舌头也有点结结巴巴；大家疯疯癫癫的,都变成一群傻瓜啦。不必多说了。晚安！好安东尼,让我搀着你。

庞　贝　我一定要到岸上来陪你们乐一下。

安东尼　很好,庞贝。把你的手给我。

庞　贝　啊,安东尼！你占住了我父亲的屋子,可是那有什么关系？我们还是朋友。来,我们下小船吧。

爱诺巴勃斯　留心不要跌在水里。(庞贝、凯撒、安东尼及侍从等下。)茂那斯,我不想上岸去。

茂那斯　别去,到我舱里坐坐。这些鼓!这些喇叭、笛子!嘿!让海神听见我们向这些大人物高声道别吧;吹起来,他妈的!吹响一点!(喇叭奏花腔,间以鼓声。)

爱诺巴勃斯　嘿!他说的。瞧我的帽子。(掷帽。)

茂那斯　嘿!好家伙!来。(同下。)

# 第 三 幕

## 第一场　叙利亚一平原

　　　　文提狄斯率西里厄斯及其他罗马将校士卒奏凯上；兵士舁巴科勒斯尸体前行。

文提狄斯　横行无敌的帕提亚,你也有失败的一天；命运选定了我,叫我替已死的玛克斯·克拉苏复仇。把这王子的尸身在我们大军之前抬着走。奥洛第斯啊,你杀了我们的玛克斯·克拉苏,现在我们叫你的巴科勒斯抵了命啦。

西里厄斯　尊贵的文提狄斯,趁着帕提亚人的血在你的剑上还没有冷却的时候,继续追逐那些逃亡的敌人吧；驰骋你的铁骑,越过米太、美索不达米亚以及其他可以让溃败的帕提亚人栖身的地方；这样你的伟大的主帅安东尼就要使你高坐在凯旋的战车里,用花冠加在你的头上了。

文提狄斯　啊,西里厄斯,西里厄斯！这样已经很够了；一个地位在下的人,不应该立太大的功勋；因为,你要知道,西里厄斯,与其当长官不在的时候出力博得一个太高的名声,宁可把一件事情做到一半就歇手。凯撒和安东尼的赫赫功业,大部分是他们的部下替他们建立起来的,并不是靠他们自己的力量。我在叙利亚的一个同僚索歇斯,本来在他手下当副将的,就是因为太露锋芒而失去了他的欢心。在战场上,部下的军功如果超过主将,主将的威名就会被他所掩罩;凡是军人都有争强好胜的心理,他们宁愿吃一次败仗,也不愿让别人夺去了胜利的光荣。我本来还可以替安东尼多出一些力,可是那反而会使他恼怒,他一恼我的辛苦就白费了。

西里厄斯　文提狄斯,你真是深谋远虑;一个军人要是不能审察利害,那就跟他的剑没有分别了。你要写信去向安东尼报捷吗?

文提狄斯　我要很谦恭地告诉他,我们凭借他的先声夺人的威名,已经得到了怎样的战果;他的雄壮的旗帜和精神饱满的部队,怎样把百战百胜的帕提亚骑兵驱出了战场之外。

西里厄斯　他现在在什么地方?

文提狄斯　他预备到雅典去;我们现在就向雅典兼程前进,向他当面复命。来,弟兄们,走。(同下。)

## 第二场　罗马。凯撒府中一室

阿格立巴及爱诺巴勃斯自相对方向上。

阿格立巴　啊!那些好兄弟们都散开了吗?

爱诺巴勃斯　他们已经把庞贝打发走了;那三个人还在重申盟好。奥克泰维娅因为不忍远离罗马而哭泣;凯撒也是满面愁容;莱必多斯自从在庞贝那儿赴宴归来以后,就像茂那斯说的,他害着贫血症。

阿格立巴　莱必多斯是个好人。

279

爱诺巴勃斯　一个很好的人。啊,他多么爱凯撒!

阿格立巴　嗯,可是他多么崇拜安东尼!

爱诺巴勃斯　凯撒?他才是人世的天神。

阿格立巴　安东尼吗?他是天神的领袖。

爱诺巴勃斯　你说起凯撒吗?嘿!盖世无双的英雄!

阿格立巴　啊,安东尼!千年一遇的凤凰!

爱诺巴勃斯　你要是想赞美凯撒,只要提起凯撒的名字就够了。

阿格立巴　真的,他对于他们两人都是恭维备至。

爱诺巴勃斯　可是他最爱凯撒;不过他也爱安东尼。嘿!他对于安东尼的友情,是思想所不能容、言语所不能尽、计数所不能量、文士所不能抒述、诗人所不能讴吟的。可是对于凯撒,他只有跪伏惊叹的份儿。

阿格立巴　他对于两个人一样的爱。

爱诺巴勃斯　他们是他的翅鞘,他是他们的甲虫。(内喇叭声)这是下马的信号。再会,尊贵的阿格立巴。

阿格立巴　愿你幸运,英勇的壮士,再会!

　　　　　凯撒、安东尼、莱必多斯及奥克泰维娅上。

安东尼　请留步吧,阁下。

凯　撒　你已经把大半个我带走;请你为了我的缘故好好看待她。妹妹,愿你尽力做一个好妻子,不要辜负了我的期望。最尊贵的安东尼,让这一个贤淑的女郎成为巩固我们两人友谊的胶泥,不要反而让她成为撞毁我们感情的堡垒的攻城车;因为我们要是不能同心爱护她,那么还是不要让她置身在我们两人之间的好。

安东尼　你要是不信任我,我可要生气啦。

凯　撒　我的话已经说完了。

安东尼　无论你怎样放心不下,你决不会发现我有什么可以使你怀疑的地方。愿神明护持你,使罗马的人心都乐于为你效死!我们就在这儿分手吧。

凯　撒　再会,我的最亲爱的妹妹,再会;愿你一路平安!再会!

奥克泰维娅　我的好哥哥!

安东尼　她的眼睛里有四月的风光;那是恋爱的春天,这些眼泪便是催花的时雨。别伤心了。

奥克泰维娅　哥哥,请你留心照料我的丈夫的屋子;还有——

凯　撒　什么,奥克泰维娅?

奥克泰维娅　让我附着你的耳朵告诉你。

安东尼　她的舌头不会顺从她的心,她的心也不会顺从她的舌头;她好比大浪顶上一根天鹅的羽毛,不会向任何一方偏斜。

爱诺巴勃斯　(向阿格立巴旁白)凯撒会不会流起眼泪来?

阿格立巴　他的脸上已经堆起乌云了。

爱诺巴勃斯　假如他是一匹马,这样也会有损他的庄严;何况他是一个堂堂男子。

阿格立巴　嘿,爱诺巴勃斯,安东尼看见裘力斯·凯撒死了,也曾放声大哭;他在腓利比看见勃鲁托斯被人杀死,也曾伤心落泪呢。

爱诺巴勃斯　不错,那一年他害着重伤风,所以涕泗横流;不瞒你说,连我也被他逗得哭起来了。

凯　撒　不,亲爱的奥克泰维娅,你一定可以随时得到我的音讯;我对你的想念是不会因为时间的久远而冷淡下去的。

安东尼　来,大哥,来,我要用我爱情的力量和你角力了。你看,我抱住了你;现在我又放开了你,把你交给神明照看。

凯　撒　再会,祝你们快乐!
莱必多斯　让所有的星星吐放它们的光明,一路上照耀着你们!
凯　撒　再会,再会!(吻奥克泰维娅。)
安东尼　再会!(喇叭声。各下。)

## 第三场　亚历山大里亚。宫中一室

　　　　克莉奥佩特拉、查米恩、伊拉丝及艾勒克萨斯上。
克莉奥佩特拉　那个人呢?
艾勒克萨斯　他有些害怕,不敢进来。
克莉奥佩特拉　什么话!
　　　　一使者上。
克莉奥佩特拉　过来,朋友。
艾勒克萨斯　陛下,您发怒的时候,犹太的希律王也不敢正眼看您的。
克莉奥佩特拉　我要那个希律王的头;可是安东尼去了,谁可以替我去干这一件事呢?走近些。
使　者　最仁慈的陛下!
克莉奥佩特拉　你见过奥克泰维娅吗?
使　者　见过,尊严的女王。
克莉奥佩特拉　什么地方?
使　者　娘娘,在罗马;我看见她一手搀着她的哥哥,一手搀着安东尼;她的脸给我看得清清楚楚。
克莉奥佩特拉　她像我一样高吗?
使　者　她没有您高,娘娘。
克莉奥佩特拉　听见她说话吗?她的声音是尖的,还是低的?

使　　者　娘娘,我听见她说话;她的声音是很低的。

克莉奥佩特拉　那就不大好。他不会长久喜欢她的。

查米恩　喜欢她!啊,爱昔斯女神!那是不可能的。

克莉奥佩特拉　我也这样想,查米恩;矮矮的个子,说话又不伶俐!她走路的姿态有没有威仪?想想看;要是你看见过真正的威仪姿态,就该知道怎样的姿态才算是有威仪的。

使　　者　她走路简直像爬;她的动和静简直没有区别;她是一个没有生命的形体,不会呼吸的雕像。

克莉奥佩特拉　真的吗?

使　　者　要是不真,我就是不生眼睛的。

查米恩　在埃及人中间,他一个人的观察力可以胜过三个人。

克莉奥佩特拉　我看他很懂事。我还不曾听到她有什么可取的地方。这家伙眼光很不错。

查米恩　好极了。

克莉奥佩特拉　你猜她有多大年纪?

使　　者　娘娘,她本来是一个寡妇——

克莉奥佩特拉　寡妇!查米恩,听着。

使　　者　我想她总有三十岁了。

克莉奥佩特拉　你还记得她的面孔吗?是长的还是圆的?

使　　者　圆的,太圆了。

克莉奥佩特拉　面孔滚圆的人,大多数是很笨的。她的头发是什么颜色?

使　　者　棕色的,娘娘;她的前额低到无可再低。

克莉奥佩特拉　这儿是赏给你的金子;我上次对你太凶了点儿,你可不要见怪。我仍旧要派你去替我探听消息;我知道你是个很可靠的人。你去端整行装;我的信件已经预备好了。

283

（使者下。）

查米恩　一个很好的人。

克莉奥佩特拉　正是,我很后悔把他这样凌辱。听他说起来,那女人简直不算什么。

查米恩　不算什么,娘娘。

克莉奥佩特拉　这人不是不曾见过世面,应该识得好坏。

查米恩　见过世面？我的爱昔斯女神,他已侍候您多年了！

克莉奥佩特拉　我还有一件事要问他,好查米恩；可是没有什么要紧,你把他带到我写信的房间里来就是了。一切还有结果圆满的希望。

查米恩　您放心吧,娘娘。（同下。）

## 第四场　雅典。安东尼府中一室

安东尼及奥克泰维娅上。

安东尼　不,不,奥克泰维娅,不单是那件事；那跟其他许多类似的事都还是情有可原的。可是他不该重新向庞贝宣战,还居然立下遗嘱,当众宣读；我的名字他提也不愿提起,当他不得不恭维我一番的时候,他就冷冷淡淡地用一两句话敷衍过去；他深怕对我过于宽厚；我向他讲好话,他满不放在心上,至多在牙缝里应酬一下。

奥克泰维娅　啊,我的主！传闻之辞,不可完全相信；即使确实,也不要过分介意。要是你们两人之间发生了冲突,我就是世上最不幸的女人,既要为你祈祷,又要为他祈祷；神明一定会嘲笑我,当我向他们祷告,"啊！保佑我的丈夫"以后,又接着向他们祷告,"啊！保佑我的哥哥！"希望丈夫得胜,只好让哥哥失败;希望哥哥得胜,只好让丈夫失败;在这两者之间,再没有一个折衷的两全之道。

安东尼　温柔的奥克泰维娅,让你的爱心替你决定你的最大的同情应该倾向在哪一方面。要是我失去了我的荣誉,就是失去了我自己;与其你有一个被人轻视的丈夫,还是不要嫁给我的好。可是你既然有这样的意思,那么就有劳你在我们两人之间斡旋斡旋吧;一方面我仍旧在这儿积极准备,万一不幸而彼此以兵戎相见,令兄的英名恐怕就要毁于一旦了。事不宜迟,你趁早动身吧。

奥克泰维娅　谢谢我的主。最有威力的天神把我造成了一个最柔弱的人,我这最柔弱的人却要来调停你们的争端!你们两人开了战,就像整个的世界分裂为二,只有无数战死者的尸骸才可以填平这一道裂痕。

安东尼　你明白了谁是造成这次争端的祸首以后,就用不着再回护他;我们的过失决不会恰恰相等,总可以分别出一个是非曲直来。预备你的行装;你爱带什么人同去,就带什么人同去;路上需要多少费用,尽管问我要好了。(同下。)

## 第五场　同前。另一室

爱诺巴勃斯及爱洛斯自相对方向上。

爱诺巴勃斯　啊,朋友爱洛斯!

爱洛斯　有了很奇怪的消息呢,朋友。

爱诺巴勃斯　什么消息?

爱洛斯　凯撒和莱必多斯已经向庞贝开战。

爱诺巴勃斯　这是老消息;结果怎么样?

爱洛斯　凯撒利用了莱必多斯向庞贝开战以后,就翻过脸来不承认他有同等的地位,不让他分享胜利的光荣;不但如此,还凭着他以前写给庞贝的信札,作为通敌的证据,把他拘捕起来;所以这个可怜的第三者已经完了,只有死才能给他自由。

爱诺巴勃斯　那么,世界啊,你现在只剩下两个人了;把你所有的食物丢给他们,他们也要磨拳擦掌,互相争夺的。安东尼在哪儿?

爱洛斯　他正在园里散步,一面走,一面恨恨地踢着脚下的草,嘴里嚷着,"傻瓜,莱必多斯!"还发誓说要把那暗杀庞贝的军官捉住了割断他的咽喉。

爱诺巴勃斯　我们伟大的舰队已经扬帆待发了。

爱洛斯　那是要开到意大利去声讨凯撒的。还有,道密歇斯,主帅叫你快去;我应该把我的消息慢慢告诉你的。

爱诺巴勃斯　那就失去新闻的价值了;可是不要管它,带我去见安东尼吧。

爱洛斯　来,朋友。(同下。)

## 第六场　罗马。凯撒府中一室

凯撒、阿格立巴及茂西那斯上。

凯　撒　这件事,还有其他种种,都是他为了表示对于罗马的轻蔑而在亚历山大里亚干的;那情形是这样的:在市场上筑起了一座白银铺地的高坛,上面设着两个黄金的宝座,克莉奥佩特拉跟他两人公然升座;我的义父的儿子,他们替他取名为凯撒里昂的,还有他们两人通奸所生的一群儿女,都列坐在他们的脚下；于是他宣布以克莉奥佩特拉为埃及帝国的女皇，全权统辖叙利亚、塞浦路斯和吕底亚各处领土。

茂西那斯　这是当着公众的面前举行的吗？

凯　撒　就在公共聚集的场所，他们表演了这一幕把戏。他当场又把王号分封他的诸子：米太、帕提亚、亚美尼亚，他都给了亚历山大；叙利亚、西利西亚、腓尼基，他给了托勒密。那天她打扮成爱昔斯女神的样子；据说她以前接见群臣的时候，常常是这样装束的。

茂西那斯　让全罗马都知道这种事情吧。

阿格立巴　罗马人久已厌恶他的骄横，一定会对他完全失去好感。

凯　撒　人民已经知道了；他们还听到了他的讨罪的檄告。

阿格立巴　他讨谁的罪？

凯　撒　凯撒。他说我在西西里侵吞了塞克斯特斯·庞贝厄斯的领土以后，不曾把那岛上他所应得的一份分派给他；又说他借给我一些船只，我没有归还他；最后他责备我不该擅自褫夺莱必多斯的权位，推翻了三雄鼎峙的局面；他还说我们霸占他的全部的收入。

阿格立巴　主上，这倒是应该答复他的。

凯　撒　我已经答复他，叫人带信给他了。我告诉他，莱必多斯最近变得非常横暴残虐，滥用他的大权作威作福，不能不有这一次的变动。凡是我所征服得来的利益，我都可以让他平均分享；可是在他的亚美尼亚和其他被征服的国家之中，我也向他要求同样的权利。

茂西那斯　他决不会答应那样的要求。

凯　撒　我们也绝对不能对他让步。

287

奥克泰维娅率侍从上。

奥克泰维娅　祝福,凯撒,我的主!祝福,最亲爱的凯撒!

凯　　撒　难道要我称你为被遗弃的女子吗!

奥克泰维娅　你没有这样叫过我,你也没有理由这样称呼我。

凯　　撒　你为什么一声不响地到来呢?你来得不像是凯撒的妹妹;安东尼的妻子应该有一大队人马做她的前驱,当她还在远远的地方的时候,一路上的马嘶声就已经在报告她到来的消息;路旁的树枝上都要满爬着人,因为不见所盼的人而焦心绝望;那络绎不断的马蹄扬起的灰尘,应该一直高达天顶。可是你却像一个市场上的女佣一般来到罗马,不曾预先通知我们,使我们来不及用盛大的仪式向你表示我们的欢迎;我们本该在海陆双方派人迎接,每到一处,都应该有人招待你的。

奥克泰维娅　我的好哥哥,我这样悄悄而来,并不是出于勉强,全然是我自己的意思。我的主安东尼听见你准备战争,把这不幸的消息告诉了我,所以我才请求他准许我回来一次。

凯　　撒　他很快就答应你了,因为你是使他不能享受风流乐趣的障碍。

奥克泰维娅　不要这样说,哥哥。

凯　　撒　我随时注意着他,他的一举一动,我这儿都有风闻。他现在在什么地方?

奥克泰维娅　在雅典。

凯　　撒　不,我的被人欺负的妹妹;克莉奥佩特拉已经招呼他到她那儿去了。他已经把他的帝国奉送给一个淫妇;他们现在正在召集各国的君长,准备进行一场大战。利比亚的国王鲍丘斯、卡巴多西亚的阿契劳斯、巴夫拉贡尼亚的国王菲拉德尔福斯、色雷斯王哀达拉斯、阿拉伯的玛尔丘斯王、本都的国王、犹太的希律、科麦真的国王密瑟里台提斯、米太王坡里蒙和利考尼亚王阿敏达斯,还有别的许多身居王位的人,都已经在他的邀请之下集合了。

奥克泰维娅　唉,我真不幸!我的一颗心分系在你们两人身上,你们两人却彼此相残!

凯　撒　欢迎你回来!我们因为得到你的来信而暂缓发动,可是现在已经明白你怎样被人愚弄,我们倘再蹉跎观望,是一件多么危险的事,所以不能不迅速行动了。宽心吧,不要因为这些不可避免的局势扰乱了你的安宁而烦恼,让一切依照命运的安排达到它们最后的结局吧。欢迎你回到罗马来;我没有比你更亲爱的人了。你已经受到空前的侮辱,崇高的众神怜悯你的无辜,才叫我们和一切爱你的人奉行他们的旨意,替你报仇雪恨。愿你安心自乐,我们总是欢迎你的。

阿格立巴　欢迎,夫人!

茂西那斯　欢迎,好夫人!每一颗罗马的心都爱你、同情你;只有贪淫放纵的安东尼才会把你抛弃,让一个娼妓窃持大权,向我们无理挑衅。

奥克泰维娅　真的吗,哥哥?

凯　撒　真的。妹妹,欢迎;请你安心忍耐,我的最亲爱的妹妹!
（同下。）


## 第七场　阿克兴海岬附近安东尼营地

　　　　克莉奥佩特拉及爱诺巴勃斯上。

克莉奥佩特拉　我一定要跟你算账,你瞧着吧。

289

爱诺巴勃斯　可是为什么,为什么,为什么?

克莉奥佩特拉　在这次出征以前,你说我是女流之辈,战场上没有我的份儿。

爱诺巴勃斯　对啊,难道我说错了吗?

克莉奥佩特拉　为什么我不能御驾亲征,这不明明是讪谤我吗?

爱诺巴勃斯　(旁白)好,我可以回答你:要是我们把雄马雌马一起赶上战场,岂不要引得雄马撒野,雌马除了负上兵士,还要背上雄的呢。

克莉奥佩特拉　你说什么?

爱诺巴勃斯　安东尼看见了您,一定会心神不定;他在军情紧急的时候,怎么可以让您分散他的有限的精力和宝贵的时间?人家已经在批评他的行动轻率了,在罗马他们都说这一次的军事,都是一个名叫福的纳斯的太监和您的几个侍女们作的主张。

克莉奥佩特拉　让罗马沉下海里去,让那些诽谤我们的舌头一起烂掉!我是一国的君主,必须像一个男子一般负起主持战局的责任。不要反对我的决意;我不能留在后方。

爱诺巴勃斯　好,那么我不管。皇上来了。

　　　　安东尼及凯尼狄斯上。

安东尼　凯尼狄斯,他从大兰多和勃伦提斯出发,这么快就越过爱奥尼亚海,把妥林占领下来,不是很奇怪吗?你有没有听见这个消息,亲爱的?

克莉奥佩特拉　因循观望的人,最善于惊叹他人的敏捷。

安东尼　骂得痛快,真是警惰的良箴,这样的话出之于一个堂堂男子的口中,也可以毫无愧色。凯尼狄斯,我们要在海上和他决战。

克莉奥佩特拉　海上！不在海上还在什么地方？

凯尼狄斯　请问主上,为什么我们要在海上和他决战？

安东尼　因为他挑我在海上决战。

爱诺巴勃斯　可是您也曾经要求他单人决斗。

凯尼狄斯　您还要求他在法赛利亚,凯撒和庞贝交战的故址,和您一决胜负;可是他因为这些要求对他不利,一概拒绝了;他可以拒绝您,您也可以拒绝他的。

爱诺巴勃斯　我们的船只缺少得力的人手,那些水兵本来都是赶骡种地的乡民,在仓促之中临时拉来充数的;凯撒的舰队里却都是屡次和庞贝交锋、能征惯战的将士;而且他们的船只很轻便,不比我们的那样笨重。您在陆地上已经准备着充分的实力,拒绝和他在海上决战,也不是一件丢脸的事。

安东尼　在海上,在海上。

爱诺巴勃斯　主上,您要是在海上决战,就是放弃了陆地上绝对可操胜算的机会,分散了您那些善战的步兵的兵力,埋没了您那赫赫有名的陆战的才略,牺牲了最稳当的上策,去冒毫无把握的危险。

安东尼　我决定在海上作战。

克莉奥佩特拉　我有六十艘船舶,凯撒的船不比我们多。

安东尼　我们把多余的船只一起烧掉,把士卒分配到需用的船上,就从阿克兴岬口出发,迎头痛击凯撒的舰队。要是我们失败了,还可以再从陆地上争回胜利。

　　　一使者上。

安东尼　什么事？

使　者　启禀主上,这消息是真的;有人已经看见他了;凯撒已经占领了妥林。

安东尼　他自己也到那边了吗？那是不可能的；他的本领果然神出鬼没。凯尼狄斯，我们在陆地上的十九个军团和一万二千匹战马，都归你节制。我自己要到船上指挥去；走吧，我的海中女神！

　　　　一兵士上。

安东尼　什么事，英勇的军人？

兵　士　啊，皇上！不要在海上作战；不要相信那些朽烂的木板；难道您怀疑这一柄宝剑的威力，和我这满身的伤疤吗？让那些埃及人和腓尼基人去跳水吧；我们是久惯于立足地上、凭着膂力博取胜利的。

安东尼　好，好，去吧！（安东尼、克莉奥佩特拉及爱诺巴勃斯同下。）

兵　士　凭着赫刺克勒斯起誓，我想我的话没有说错。

凯尼狄斯　你没有错，可是他的整个行动，已经不受他自己的驾驭了；我们的领袖是被人家牵着走的，我们都只是一些供妇女驱策的男子。

兵　士　您是在陆地上负责保全人马实力的，是不是？

凯尼狄斯　玛克斯·奥克泰维斯、玛克斯·杰思退厄斯、泼勃力科拉、西里厄斯都要参加海战；留着我们保全陆地的实力。凯撒用兵这样神速，真是出人意外。

兵　士　当他还在罗马的时候，他的军队的调动掩护得非常巧妙，没有一个间谍不给他瞒过了。

凯尼狄斯　你听说谁是他的副将吗？

兵　士　他们说是一个名叫陶勒斯的人。

凯尼狄斯　这人我很熟悉。

　　　　一使者上。

使　者　皇上叫凯尼狄斯进去。

凯尼狄斯　这样扰攘的时世,每一分钟都有新的消息产生。

（同下。）

## 第八场　阿克兴附近一平原

凯撒、陶勒斯及将士等上。

凯　撒　陶勒斯!

陶勒斯　主上?

凯　撒　不要在陆地上攻击敌人;保全实力;在我们海上的战事没有完毕以前,避免一切挑衅的行为。遵照这一通密令上所规定的计策实行,不可妄动;我们的成败在此一举。（同下。）

安东尼及爱诺巴勃斯上。

安东尼　把我们的舰队集合在山的那一边,正对着凯撒的阵地;从那地方我们可以看清敌人船只的数目,决定我们应战的方略。（同下。）

凯尼狄斯率陆军上,由舞台一旁列队穿过;凯撒副将陶勒斯率其所部由另一旁穿过。两军入内后,内起海战声。号角声;爱诺巴勃斯重上。

爱诺巴勃斯　完了,完了,全完了! 我再也瞧不下去了。埃及的旗舰"安东尼号"一碰到敌人,就带领了他们的六十艘船只全体转舵逃走;我的眼睛都看得要爆炸了。

斯凯勒斯上。

斯凯勒斯　天上所有的男神女神啊!

爱诺巴勃斯　你为什么有这样的感慨?

斯凯勒斯　大半个世界都在愚昧中失去了;我们已经用轻轻的

一吻，断送了无数的王国州郡。

爱诺巴勃斯　战局怎么样？

斯凯勒斯　我们的一方面好像已经盖上了瘟疫的戳记似的，注定着死亡的命运。那匹不要脸的埃及雌马，但愿她浑身害起癞病来！正在双方鏖战，不分胜负，或者还是我们这方面略占上风的时候，她像一头被牛虻钉上了身的六月的母牛一样，扯起帆就逃跑了。

爱诺巴勃斯　那我也看见，我的眼睛里看得火星直爆，再也看不下去了。

斯凯勒斯　她刚刚拨转船头，那被她迷醉得英雄气短的安东尼也就无心恋战，像一只痴心的水凫一样，拍了拍翅膀飞着追上去。我从来没有见过这样可羞的行为，多年的经验、丈夫的气概、战士的荣誉，竟会这样扫地无余！

爱诺巴勃斯　唉！唉！

　　　　凯尼狄斯上。

凯尼狄斯　我们在海上的命运已经奄奄一息，无可挽回地没落下去了。我们的主帅倘不是这样糊涂，一定不会弄到这一个地步。啊！他自己都公然逃走了，兵士们看着这一个榜样，怎么不会众心涣散！

爱诺巴勃斯　你也这样想吗？那么真的什么都完了。

凯尼狄斯　他们都向伯罗奔尼撒逃走了。

斯凯勒斯　那条路很容易走，我也要到那边去等候复命。

凯尼狄斯　我要把我的军队马匹向凯撒献降；六个国王已经先我而投降了。

爱诺巴勃斯　我还是要追随安东尼的受伤的命运，虽然这是我的理智所反对的。（各下。）

## 第九场　亚历山大里亚。宫中一室

　　　　安东尼及众侍从上。

安东尼　听！土地在叫我不要践踏它，它怕我这不光荣的身体会使它蒙上难堪的耻辱。朋友们，过来；我在这世上盲目夜行，已经永远迷失了我的路。我有一艘满装黄金的大船，你们拿去分了，各自逃生，不要再跟凯撒作对了吧。

众侍从　逃走！不是我们干的事。

安东尼　我自己也在敌人之前逃走，替懦夫们立下一个转身避害的榜样。朋友们，去吧；我已经为自己决定了一个方针，今后无须借重你们了；去吧。我的金银财宝都在港里，你们尽管拿去。唉！我追随了一个我羞于看见的人；我的头发都在造反，白发埋怨黑发的粗心卤莽，黑发埋怨白发的胆小痴愚。朋友们，去吧；我可以写几封信，介绍你们投奔我的几个朋友。请你们不要快快不乐，也不要口出怨言，听从我在绝望之中的这一番指示；未了的事，听其自然；赶快到海边去吧；我就把那艘船和船上的财物送给你们。现在请你们暂时离开我；我已经不配命令你们，所以只好请求你们。我们等会儿再见吧。（坐下。）

　　　　查米恩及伊拉丝携克莉奥佩特拉手上，爱洛斯后随。

爱洛斯　好娘娘，上去呀，安慰安慰他。

伊拉丝　上去呀，好娘娘。

查米恩　不上去又怎么样呢？

克莉奥佩特拉　让我坐下来。天后朱诺啊！

安东尼　不，不，不，不，不。

爱洛斯　您看见吗,主上?

安东尼　啊,呸!呸!呸!

查米恩　娘娘!

伊拉丝　娘娘,啊,好娘娘!

爱洛斯　主上,主上!

安东尼　是的,阁下,是的。他在腓利比把他的剑摇来挥去,像在跳舞一般;是我杀死了那个形容瘦削、满脸皱纹的凯歇斯,结果了那发疯似的勃鲁托斯的生命;他却只会让人代劳,从来不曾亲临战阵。可是现在——算了。

克莉奥佩特拉　唉!扶我一下。

爱洛斯　主上,娘娘来了。

伊拉丝　上去,娘娘,对他说话;他惭愧得完全失了常态了。

克莉奥佩特拉　好,那么扶着我。啊!

爱洛斯　主上,起来,娘娘来了;她低下了头,您要是不给她一些安慰,她会悲哀而死的。

安东尼　我已经毁了自己的名誉,犯了一个最可耻的错误。

爱洛斯　主上,娘娘来了。

安东尼　啊!你把我带到什么地方去,埃及女王?瞧,我因为不愿从你的眼睛里看见我的耻辱,正在凭吊那已经化为一堆灰烬的我的雄图霸业呢。

克莉奥佩特拉　啊,我的主,我的主!原谅我因为胆怯而扬帆逃避;我没有想到你会跟了上来的。

安东尼　埃及的女王,你完全知道我的心是用绳子缚在你的舵上的,你一去就会把我拖着走;你知道你是我的灵魂的无上主宰,只要你向我一点头一招手,即使我奉有天神的使命,也会把它放弃了来听候你的差遣。

克莉奥佩特拉　啊,恕我!

安东尼　我曾经玩弄半个世界在我的手掌之上,操纵着无数人生杀予夺的大权,现在却必须俯首乞怜,用吞吞吐吐的口气向这小子献上屈辱的降表。你知道你已经多么彻头彻尾地征服了我,我的剑是绝对服从我的爱情的指挥的。

克莉奥佩特拉　恕我,恕我!

安东尼　不要掉下一滴泪来;你的一滴泪的价值,抵得上我所得而复失的一切。给我一吻吧;这就可以给我充分的补偿了。我们已经差那位教书先生去了;他回来了没有?爱人,我的灵魂像铅一样沉重。叫他们预备酒食!命运越是给我们打击,我们越是瞧不起她。(同下。)

## 第十场　埃及。凯撒营地

　　　　凯撒、道拉培拉、赛琉斯及余人等上。

凯　撒　叫安东尼的使者进来。你们认识他吗?

道拉培拉　凯撒,那是他的教书先生;不多几月以前,多少的国王甘心为他奔走,现在他却差了这样一个卑微的人来,这就可以见得他的途穷日暮了。

　　　　尤弗洛涅斯上。

凯　撒　过来,说明你的来意。

尤弗洛涅斯　我虽然只是一个地位卑微的人,却奉着安东尼的使命而来;不久以前,我在他的汪洋大海之中,不过等于一滴草叶上的露珠。

凯　撒　好,你来有什么事?

尤弗洛涅斯　他说你是他的命运的主人,向你致最大的敬礼;他请求你准许他住在埃及,要是这一件事你不能允许他,他还有退一步的请求,愿你让他在天地之间有一个容身之处,在雅典做一个平民;这是他要我对你说的话。克莉奥佩特拉也承认你的伟大的权力,愿意听从你的支配;她恳求你慷慨开恩,准许她的后裔保存托勒密王朝的宝冕。

凯　撒　对于安东尼,他的任何要求我一概置之不理。女王要是愿意来见我,或是向我有什么请求,我都可以答应,只要她能够把她那名誉扫地的朋友逐出埃及境外,或者就在当地结果他的性命;要是她做得到这一件事,她的要求一定可以得到我的垂听。你这样去回复他们两人吧。

尤弗洛涅斯　愿幸运追随你!

凯　撒　带他通过我们的阵线。(尤弗洛涅斯下。向赛琉斯)现在是试验你的口才的时候了;快去替我从安东尼手里把克莉奥佩特拉夺来;无论她有什么要求,你都用我的名义答应她;另外你再可以照你的意思向她提出一些优厚的条件。女人在最幸福的环境里,也往往抵抗不了外界的诱惑;一旦到了困穷无告的时候,一尘不染的贞女也会失足堕落。尽量运用你的手段,赛琉斯;事成之后,随你需索什么酬报,我都决不吝惜。

赛琉斯　凯撒,我就去。

凯　撒　注意安东尼在失势中的态度,从他的举动之间窥探他的意向。

赛琉斯　是,凯撒。(各下。)

## 第十一场　亚历山大里亚。宫中一室

克莉奥佩特拉、爱诺巴勃斯、查米恩及伊拉丝上。

克莉奥佩特拉　我们怎么办呢,爱诺巴勃斯?

爱诺巴勃斯　想一想,然后死去。

克莉奥佩特拉　这一回究竟是安东尼错还是我错?

爱诺巴勃斯　全是安东尼的错,他不该让他的情欲支配了他的理智。两军相接的时候,本来是惊心怵目的,即使您在战争的狰狞的面貌之前逃走了,为什么他要跟上来呢?当世界的两半互争雄长的紧急关头,他是全局所系的中心人物,怎么可以让儿女之私牵掣了他的大将的责任。在全军惶惑之中追随您的逃走的旗帜,这不但是他的无可挽回的损失,也是一个无法洗刷的耻辱。

克莉奥佩特拉　请你别说了。

　　　　安东尼及尤弗洛涅斯上。

安东尼　那就是他的答复吗?

尤弗洛涅斯　是,主上。

安东尼　那么女王可以得到他的恩典,只要她愿意把我交出?

尤弗洛涅斯　他正是这样说。

安东尼　让她知道他的意思。把这颗鬓发苍苍的头颅送给那凯撒小子,他就会满足你的愿望,赏给你许多采邑领土。

克莉奥佩特拉　哪一颗头颅,我的主?

安东尼　再去回复他。对他说,他现在年纪还轻,应该让世人看看他有什么与众不同的地方;也许他的货币、船只、军队,都只是属于一个懦夫所有;也许他的臣僚辅佐凯撒,正像辅佐一个无知的孺子一样。所以我要向他挑战,叫他不要依仗那些比我优越的条件,直截痛快地跟我来一次剑对剑的决斗。我就去写信,跟我来。(安东尼、尤弗洛涅斯同下。)

爱诺巴勃斯　(旁白)是的,战胜的凯撒会放弃他的幸福,和一个剑客比赛起匹夫之勇来！看来人们的理智也是他们命运中的一部分，一个人倒了楣，他的头脑也就跟着糊涂了。他居然梦想富有天下的凯撒肯来理会一个一无所有的安东尼！凯撒啊，你把他的理智也同时击败了。

   一侍从上。

侍  从 凯撒有一个使者来了。

克莉奥佩特拉 什么！一点儿礼貌都没有了吗？瞧，我的姑娘们；人家只会向一朵含苞未放的娇花屈膝，等到花残香消，他们就要掩鼻而过之了。让他进来，先生。（侍从下。）

爱诺巴勃斯 （旁白）我的良心开始跟我自己发生冲突了。我们的忠诚不过是愚蠢，因为只有愚人才会尽忠到底；可是谁要是死心塌地追随一个失势的主人，那么他的主人虽然被他的环境征服了，他却能够征服那种环境而不为所屈，这样的人是应该在历史上永远占据一个地位的。

   赛琉斯上。

克莉奥佩特拉 凯撒有什么见教？

赛琉斯 请斥退左右。

克莉奥佩特拉 这儿都是朋友，你放心说吧。

赛琉斯 也许他们是安东尼的朋友。

爱诺巴勃斯 先生，他需要像凯撒一样多的朋友，否则他也用不着我们了。只要凯撒高兴，我们的主人十分愿意成为他的朋友；至于我们，那您知道，总是跟着他走的，他做了凯撒的朋友，我们自然也就是凯撒的人。

赛琉斯 好，那么，最有声誉的女王，凯撒请求你不要因为你目前的处境而介意，你只要想他是凯撒。

克莉奥佩特拉 说下去，尊贵的使者。

赛琉斯　他知道你投身在安东尼的怀抱里，不是因为爱他，只是因为惧怕他。

克莉奥佩特拉　啊！

赛琉斯　所以他对于你荣誉上所受的创伤是万分同情的，因为那只是被迫忍受的污辱，不是咎有应得的责罚。

克莉奥佩特拉　他是一位天神，他的判断是这样公正。我的荣誉并不是自己甘心屈服，全然是被人征服的。

爱诺巴勃斯　（旁白）我要去问问安东尼，究竟是不是这样。主上，主上，你已经是一艘千洞百孔的破船，我们必须离开你，让你沉下海里，因为你的最亲爱的人也把你丢弃了。（下。）

赛琉斯　我要不要回复凯撒，告诉他您对他有什么要求？因为他心里很希望您有求于他。要是您愿意把他的命运作为您的靠山，他一定会十分高兴的；可是他要是听见我说您已经离开了安东尼，把您自己完全置身于他的羽翼之下，尊奉他为全世界的主人，那才会叫他心满意足哩。

克莉奥佩特拉　你叫什么名字？

赛琉斯　我的名字是赛琉斯。

克莉奥佩特拉　最善良的使者，请你这样回答伟大的凯撒：我不能亲自吻他征服一切的手，已经请他的使者代致我的敬礼了；告诉他，我随时准备把我的王冠跪献在他的足下；告诉他，从他的举世慑服的诏语之中，我已经听见埃及所得到的判决了。

赛琉斯　这是您的最正当的方策。智慧和命运互相冲突的时候，要是智慧有胆量贯彻它的主张，没有意外的机会可以摇动它的。准许我敬吻您的手。

克莉奥佩特拉　你们凯撒的义父在世的时候，每次想到了征服国土的计划,往往把他的嘴唇放在这一个卑微的所在,雨也似的吻着它。

　　　　安东尼及爱诺巴勃斯上。

安东尼　凭着雷霆之威的乔武起誓,好大的恩典!喂,家伙,你是什么东西?

赛琉斯　我是奉着全世界最有威权、最值得服从的人的命令而来的使者。

爱诺巴勃斯　(旁白)你要挨一顿鞭子了。

安东尼　过来!啊,你这混蛋!天神和魔鬼啊!我已经一点儿权力都没有了吗?不久以前,我只要吆喝一声,国王们就会像一群孩子似的争先恐后问我有什么吩咐。你没有耳朵吗?我还是安东尼哩。

　　　　众侍从上。

安东尼　把这家伙抓出去抽一顿鞭子。

爱诺巴勃斯　(旁白)宁可和初生的幼狮嬉戏,不要玩弄一头濒死的老狮。

安东尼　天哪!把他用力鞭打。即使二十个向凯撒纳贡称臣的最大的国君,要是让我看见他们这样放肆地玩弄她的手——她,这个女人,她从前是克莉奥佩特拉,现在可叫什么名字?——狠狠地鞭打他,打得他像一个孩子一般捧住了脸哭着喊饶命;把他抓出去。

赛琉斯　玛克·安东尼——

安东尼　把他拖下去;抽过了鞭子以后,再把他带来见我;我要叫这凯撒手下的奴才替我传一个信给他。(侍从等拖赛琉斯下)在我没有认识你以前,你已经是一朵半谢的残花了;嘿!罗马的衾枕不曾留住我,多少名媛淑女我都不曾放在眼里,我不曾生下半个合法的儿女,难道结果反倒被一个向奴才们卖弄风情的女人欺骗了吗?

克莉奥佩特拉　我的好爷爷——

安东尼　你一向就是个水性杨花的人;可是,不幸啊!当我们沉溺在我们的罪恶中间的时候,聪明的天神就封住了我们的眼睛,把我们明白的理智丢弃在我们自己的污泥里,使我们崇拜我们的错误,看着我们一步步陷入迷途而暗笑。

克莉奥佩特拉　唉!竟会一至于此吗?

安东尼　当我遇见你的时候,你是已故的凯撒吃剩下来的残羹冷炙;你也曾做过克尼厄斯·庞贝口中的禁脔;此外不曾流传在世俗的口碑上的,还不知道有多少更荒淫无耻的经历;我相信,你虽然能够猜想得到贞节应该是怎样一种东西,可是你不知道它究竟是什么。

克莉奥佩特拉　你为什么要说这种话?

安东尼　让一个得了人家赏赐说一声"上帝保佑您"的家伙玩弄你那受过我的爱抚的手,那两心相印的神圣的见证!啊!我不能像一个绳子套在脖子上的囚徒一般,向行刑的人哀求早一点了结他的痛苦;我要到高山荒野之间大声咆哮,发泄我的疯狂的悲愤!

　　　　　众侍从率赛琉斯重上。

安东尼　把他鞭打过了吗?

侍从甲　狠狠地鞭打过了,主上。

安东尼　他有没有哭喊饶命?

侍从甲　他求过情了。

安东尼　你的父亲要是还活在世上,让他怨恨你不是一个女儿;你应该后悔追随胜利的凯撒,因为你已经为了追随他而挨了一顿鞭打了;从此以后,愿你见了妇女的洁白的纤手,就会吓得浑身乱抖。滚回到凯撒跟前去,把你在这儿所受到的款待告诉他;记着,你必须对他说,他使我非常生气,因为他的态度太傲慢自大,看轻我现在失了势,却不想到我从前的地位。他使我生气;我的幸运的星辰已经离开了它们的轨道,把它们的火焰射进地狱的深渊里去了,一个倒运的人,是最容易被人激怒的。要是他不喜欢我所说的话和所干的事,你可以告诉他我有一个已经赎身的奴隶歇巴契斯在他那里,他为了向我报复起见,尽管鞭笞他、吊死他、用酷刑拷打他,都随他的便;你也可以在旁边怂恿他的。去,带着你满身的鞭痕滚吧!(赛琉斯下。)

克莉奥佩特拉　你的脾气发完了吗?

安东尼　唉!我们地上的明月已经晦暗了;它只是预兆着安东尼的没落。

克莉奥佩特拉　我必须等他安静下来。

安东尼　为了献媚凯撒的缘故,你竟会和一个服侍他穿衣束带的人眉来眼去吗?

克莉奥佩特拉　还没有知道我的心吗?

安东尼　不是心,是石头!

克莉奥佩特拉　啊!亲爱的,要是我果然这样,愿上天在我冷酷的心里酿成一阵有毒的冰雹,让第一块雹石落在我的头上,溶化了我的生命;然后让它打死凯撒里昂,再让我的孩子和我的勇敢的埃及人一个一个在这雹阵之下丧身;让他们死无葬身之地,充作尼罗河上蝇蚋的食料!

安东尼　我很满意你的表白。凯撒已经在亚历山大里亚安下营寨,我还要和他决一个最后的雌雄。我们陆上的军队很英勇地坚持不屈;我们溃散的海军也已经重新集合起来,恢复了原来的威风。我的雄心啊,你这一向都在哪里?你听见吗,爱人?要是我再从战场上回来吻这一双嘴唇,我将要遍身浴血出现在你的面前;凭着这一柄剑,我要创造历史上不朽的记录。希望还没有消失呢。

克莉奥佩特拉　这才是我的英勇的主!

安东尼　我要使出三倍的膂力,三倍的精神和勇气,做一个杀人不眨眼的魔王;因为当我命运顺利的时候,人们往往在谈笑之间邀取我的宽赦;可是现在我要咬紧牙齿,把每一个阻挡我去路的人送下地狱。来,让我们再痛痛快快乐它一晚;召集我的全体忧郁的将领,再一次把美酒注满在我们的杯里;让我们不要理会那午夜的钟声。

克莉奥佩特拉　今天是我的生日;我本来预备让它在无声无臭中过去,可是既然我的主仍旧是原来的安东尼,那么我也还是原来的克莉奥佩特拉。

安东尼　我们还可以挽回颓势。

克莉奥佩特拉　叫全体将领都来,主上要见见他们。

安东尼　叫他们来,我们要跟他们谈谈;今天晚上我要把美酒灌得从他们的伤疤里流出来。来,我的女王;我们还可以再接再厉。这一次我临阵作战,我要使死神爱我,即使对他的无情的镰刀,我也要作猛烈的抗争。(除爱诺巴勃斯外皆下。)

爱诺巴勃斯　现在他要用狰狞的怒目去压倒闪电的光芒了。过分的惊惶会使一个人忘怀了恐惧,不顾死活地蛮干下去;在这一种心情之下,鸽子也会向鸷鸟猛啄。我看我们主上已经失去了理智,所以才会恢复了勇气。有勇无谋,结果一定失败。我要找个机会离开他。(下。)

305

# 第 四 幕

## 第一场　亚历山大里亚城前。凯撒营地

　　　　　凯撒上，读信；阿格立巴、茂西那斯及余人等上。
凯　　撒　他叫我小子，把我信口谩骂，好像他有力量把我赶出埃及似的；他还鞭打我的使者；要求我跟他单人决斗，凯撒对安东尼。让这老贼知道，我如果想死，方法还多着呢。尽管他挑战，我只是置之一笑。
茂西那斯　凯撒必须想到，一个伟大的人物开始咆哮的时候，就是势穷力迫、快要堕下陷阱的预兆。不要给他喘息的机会，利用他的狂暴焦躁的心理；一个发怒的人，总是疏于自卫的。
凯　　撒　让全营将士知道，明天我们将要作一次结束一切战争的决战。在我们队伍里面，有不少最近还在安东尼部下作战的人，凭着这些归降的将士，就可以把他诱进了圈套。你去传告我的命令：今晚大宴全军；我们现在食物山积，这都是弟兄们辛苦得来的成绩。可怜的安东尼！（同下）

## 第二场　亚历山大里亚。宫中一室

安东尼、克莉奥佩特拉、爱诺巴勃斯、查米恩、伊拉丝、艾勒克萨斯及余人等上。

安东尼　他不肯跟我决斗，道密歇斯。

爱诺巴勃斯　嗯。

安东尼　他为什么不肯？

爱诺巴勃斯　他以为他的命运胜过你二十倍，他一个人可以抵得上二十个人。

安东尼　明天，军人，我要在海上陆上同时作战；我倘不能胜利而生，也要用壮烈的战血洗刷我的濒死的荣誉。你愿意出力打仗吗？

爱诺巴勃斯　我愿意嚷着"牺牲一切"的口号，向敌人猛力冲杀。

安东尼　说得好；来。把我家里的仆人叫出来；今天晚上我们要饱餐一顿。

三四仆人上。

安东尼　把你的手给我，你一向是个很忠实的人；你也是；你，你，你们都是；你们曾经尽心侍候我，国王们曾经做过你们的同伴。

克莉奥佩特拉　这是什么意思？

爱诺巴勃斯　（向克莉奥佩特拉旁白）这是他在心里懊恼的时候想起来的一种古怪花样。

安东尼　你也是忠实的。我希望我自己能够化身为像你们这么多的人，你们大家都合成了一个安东尼，这样我就可以为你们尽力服务，正像你们现在为我尽力一样。

众　仆　那我们怎么敢当！

安东尼　好,我的好朋友们,今天晚上你们还是来侍候我,不要少给我酒,仍旧像从前那样看待我,就像我的帝国也还跟你们一样服从我的命令那时候一般。

克莉奥佩特拉　（向爱诺巴勃斯旁白）他是什么意思？

爱诺巴勃斯　（向克莉奥佩特拉旁白）他要逗他的仆人们流泪。

安东尼　今夜你们来侍候我；也许这是你们最后一次为我服役了；也许你们从此不再看见我了；也许你们所看见的,只是我的血肉模糊的影子；也许明天你们便要服侍一个新的主人。我瞧着你们,就像自己将要和你们永别了一般。我的忠实的朋友们,我不是要抛弃你们,你们尽心竭力地跟随了我一辈子,我到死也不会把你们丢弃的。今晚你们再侍候我两小时,我不再有别的要求了；愿神明保佑你们！

爱诺巴勃斯　主上,您何必向他们说这种伤心的话呢？瞧,他们都哭啦；我这蠢才的眼睛里也有些热辣辣的。算了吧,不要叫我们全都变成娘儿们吧。

安东尼　哈哈哈！该死,我可不是这个意思。你们这些眼泪,表明你们都是有良心的。我的好朋友们,你们误会了我的意思了,我本意是要安慰你们,叫你们用火把照亮这一个晚上。告诉你们吧,我的好朋友们,我对于明天抱着很大的希望；我要领导你们胜利而生,不是光荣而死。让我们去饱餐一顿,来,把一切忧虑都浸没了。（同下）

## 第三场　同前。宫门前

　　　　　　二兵士上,各赴岗位。

兵士甲　兄弟晚安；明天是决战的日子了。

兵士乙　胜败都在明天分晓;再见。你在街道上没有听见什么怪事吗?

兵士甲　没有。你知道什么消息?

兵士乙　多半是个谣言。晚安!

兵士甲　好,晚安!

　　　　另二兵士上。

兵士乙　弟兄们,留心警戒哪!

兵士丙　你也留心点儿。晚安,晚安!(兵士甲、兵士乙各就岗位。)

兵士丁　咱们是在这儿。(兵士丙、兵士丁各就岗位)要是明天咱们的海军能够得胜,我绝对相信咱们地上的弟兄们也一定会挺得住的。

兵士丙　咱们军队是一支充满了决心的勇敢的军队。(台下吹高音笛声。)

兵士丁　别说话!什么声音?

兵士甲　听,听!

兵士乙　听!

兵士甲　空中的乐声。

兵士丙　好像在地下。

兵士丁　这是好兆,是不是?

兵士丙　不。

兵士甲　静些!这是什么意思?

兵士乙　这是安东尼所崇拜的赫剌克勒斯,现在离开他了。

兵士甲　走;让我们问问别的守兵听没听见这种声音。(四兵士行至另一岗位前。)

兵士乙　喂,弟兄们!

众兵士　喂！喂！你们听见这个声音吗？

兵士甲　听见的；这不是很奇怪吗？

兵士丙　你们听见吗，弟兄们？你们听见吗？

兵士甲　跟着这声音走，一直走到我们的界线上为止；让我们听听它怎样消失下去。

众兵士　（共语）好的。——真是奇怪得很。（同下。）

## 第四场　同前。宫中一室

安东尼及克莉奥佩特拉上；查米恩及余人等随侍。

安东尼　爱洛斯！我的战铠，爱洛斯！

克莉奥佩特拉　睡一会儿吧。

安东尼　不，我的宝贝。爱洛斯，来；我的战铠，爱洛斯！

爱洛斯持铠上。

安东尼　来，好家伙，替我穿上这一身战铠；要是命运今天不照顾我们，那是因为我们向她挑战的缘故。来。

克莉奥佩特拉　让我也来帮帮你。这东西有什么用处？

安东尼　啊！别管它，别管它；你是为我的心坎披上铠甲的人。错了，错了；这一个，这一个。

克莉奥佩特拉　真的，嗳哟！我偏要帮你；它应该是这样的。

安东尼　好，好；现在我们一定可以成功。你看见吗，我的好家伙？你也去武装起来吧。

爱洛斯　快些，主上。

克莉奥佩特拉　这一个扣子不是扣得很好吗？

安东尼　好得很，好得很。在我没有解甲安息以前，谁要是解开这一个扣子的，一定会听见惊人的雷雨。你怎么这样笨手笨脚的,爱洛斯;我的女王倒是一个比你能干的侍从哩。快些。啊,亲爱的! 要是你今天能够看见我在战场上驰骋,要是你也懂得这一种英雄的事业,你就会知道谁是能手。

　　　　一兵士武装上。

安东尼　早安;欢迎! 你瞧上去像是一个善战的健儿;我们对于心爱的工作,总是一早起身,踊跃前趋的。

兵士　主帅,时候虽然还早,弟兄们都已经装束完备,在城门口等候着您了。(喧呼声;喇叭大鸣。)

　　　　众将佐兵士上。

将佐　今天天色很好。早安,主帅!

众兵士　早安,主帅!

安东尼　孩儿们,你们的喇叭吹得很好。今天的清晨像一个立志干一番轰轰烈烈的事业的少年,很早就踏上了它的征途。好,好;来,把那个给我。这一边;很好。再会,亲爱的,我此去存亡未卜,这是一个军人的吻。(吻克莉奥佩特拉)我不能浪费我的时间在无谓的温存里;我现在必须像一个钢铁铸成的男儿一般向你告别。凡是愿意作战的,都跟着我来。再会! (安东尼、爱洛斯及将士等同下。)

查米恩　请娘娘进去安息安息吧。

克莉奥佩特拉　你领着我。他勇敢地去了。要是他跟凯撒能够在一场单人的决斗里决定这一场大战的胜负,那可多好!那时候,安东尼——可是现在——好,去吧。(同下。)

## 第五场　亚历山大里亚。安东尼营地

　　　　喇叭声。安东尼及爱洛斯上;一兵士自对面上。

311

兵　士　愿天神保佑安东尼今天大获全胜！

安东尼　我只恨当初你那满身的创瘢不曾使我听从你的话，在陆地上作战！

兵　士　你早听了我的话，那许多倒戈的国王一定还追随在你的后面，今天早上也没有人会逃走了。

安东尼　谁今天逃走了？

兵　士　谁！你的一个多年亲信的人。你要是喊爱诺巴勃斯的名字，他不会听见你；或许他会从凯撒的营里回答你，"我已经不是你的人了。"

安东尼　你说什么？

兵　士　主帅，他已经跟随凯撒去了。

爱洛斯　他的箱笼财物都没带走。

安东尼　他去了吗？

兵　士　确确实实地去了。

安东尼　去，爱洛斯，把他的钱财送还给他，不可有误；听着，什么都不要留下。写一封信给他，表示惜别欢送的意思，写好了让我在上面签一个名字；对他说，我希望他今后再也不会有同样充分的理由，使他感到更换一个主人的必要。唉！想不到我的衰落的命运，竟会使本来忠实的人也变起心来。快去。爱诺巴勃斯！（同下。）

## 第六场　亚历山大里亚城前。凯撒营地

喇叭奏花腔。凯撒率阿格立巴、爱诺巴勃斯及余人等同上。

凯　撒　阿格立巴，你先带领一支人马出去，开始和敌人交锋。我们今天一定要把安东尼生擒活捉；你去传令全军知道。

阿格立巴　凯撒,遵命。(下。)

凯　撒　全面和平的时候已经不远了;但愿今天一战成功,让这鼎足而三的世界不再受干戈的骚扰!

　　　　—使者上。

使　者　安东尼已经在战场上了。

凯　撒　去吩咐阿格立巴,叫那些投降过来的将士充当前锋,让安东尼向他自家的人发泄他的愤怒。(凯撒及侍从下。)

爱诺巴勃斯　艾勒克萨斯叛变了,他奉了安东尼的使命到犹太去,却劝诱希律王归附凯撒,舍弃他的主人安东尼;为了他这一个功劳,凯撒已经把他吊死。凯尼狄斯和其余叛离的将士虽然都蒙这里收留,可是谁也没有得到重用。我已经干了一件使我自己捶心痛恨的坏事,从此以后,再也不会有快乐的日子了。

　　　　—凯撒军中兵士上。

兵　士　爱诺巴勃斯,安东尼已经把你所有的财物一起送来了,还有他给你的许多赏赐。那差来的人是从我守卫的地方入界的,现在正在你的帐里搬下那些送来的物件。

爱诺巴勃斯　那些东西都送给你吧。

兵　士　不要取笑,爱诺巴勃斯。我说的是真话。你最好自己把那来人护送出营;我有职务在身。否则就送他走一程也没甚关系。你们的皇上到底还是一尊天神哩。(下。)

爱诺巴勃斯　我是这世上唯一的小人,最是卑鄙无耻。啊,安东尼!你慷慨的源泉,我这样反复变节,你尚且赐给我这许多黄金,要是我对你尽忠不贰,你将要给我怎样的赏赉呢!悔恨像一柄利剑刺进了我的心。如果悔恨之感不能马上刺破我这颗心,还有更加迅速的方法呢;不过我想光是悔恨也就

313

足够了。我帮着敌人打你!不,我要去找一处最污浊的泥沟,了结我这卑劣的残生。(下。)

## 第七场　两军营地间的战场

　　号角声;鼓角齐奏声。阿格立巴及余人等上。

阿格立巴　退下去,我们已经过分深入敌军阵地了。凯撒自己正在指挥作战;我们所受的压力超过我们的预料。(同下。)

　　号角声;安东尼及斯凯勒斯负伤上。

斯凯勒斯　啊,我的英勇的皇上!这才是打仗!我们大家要是早一点这样出力,他们早就满头挂彩,给我们赶回老家去了。

安东尼　你的血流得很厉害呢。

斯凯勒斯　我这儿有一个伤口,本来像个丁字形,现在却已裂开来啦。

安东尼　他们败退下去了。

斯凯勒斯　我们要把他们追赶得入地无门;我身上还可以受六处伤哩。

　　爱洛斯上。

爱洛斯　主上,他们已经打败了;我们已经占了优势,这次一定可以大获全胜。

斯凯勒斯　让我们从背后痛击他们,就像捉兔子一般把他们一网罩住;打逃兵是一件最有趣不过的玩意儿。

安东尼　我要重赏你的鼓舞精神的谈笑,我还要把十倍的重赏酬劳你的勇敢。来。

斯凯勒斯　让我一跛一跛地跟着您走。(同下。)

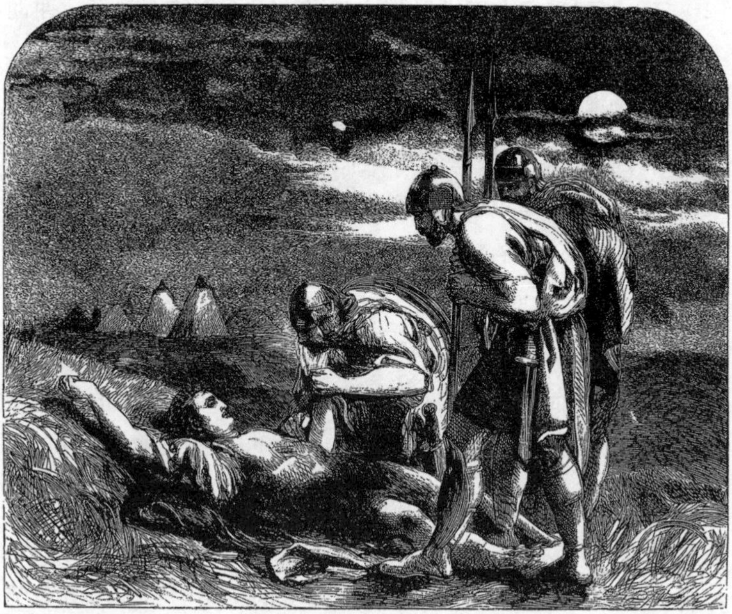

## 第八场　亚历山大里亚城下

　　　　号角声。安东尼、斯凯勒斯率军队行进上。

安东尼　我们已经把他打回了自己的营地；先派一个人去向女王报告我们今天的战绩。明天在太阳没有看见我们以前，我们要叫那些今天逃脱性命的敌人一个个喋血沙场。谢谢各位，你们都是英勇的壮士，你们挺身作战，并不以为那是你们强制履行的义务，每一个人都把这次战争当作了自己切身的事情；你们谁都显出了赫克托一般的威武。进城去，拥抱你们的妻子朋友，告诉他们你们的战功，让他们用喜悦的眼泪洗净你们伤口的瘀血，吻愈了那光荣的创痕。（向斯凯勒斯）把你的手给我。

　　　　克莉奥佩特拉率扈从上。

安东尼　我要向这位伟大的女神夸扬你的勋劳，使她的感谢祝福你。你世上的光辉啊！你勾住我的裹着铁甲的颈项，连同你这一身盛装，穿过我的坚利的战铠，跳进我的心头，让我的喘息载着你凯旋回去吧！

克莉奥佩特拉　万君之君，你无限完美的英雄啊！你带着微笑从天罗地网之中脱身归来了吗？

安东尼　我的夜莺，我们已经把他们打退了。嘿，姑娘！虽然霜雪已经洒上我的少年的褐发，可是我还有一颗勃勃的雄心，它能够帮助我建立青春的志业。瞧这个人；让他的嘴唇沾到你手上的恩泽；吻着它，我的战士；他今天在战场上奋勇杀敌，就像一个痛恨人类的天神一样，没有人逃得过他的剑锋的诛戮。

克莉奥佩特拉　朋友,我要送给你一副纯金的战铠,它本来是归一个国王所有的。

安东尼　即使它像日轮一样灿烂夺目,他也可以受之无愧。把你的手给我。通过亚历山大里亚全城,我们的大军要列队前进,兴高采烈地显示我们的威容;我们要把剑痕累累的盾牌像我们的战士一样高高举起。要是我们广大的王宫能够容纳我们全军的将士,我们一定要全体欢宴一宵,为了预祝明天的大捷而痛饮。喇叭手,尽力吹响起来,让你们的喧声震聋了全城的耳朵;和着聒噪的鼓声,使天地之间充满了一片欢迎我们的呐喊。(同下。)

## 第九场　凯撒营地

哨兵各守岗位。

兵士甲　在这一小时以内,要是没有人来替我们,我们必须回到警备营去。今晚星月皎洁,他们说我们在清晨两点钟就要出发作战。

兵士乙　昨天的战事使我们受到极大的打击。

爱诺巴勃斯上。

爱诺巴勃斯　夜啊!请你做我的见证——

兵士丙　这是什么人?

兵士乙　躲一躲,听他说。

爱诺巴勃斯　请你做我的见证,神圣的月亮啊,变节的叛徒在历史上将要永远留下被人唾骂的污名,爱诺巴勃斯在你的面前忏悔他的错误了!

兵士甲　爱诺巴勃斯!

兵士丙　别说话!听下去。

爱诺巴勃斯　无上尊严的忧郁的女神啊,把黑夜的毒雾降在我的身上,让生命,我的意志的叛徒,脱离我的躯壳吧;把我这一颗为悲哀所煎枯的心投掷在我这冷酷坚硬的罪恶上,让它碎成粉末,结束了一切卑劣的思想吧。安东尼啊!你的高贵的精神,是我的下贱的行为所不能仰望的,原谅我对你个人所加的伤害,可是让世人记着我是一个叛徒的魁首。啊,安东尼!啊,安东尼!(死。)

兵士乙　让我们对他说话去。

兵士甲　我们还是听他说,也许他所说的话跟凯撒有关系。

兵士丙　让我们听着吧。可是他睡着了。

兵士甲　恐怕是晕过去了;照他的祷告听起来,不像是会一下子睡着了的。

兵士乙　我们走过去看看他。

兵士丙　醒来,将军,醒来!对我们说话呀。

兵士乙　你听见吗,将军?

兵士甲　死神的手已经抓住了他。(远处鼓声)听!庄严的鼓声在催唤睡着的人醒来。让我们把他抬到警备营去;他不是一个无名之辈。该换岗的时候了。

兵士丙　那么来;也许他还会苏醒转来。(众兵士舁爱诺巴勃斯尸下。)

## 第十场　两军营地之间

安东尼及斯凯勒斯率军队行进上。

安东尼　他们今天准备在海上作战;在陆地上他们已经认识了

我们的厉害。

斯凯勒斯　主上,我们要在海陆两方面同样向他们显显颜色。

安东尼　我希望他们会在火里风里跟我们交战,我们也可以对付得了的。可是现在我们必须带领步兵,把守着城郊附近的山头;海战的命令已经发出,他们的战舰已经出港,我们凭着居高临下的优势,可以一览无余地观察他们的动静。(同下。)

　　　凯撒率军队行进上。

凯　撒　可是在敌人开始向我们进攻以后,我们仍旧要在陆地上继续作战,因为他的主力已经都去补充舰队了。到山谷里去,占个有利的地势!(同下。)

　　　安东尼及斯凯勒斯重上。

安东尼　他们还没有集合起来。在那株松树矗立的地方,我可以望见一切;让我去看一看形势,立刻就来告诉你。(下。)

斯凯勒斯　燕子在克莉奥佩特拉的船上筑巢;那些算命的人都说不知道这是什么预兆;他们板起了冷冰冰的面孔,不敢说出他们的意见。安东尼很勇敢,可是有些郁郁不乐;他的多磨的命运使他有时充满了希望,有时充满了忧虑。(远处号角声,如在进行海战。)

　　　安东尼重上。

安东尼　什么都完了!这无耻的埃及人葬送了我;我的舰队已经投降了敌人,他们正在那边高掷他们的帽子,欢天喜地地在一起喝酒,正像分散的朋友久别重逢一般。三翻四覆的淫妇!是你把我出卖给这个初出茅庐的小子,我的心现在只跟你一个人作战。吩咐他们大家散伙了吧;我只要向这迷人的妖妇报复了我的仇恨以后,我这一生也就可以告一段落了，叫他们大家散伙了吧；去。(斯凯勒斯下)太阳啊！我再也看不见你的升起了；命运和安东尼在这儿分了手；就在这儿让我们握手分别。一切到了这样的结局了吗？那些像狗一样追随我，从我手里得到他们愿望的满足的人，现在都掉转头来，把他们的甘言巧笑向势力强盛的凯撒献媚去了；剩着这一株凌霄独立的孤松，悲怅它的鳞摧甲落。我被出卖了。啊，这负心的埃及女人！这外表如此庄严的妖巫，她的眼睛能够指挥我的军队的进退，她的酥胸是我的荣冠、我的唯一的归宿，谁料她却像一个奸诈的吉卜赛人似的，凭着她的擒纵的手段，把我诱进了山穷水尽的垓心。喂，爱洛斯！爱洛斯！

　　克莉奥佩特拉上。

安东尼　啊！你这妖妇！走开！

克莉奥佩特拉　我的主怎么对他的爱人生气啦？

安东尼　不要让我看见你，否则我要给你咎有应得的惩罚，使凯撒的胜利大为减色了。让他捉了你去，在欢呼的民众之前把你高高举起；追随在他的战车的后面，给人们看看你是你们全体女性中最大的污点；让他们把你当作一头怪物，谁出了最低微的代价，就可以尽情饱览；让耐心的奥克泰维娅用她那准备已久的指爪抓破你的脸。(克莉奥佩特拉下)要是活着是一件好事，那么你固然是去了的好；可是你还不如死在我的盛怒之下，因为一死也许可以避免无数比死更难堪的痛苦。喂，爱洛斯！我祖上被害的毒衣已经披上了我的身子；阿尔锡第斯①，我的先祖，教给我你的愤怒；让我把那

---

① 即赫剌克勒斯。

送毒衣来的人抛向天空,悬挂在月亮的尖角上。让我用这一双曾经握过最沉重的武器的手,征服我最英雄的自己。这妖妇必须死;她把我出卖给那罗马小子,我中了他们的毒计;她必须因此而受死。喂,爱洛斯!(下。)

## 第十一场　亚历山大里亚。宫中一室

克莉奥佩特拉、查米恩、伊拉丝及玛狄恩上。

克莉奥佩特拉　扶着我,我的姑娘们!啊!他比得不到铠甲的忒拉蒙①还要暴躁;从来不曾有一头被猎人穷追的野猪像他那样满口飞溅着白沫。

查米恩　到陵墓里去!把您自己锁在里面,叫人告诉他您已经死了。一个大人物失去了地位,是比灵魂脱离躯壳更痛苦的。

克莉奥佩特拉　到陵墓里去!玛狄恩,你去告诉他我已经自杀了;你说我最后一句话是"安东尼";请你用非常凄恻的声音,念出这一个名字。去,玛狄恩,回来告诉我他听见了我的死讯有什么表示。到陵墓里去!(各下。)

## 第十二场　同前。另一室

安东尼及爱洛斯上。

安东尼　爱洛斯,你还看见我吗?

爱洛斯　看见的,主上。

---

① 即埃阿斯。

安东尼　有时我们看见天上的云像一条蛟龙；有时雾气会化成一只熊、一头狮子的形状，有时像一座高耸的城堡、一座突兀的危崖、一堆雄峙的山峰，或是一道树木葱茏的青色海岬，俯瞰尘寰，用种种虚无的景色戏弄我们的眼睛。你曾经看见过这种现象，它们都是一些日暮的幻影。

爱洛斯　是，主上。

安东尼　现在瞧上去还像一匹马的，一转瞬间，浮云飞散了，它就像一滴水落在池里一样，分辨不出它的形状。

爱洛斯　正是这样，主上。

安东尼　爱洛斯，我的好小子，你的主帅也不过是这样一块浮云；现在我还是一个好好的安东尼，可是我却保不住自己的形体，我的小子。我为了埃及兴起一次次的战争；当我的心还属于我自己的时候，它曾经气吞百万之众，可是我让女王占有了它，我以为她的心也已经被我占有，现在我才知道她的心不是属于我的；她，爱洛斯，竟和凯撒暗中勾结，用诡计毁坏我的荣誉，使敌人得到了胜利。不，不要哭，善良的爱洛斯；我们还留着我们自己，可以替自己找个结局呢。

　　　玛狄恩上。

安东尼　啊，你那万恶的女主人！她已把我的权柄偷去了。

玛狄恩　不，安东尼，我那娘娘是爱你的；她的命运和你的命运完全结合在一起。

安东尼　滚开，放肆的阉人；闭住你的嘴！她欺骗了我，我不能饶她活命。

玛狄恩　人只能死一次，一死也就一了百了。你所要干的事，她早已替你干好；她最后所说的一句话是"安东尼！最尊贵的安东尼！"在一声惨痛的呻吟之中，她喊出了安东尼的名字,一半在她的嘴唇上,一半还留在她的心里。她的呼吸停止了,你的名字也就埋葬在她的胸中。

安东尼　那么她死了吗?

玛狄恩　死了。

安东尼　把战铠脱下吧,爱洛斯;永昼的工作已经完毕,我们现在该去睡了。(向玛狄恩)你送来这样的消息,还让你留着活命回去,已是给你最大的酬劳了;去。(玛狄恩下)脱下来;埃阿斯的七层的盾牌,也挡不住我心头所受的打击。啊,碎裂了吧,我的胸膛!心啊,使出你所有的力量来,把你这脆弱的胸膛爆破了吧!赶快,爱洛斯,赶快。我不再是一个军人了;残破的甲片啊,去吧;你们从前也是立过功劳的。暂时离开我一会儿。(爱洛斯下)我要追上你,克莉奥佩特拉,流着泪请求你宽恕。我非这样做不可,因为再活下去只有痛苦。火炬既然已经熄灭,还是静静地躺下来,不要深入迷途了。一切的辛勤徒然毁坏了自己所成就的事业;纵然有盖世的威力,免不了英雄末路的悲哀;从此一切撒手,也可以省下多少麻烦。爱洛斯!——我来了,我的女王!——爱洛斯!——等一等我。在灵魂们偃息在花朵上的乐园之内,我们将要携手相亲,用我们活泼泼的神情引起幽灵们的注目;狄多和她的埃涅阿斯将要失去追随的一群,到处都是我们遨游的地方。来,爱洛斯!爱洛斯!

　　　　爱洛斯重上。

爱洛斯　主上有什么吩咐?

安东尼　克莉奥佩特拉死了,我却还在这样重大的耻辱之中偷生人世,天神都在憎恶我的卑劣了。我曾经用我的剑宰割世界,驾着无敌的战舰建立海上的城市;可是她已经用一死

　　　　告诉我们的凯撒,"我是我自己的征服者"了,我难道连一个女人的志气也没有吗？爱洛斯,你我曾经有约在先,到了形势危急的关头,当我看见我自己将要在敌人手里遭受无可避免的凌辱的时候,我一发出命令,你就必须立刻把我杀死;现在这个时刻已经到了,履行你的义务吧。其实你并不是杀死我,而是击败了凯撒。不要吓得这样脸色发白。

爱洛斯　天神阻止我！帕提亚人充满敌意的矢镞不曾射中您的身体,难道我却必须下这样的毒手吗？

安东尼　爱洛斯,你愿意坐在罗马的窗前,看着你的主人交叉着两臂,俯下了他的伏罪的颈项,带着满面的羞惭走过,他的前面的车子上坐着幸运的凯撒,把卑辱的烙印加在他的俘虏的身上吗？

爱洛斯　我不愿看见这种事情。

安东尼　那么来,我必须忍受些微的痛苦,解脱终身的耻辱。把你那柄曾经为国家立过功劳的剑拔出来吧。

爱洛斯　啊,主上！原谅我！

安东尼　我当初使你获得自由的时候,你不是曾经向我发誓,我叫你怎样做你就怎样做吗？赶快动手,否则你过去的勤劳,都是毫无目的的了。拔出剑来,来。

爱洛斯　那么请您转过脸去,让我看不见那为全世界所崇拜瞻仰的容颜。

安东尼　你瞧！（转身背爱洛斯。）

爱洛斯　我的剑已经拔出了。

安东尼　那么让它赶快执行它的工作吧。

爱洛斯　我的亲爱的主人,我的元帅,我的皇上,在我没有刺这残酷的一剑以前,允许我向您道别。

安东尼　很好,朋友;再会吧。

爱洛斯　再会吧,伟大的主帅!我现在就动手吗?

安东尼　现在,爱洛斯。

爱洛斯　那么好,我这样免去了安东尼的死所给我的悲哀了。
　　　　(自杀。)

安东尼　比我三倍勇敢的义士!壮烈的爱洛斯啊,你把我所应该做而你所不能做的事教会我了。我的女王和爱洛斯已经用他们英勇的示范占了我的先着;可是我要像一个新郎似的奔赴死亡,正像登上恋人的卧床一样。来;爱洛斯,你的主人临死时候却是你的学生,你教给我怎样死法。(伏剑倒地)怎么!没有死?没有死?喂,卫士!啊!帮我快一点儿死去!

　　　　德西塔斯及众卫士上。

卫士甲　什么声音?

安东尼　朋友们,我把事情干坏了;啊!请你们替我完成我的工作吧。

卫士乙　大星陨落了!

卫士甲　时间已经终止它的运行了!

众卫士　唉,伤心!

安东尼　哪一个爱我的,把我杀死了吧。

卫士甲　我不能下这样的手。

卫士乙　我也不能。

卫士丙　谁也下不了这样的手。(众卫士下。)

德西塔斯　你手下的人看见你国破身亡,全都走散了。我只要把这柄剑拿去献给凯撒,再把这样的消息告诉他,就可以成为我的进身之阶。

325

狄俄墨得斯上。

狄俄墨得斯　安东尼在什么地方？

德西塔斯　那边,狄俄墨得斯,那边。

狄俄墨得斯　他活着吗？你怎么不回答我,朋友？(德西塔斯下。)

安东尼　是你吗,狄俄墨得斯？拔出你的剑来,把我刺死了吧。

狄俄墨得斯　最尊严的主上,我们娘娘克莉奥佩特拉叫我来看你。

安东尼　她什么时候叫你来的？

狄俄墨得斯　现在,我的主。

安东尼　她在什么地方？

狄俄墨得斯　关闭在陵墓里。她早就害怕会有这种事情发生；她因为看见您疑心她和凯撒有勾结——其实是完全没有这一回事的——没有法子平息您的恼怒,所以才叫人来告诉您她死了；可是她又怕这一个消息会引起不幸的结果,所以又叫我来向您说明事实的真相；我怕我来得太迟了。

安东尼　太迟了,好狄俄墨得斯。请你叫我的卫士来。

狄俄墨得斯　喂,喂！皇上的卫士呢？喂,卫士们！来,你们的主帅叫你们哪！

安东尼的卫士四五人上。

安东尼　好朋友们,把我抬到克莉奥佩特拉的所在去；这是我最后命令你们做的事了。

卫士甲　唉,唉！主上,您手下还有几个人是始终跟随着您的。

众卫士　最不幸的日子！

安东尼　不,我的好朋友们,不要用你们的悲哀使冷酷的命运在暗中窃笑；我们应该用处之泰然的态度,报复命运加于我们的凌辱。把我抬起来;一向总是我带领着你们,现在我却要劳你们抬着我走了,谢谢你们。(众舁安东尼同下。)

## 第十三场　同前。陵墓

　　克莉奥佩特拉率查米恩、伊拉丝及侍女等于高处上。

克莉奥佩特拉　啊,查米恩!我一辈子不再离开这里了。

查米恩　不要伤心,好娘娘。

克莉奥佩特拉　不,我怎么不伤心?一切奇怪可怕的事情都是受欢迎的,我就是不要安慰;我们的不幸有多么大,我们的悲哀也该有多么大。

　　狄俄墨得斯于下方上。

克莉奥佩特拉　怎么!他死了吗?

狄俄墨得斯　死神的手已经降在他身上,可是他还没有死。从陵墓的那一边望出去,您就可以看见他的卫士正在把他抬到这儿来啦。

　　卫士等舁安东尼于下方上。

克莉奥佩特拉　太阳啊,把你广大的天宇烧毁吧!人间的巨星已经消失它的光芒了。啊,安东尼,安东尼,安东尼!帮帮我,查米恩,帮帮我,伊拉丝,帮帮我;下面的各位朋友!大家帮帮忙,把他抬到这儿来。

安东尼　静些!不是凯撒的勇敢推倒了安东尼,是安东尼战胜了他自己。

克莉奥佩特拉　是的,只有安东尼能够征服安东尼;可是苦啊!

安东尼　我要死了,女王,我要死了;我只请求死神宽假片刻的时间,让我把最后的一吻放在你的唇上。

克莉奥佩特拉　我不敢,亲爱的——我的亲爱的主,恕我——我不敢,我怕他们把我捉去。我决不让全胜而归的凯撒把我作为向人夸耀的战利品;要是刀剑有锋刃,药物有灵,毒蛇有刺,我决不会落在他们的手里;你那眼光温柔、神气冷静的妻子奥克泰维娅永远没有机会在我的面前表现她的端庄贤淑。可是来,来,安东尼——帮助我,我的姑娘们——我们必须把你抬上来。帮帮忙,好朋友们。

安东尼　啊!快些,否则我要去了。

克莉奥佩特拉　嗳哟!我的主是多么的重!我们的力量都已变成重量了,所以才如此沉重。要是我有天后朱诺的神力,我一定要叫羽翼坚劲的麦鸠利负着你上来,把你放在乔武的身旁。可是只有呆子才存着这种无聊的愿望。上来点儿了。啊!来,来,来;(众举安东尼上至克莉奥佩特拉前)欢迎,欢迎!死在你曾经生活过的地方;要是我的嘴唇能够给你生命,我愿意把它吻到枯焦。

众　人　伤心的景象!

安东尼　我要死了,女王,我要死了;给我喝一点酒,让我再说几句话。

克莉奥佩特拉　不,让我说;让我高声咒骂那司命运的婆子,恼得她摔破她的轮子。

安东尼　一句话,亲爱的女王。你可以要求凯撒保护你生命的安全,可是不要让他玷污了你的荣誉。啊!

克莉奥佩特拉　生命和荣誉是不能两全的。

安东尼　亲爱的,听我说;凯撒左右的人,除了普洛丘里厄斯以外,你谁也不要相信。

克莉奥佩特拉　我不相信凯撒左右的人;我只相信自己的决心

和自己的手。

安东尼　我的厄运已经到达它的终点,不要哀哭也不要悲伤;当你思念我的时候,请你想到我往日的光荣;你应该安慰你自己,因为我曾经是全世界最伟大、最高贵的君王,因为我现在堂堂而死,并没有懦怯地向我的同国之人抛下我的战盔;我是一个罗马人,英勇地死在一个罗马人的手里。现在我的灵魂要离我而去;我不能再说下去了。

克莉奥佩特拉　最高贵的人,你死了吗?你把我抛弃不顾了吗?这寂寞的世上没有了你,就像个猪圈一样,叫我怎么活下去呢?啊!瞧,我的姑娘们,(安东尼死)大地消失它的冠冕了!我的主!啊!战士的花圈枯萎了,军人的大纛摧倒了;剩下在这世上的,现在只有一群无知的儿女;杰出的英雄已经不在人间,月光照射之下,再也没有值得注目的人物了。(晕倒。)

查米恩　啊,安静些,娘娘!

伊拉丝　她也死了,我们的女王!

查米恩　娘娘!

伊拉丝　娘娘!

查米恩　啊,娘娘,娘娘,娘娘!

伊拉丝　陛下!陛下!

查米恩　静,静,伊拉丝!

克莉奥佩特拉　什么都没有了,我只是一个平凡的女人,平凡的感情支配着我,正像支配着一个挤牛奶、做贱工的婢女一样。我应该向不仁的神明怒掷我的御杖,告诉他们当他们没有偷去我们的珍宝的时候,我们这世界是可以和他们的天国互相媲美的。如今一切都只是空虚无聊;忍着像傻瓜,

329

不忍着又像疯狗。那么在死神还不敢侵犯我们以前,就奔进了幽秘的死窟,是不是罪恶呢?怎么啦,我的姑娘们?唉,唉!高兴点儿吧!嗳哟,怎么啦,查米恩!我的好孩子们!啊,姑娘们,姑娘们,瞧!我们的灯熄了,它暗下去了,各位好朋友,提起勇气来;——我们要埋葬他,一切依照最庄严、最高贵的罗马的仪式,让死神乐于带我们同去。来,走吧;容纳着那样一颗伟大的灵魂的躯壳现在已经冰冷了;啊,姑娘们,姑娘们!我们没有朋友,只有视死如归的决心。

(同下;安东尼尸身由上方舁下。)

# 第 五 幕

### 第一场　亚历山大里亚。凯撒营地

　　凯撒、阿格立巴、道拉培拉、茂西那斯、盖勒斯、普洛丘里厄斯及余人等上。

凯　撒　道拉培拉,你去对他说,叫他赶快投降;他已经屡战屡败,不必再出丑了。

道拉培拉　凯撒,遵命。(下。)

　　德西塔斯持安东尼佩剑上。

凯　撒　为什么拿了这柄剑来？你是什么人,这样大胆,竟敢闯到我们的面前？

德西塔斯　我的名字叫做德西塔斯;我是安东尼手下的人,当他叱咤风云的时候,他是我的最好的主人,我愿意为了刘除他的敌人而捐弃我的生命。要是现在你肯收容我,我也会像尽忠于他一样尽忠于你;不然的话,就请你把我杀死。

凯　撒　你说什么？

德西塔斯　我说,凯撒啊,安东尼死了。

凯　撒　这样一个重大的消息,应该用雷鸣一样的巨声爆发出来;地球受到这样的震动,山林中的猛狮都要奔到市街上,城市里的居民反而藏匿在野兽的巢穴里。安东尼的死不是一个人的没落,半个世界也跟着他的名字同归于尽了。

德西塔斯　他死了,凯撒;执法的官吏没有把他宣判死刑,受人雇佣的刺客也没有把他加害,是他那曾经创造了许多丰功伟绩、留下不朽的光荣的手,凭着他的心所借给它的勇气,亲自用剑贯穿了他的心胸。这就是我从他的伤口拔下来的剑,瞧它上面沾着他的最高贵的血液。

凯　撒　你们都现出悲哀的脸色吗,朋友们?天神在责备我,可是这样的消息是可以使君王们眼睛里洋溢着热泪的。

阿格立巴　真是不可思议,我们的天性使我们不能不悔恨我们抱着最坚强的决意所进行的行动。

茂西那斯　他的毁誉在他身上是难分高下的。

阿格立巴　从未有过这样罕见的人才操纵过人类的命运;可是神啊,你们一定要给我们一些缺点,才使我们成为人类。凯撒受到感动了。

茂西那斯　当这样一面广大的镜子放在他面前的时候,他不能不看见他自己。

凯　撒　安东尼啊!我已经追逼得你到了这样一个结局;我们的血脉里都注射着致命的毒液,今天倘不是我看见你的没落,就得让你看见我的死亡;在这整个世界之上,我们是无法并立的。可是让我用真诚的血泪哀恸你——你、我的同伴、我的一切事业的竞争者、我的帝国的分治者、战阵上的朋友和同志、我的身体的股肱、激发我的思想的心灵,我要向你发出由衷的哀悼,因为我们那不可调和的命运,引导我们到了这样分裂的路上。听我说,好朋友们——

　　一埃及人上。

凯　　撒　我再慢慢告诉你们吧。这家伙脸上的神气,好像要来报告什么重要的事情似的;我们要听听他有什么话说。你是哪儿来的?

埃及人　我是一个卑微的埃及人。我家女王幽居在她的陵墓里,这是现在唯一属于她所有的地方,她想要知道你预备把她怎样处置,好让她自己有个准备。

凯　　撒　请她宽心吧;我们不久就要派人去问候她,她就可以知道我们已经决定了给她怎样尊崇而优厚的待遇;因为凯撒决不是一个冷酷无情的人。

埃及人　愿神明保佑你!(下。)

凯　　撒　过来,普洛丘里厄斯。你去对她说,我们一点没有羞辱她的意思;好好安慰安慰她,免得她自寻短见,反倒使我们落一场空;因为我们要是能够把她活活地带回罗马去,那才是我们永久的胜利。去,尽快回来,把她所说的话和你所看见的她的情形告诉我。

普洛丘里厄斯　凯撒,我就去。(下。)

凯　　撒　盖勒斯,你也跟他一道去。(盖勒斯下)道拉培拉呢?我要叫他帮助普洛丘里厄斯传达我的旨意。

阿格立巴  
茂西那斯　道拉培拉!

凯　　撒　让他去吧,我现在想起了我刚才叫他干一件事去的;他大概就会来。跟我到我的帐里来,我要让你们看看我是多么不愿意牵进这一场战争中间;虽然在戎马倥偬的当儿,我在给他的信中仍然是多么心平气和。跟我来,看看我在信中对他是怎样的态度。(同下。)

## 第二场　同前。陵墓

　　　　　　克莉奥佩特拉、查米恩及伊拉丝于高处上。

克莉奥佩特拉　我的孤寂已经开始使我得到了一个更好的生活。做凯撒这样一个人是一件无聊的事；他既然不是命运，他就不过是命运的奴仆，执行着她的意志。干那件结束一切行动的行动，从此不受灾祸变故的侵犯，酣然睡去，不必再吮吸那同样滋养着乞丐和凯撒的乳头，那才是最有意义的。

　　　　　　普洛丘里厄斯、盖勒斯及兵士等自下方上。

普洛丘里厄斯　凯撒问候埃及的女王；请你考虑考虑你有些什么要求准备向他提出。

克莉奥佩特拉　你叫什么名字？

普洛丘里厄斯　我的名字是普洛丘里厄斯。

克莉奥佩特拉　安东尼曾经向我提起过你，说你是一个可以信托的人；可是我现在已经用不着信托什么人，也不怕被人欺骗了。你家主人倘然想要有一个女王向他乞讨布施，你必须告诉他，女王是有女王的身份的，她要是向人乞讨，至少也得乞讨一个王国；要是他愿意把他所征服的埃及送给我的儿子，那么为了他把原来属于我自己的东西仍旧赏赐给我的偌大恩惠，我一定满心感激地向他长跪拜谢的。

普洛丘里厄斯　安心吧，您是落在一个宽宏大度的人的手里，什么都不用担忧。您要是有什么意见，尽管向我的主上提出；一切困穷无告的人，都可以沾沐他的深恩厚泽。让我回去向他报告您的臣服的诚意，您就可以知道他是一个多么仁慈的征服者。

克莉奥佩特拉　请你告诉他,我是他的命运的奴仆,我向他献呈他所应得的敬礼。每一小时我都在学习着服从的教训,希望他能够允许我瞻仰他的威容。

普洛丘里厄斯　我愿意照您的话回去报告,好娘娘。宽心吧,因为我知道那造成您目前这一种处境的人,对于您的遭遇是非常同情的。

盖勒斯　你们瞧,把她捉住是一件多么容易的事。(普洛丘里厄斯及二卫士登梯升墓至克莉奥佩特拉后。一部分卫士拔栓开各墓门,发现底层墓室。向普洛丘里厄斯及各卫士)把她好生看守,等凯撒到来发落。(下。)

伊拉丝　娘娘!

查米恩　啊,克莉奥佩特拉!你给他们捉住啦,娘娘!

克莉奥佩特拉　快,快,我的好手。(拔出匕首。)

普洛丘里厄斯　住手,娘娘,住手!(捉住克莉奥佩特拉手,将匕首夺下)不要干这种对不起您自己的事;您现在并没有被人陷害,却已经得到了解放。

克莉奥佩特拉　什么,死可以替受伤的病犬解除痛苦,难道我却连死的权利也被剥夺了吗?

普洛丘里厄斯　克莉奥佩特拉,不要毁灭你自己,辜负了我们主上的一片好心;让人们看看他的行事是多么高尚正大吧,要是你死了,他的美德岂不白白埋没了吗?

克莉奥佩特拉　死神啊,你在哪儿?来呀,来!来,来,把一个女王带了去吧,她的价值是抵得上许多婴孩和乞丐的!

普洛丘里厄斯　啊!忍耐点儿,娘娘!

克莉奥佩特拉　先生,我要不食不饮;宁可用闲谈消磨长夜,也不愿睡觉。不管凯撒使出什么手段来,我要摧残这一个易腐的皮囊。你要知道,先生,我并不愿意带着镣铐,在你家主人的庭前做一个待命的囚人,或是受那阴沉的奥克泰维娅的冷眼的嗔视。难道我要让他们把我悬吊起来,受那敌意的罗马的下贱民众的鼓噪怒骂吗?我宁愿葬身在埃及的沟壑里;我宁愿赤裸了身体,躺在尼罗河的湿泥上,让水蝇在我身上下卵,使我生蛆而腐烂;我宁愿铁链套在我的颈上,让高高的金字塔作为我的绞架!

普洛丘里厄斯　您想得太可怕了,凯撒决不会这样对待您的。

　　　　道拉培拉上。

道拉培拉　普洛丘里厄斯,你所做的事,你的主人凯撒已经知道了,他叫你去;女王归我看守。

普洛丘里厄斯　道拉培拉,那再好没有了;对她客气点儿。(向克莉奥佩特拉)您要是有什么话要对凯撒说,我可以替您转达。

克莉奥佩特拉　你去说,我要死。(普洛丘里厄斯及兵士等下。)

道拉培拉　最尊贵的女王,您有没有听见过我的名字?

克莉奥佩特拉　我不知道。

道拉培拉　您一定知道我的。

克莉奥佩特拉　先生,我听见什么、知道什么,都没有关系。当孩子和女人们把他们的梦讲给你听的时候,你不是要笑的吗?

道拉培拉　我不懂您的意思,娘娘。

克莉奥佩特拉　我梦见有一个安东尼皇帝;啊!但愿我再有这样一次睡眠,让我再看见这样一个人!

道拉培拉　请您听我说——

克莉奥佩特拉　他的脸就像青天一样,上面有两轮循环运转的日月,照耀着这一个小小的圆球。

道拉培拉　最尊贵的女王——

克莉奥佩特拉　他的两足横跨海洋;他的高举的胳臂罩临大地;他在对朋友说话的时候,他的声音有如谐和的天乐,可是当他发怒的时候,就会像雷霆一样震撼整个宇宙。他的慷慨是没有冬天的,那是一个收获不尽的丰年;他的欢悦有如长鲸泳浮于碧海之中;戴着王冠宝冕的君主在他左右追随服役,国土和岛屿是一枚枚从他衣袋里掉下来的金钱。

道拉培拉　克莉奥佩特拉——

克莉奥佩特拉　你想过去将来,会不会有像我梦见的这样一个人?

道拉培拉　好娘娘,这样的人是没有的。

克莉奥佩特拉　你说的全然是欺罔神听的谎话。然而世上要是果然有这样一个人,他的伟大一定超过任何梦想;造化虽然不能抗衡想象的瑰奇,可是凭着想象描画出一个安东尼来,那幻影是无论如何要在实体之前黯然失色的。

道拉培拉　听我说,好娘娘。您遭到这样重大的不幸,您的坚忍的毅力是和您的悲哀相称的。要是您的痛苦不曾在我心头引起同情的反响,但愿我永远没有功成名遂的一天。

克莉奥佩特拉　谢谢你,先生。你知道凯撒预备把我怎样处置吗?

道拉培拉　我不愿告诉您我所希望您知道的事。

克莉奥佩特拉　不,先生,请你说——

道拉培拉　他虽然是一个可尊敬的人——

克莉奥佩特拉　他要把我当作一个俘虏带回去夸耀他的凯

旋吗？

道拉培拉　娘娘，他会这样干的；我知道他的为人。(内呼声："让开！凯撒来了！")

　　　　　凯撒、盖勒斯、普洛丘里厄斯、茂西那斯、塞琉克斯及侍从等上。

凯　撒　哪一位是埃及的女王？

道拉培拉　娘娘，这位便是皇上。(克莉奥佩特拉跪。)

凯　撒　起来，你不用下跪。请起来吧，埃及的女王。

克莉奥佩特拉　陛下，这是神明的意思；我必须服从我的主人。

凯　撒　一切不必介意；你加于我们的伤害，虽然铭刻在我们的肌肤之上，可是我们将要使它在我们的记忆中成为偶然的事件。

克莉奥佩特拉　全世界唯一的主人，我没有话可以替我自己辩白，可是我承认我也像一般女人一样，在我的身上具备着许多可耻的女性的弱点。

凯　撒　克莉奥佩特拉，你要知道，我们对于你总是一切宽大的，决不用苛刻的手段使你难堪，只要你顺从我的意志，你就会知道这一次的变化是对你有益的。可是假如你想效法安东尼的例子，使我蒙上残暴的恶名，那么你将要失去我的善意，你的孩子们都将不免一死，否则我是很愿意保障他们的安全的。我走了。

克莉奥佩特拉　愿全世界都信任您的广大的权力；整个大地都是属于您的；我们是您的胜利的标帜，您可以把我们随便悬挂在什么地方。这儿，我的主。

凯　撒　你必须帮助我考虑怎样处置克莉奥佩特拉的办法。

克莉奥佩特拉　(呈手卷)这是登记着我所有的金钱珠宝的清

单,一切都按照正确的估计载明价值,不值钱的琐细的东西不在其内。塞琉克斯呢?

塞琉克斯　有,娘娘。

克莉奥佩特拉　这是我的司库;我的主,请您问问他,我有没有为我自己留下什么;要是他所言不实,请治他以应得之罪。老实说吧,塞琉克斯。

塞琉克斯　娘娘,我宁愿闭住我的嘴唇,不愿说一句和事实不符的话。

克莉奥佩特拉　我藏起了什么?

塞琉克斯　您所藏起的珍宝的价值,可以抵得过您所呈献出来的一切。

凯　撒　不必脸红,克莉奥佩特拉,我佩服你这件事干得聪明。

克莉奥佩特拉　瞧!凯撒!啊,瞧,有权有势的人多么被人趋附;我的人现在都变成您的人啦;要是我们易地相处,您的人也会变成我的人的。这个塞琉克斯如此没有良心,真叫人切齿痛恨。啊,奴才!你这跟买卖的爱情一样靠不住的家伙!什么!你想逃走吗?好,凭你躲到哪儿去,我要抓住你的眼珠,即使它们会长出翅膀飞走。奴才,没有灵魂的恶人,狗!啊,卑鄙不堪的东西!

凯　撒　好女王,看在我的脸上,请息怒吧。

克莉奥佩特拉　啊,凯撒!今天多蒙你降尊纡贵,辱临我这柔弱无用的人,谁知道我自己的仆人竟会存着这样狠毒的居心,当面给人如此难堪的羞辱!好凯撒,假如说,我替自己保留了一些女人家的玩意儿,一些不重要的小东西,像我们平常送给泛泛之交的那一类饰物;假如说,我还另外藏起一些预备送给莉维娅和奥克泰维娅的比较值钱的纪念品,因为希

339

　　　　望她们替我说两句好话;是不是我必须向一个被我豢养的人禀报明白?神啊!这是一个比国破家亡更痛心的打击。(向塞琉克斯)请你离开这里,否则我要从命运的冷灰里,燃起我的愤怒的余烬了。你倘是一个人,你应该同情我的。

凯　　撒　　走开,塞琉克斯。(塞琉克斯下。)

克莉奥佩特拉　　我们掌握大权的时候,往往因为别人的过失而担负世间的指责;可是我们失势以后,却谁也不把别人的功德归在我们身上,而对我们表示善意的同情。

凯　　撒　　克莉奥佩特拉,不论是你所私藏的或是献纳的珍宝,我都没有把它们作为战利品而加以没收的意思;它们永远是属于你的,你可以把它们随意处分。相信我,凯撒不是一个唯利是图的商人,会跟人家争夺一些商人手里的货品,所以你安心吧,不要把你自己拘囚在你的忧思之中;不要这样,亲爱的女王,因为我们在决定把你怎样处置以前,还要先征求你自己的意见。吃得饱饱的,睡得好好的;我们对你非常关切而同情,你应该始终把我当作你的朋友。好,再见。

克莉奥佩特拉　　我的主人和君王!

凯　　撒　　不要这样。再见。(喇叭奏花腔。凯撒率侍从下。)

克莉奥佩特拉　　他用好听的话骗我,姑娘们,他用好听的话骗我,使我不能做一个光明正大的人。可是你听我说,查米恩。(向查米恩耳语。)

伊拉丝　　完了,好娘娘;光明的白昼已经过去,黑暗是我们的份了。

克莉奥佩特拉　　你赶快再去一次;我已经说过,那东西早预备好了;你去催促一下。

查米恩　　娘娘,我就去。

　　　　道拉培拉重上。

道拉培拉　女王在什么地方?

查米恩　瞧,先生。(下。)

克莉奥佩特拉　道拉培拉!

道拉培拉　娘娘,我已经宣誓向您掬献我的忠诚,所以我要来禀告您这一个消息:凯撒准备取道叙利亚回国,在这三天之内,他要先把您和您的孩子们遣送就道。请您自己决定应付的办法,我总算已经履行您的旨意和我的诺言了。

克莉奥佩特拉　道拉培拉,我永远感激你的恩德。

道拉培拉　我是您的永远的仆人。再会,好女王;我必须侍候凯撒去。

克莉奥佩特拉　再会,谢谢你。(道拉培拉下)伊拉丝,你看怎么样?你,一个埃及的木偶人,将要在罗马被众人观览,正像我一样;那些操着百工贱役的奴才们,披着油腻的围裙,拿着木尺斧锤,将要把我们高举起来,让大家都能看见;他们浓重腥臭的呼吸将要包围着我们,使我们不得不咽下他们那股难闻的气息。

伊拉丝　天神保佑不要有这样的事!

克莉奥佩特拉　不,那是免不了的,伊拉丝。放肆的卫士们将要追逐我们像追逐娼妓一样;歌功颂德的诗人们将要用荒腔走韵的谣曲吟咏我们;俏皮的喜剧伶人们将要把我们编成即兴的戏剧,扮演我们亚历山大里亚的欢宴。安东尼将要以一个醉汉的姿态登场,而我将要看见一个逼尖了喉音的男童穿着克莉奥佩特拉的冠服卖弄着淫妇的风情。

伊拉丝　神啊!

克莉奥佩特拉　那是免不了的。

伊拉丝　我决不让我的眼睛看见这种事情；因为我相信我的指爪比我的眼睛更强。

克莉奥佩特拉　那才是一个有志气的办法，叫他们白白准备了一场，让他们看不见他们荒谬的梦想的实现。

　　　　　查米恩重上。

克莉奥佩特拉　啊，查米恩，来，我的姑娘们，替我穿上女王的装束；去把我最华丽的衣裳拿来；我要再到昔特纳斯河去和玛克·安东尼相会。伊拉丝，去。现在，好查米恩，我们必须快点；等你侍候我穿扮完毕以后，我就放你一直玩到世界的末日。把我的王冠和一切全都拿来。（伊拉丝下；内喧声）为什么有这种声音？

　　　　　一卫士上。

卫　士　有一个乡下人一定要求见陛下；他给您送无花果来了。

克莉奥佩特拉　让他进来。（卫士下）一件高贵的行动，却会完成在一个卑微的人的手里！他给我送自由来了。我的决心已经打定，我的全身不再有一点女人的柔弱；现在我从头到脚，都像大理石一般坚定；现在我的心情再也不像月亮一般变幻无常了。

　　　　　卫士率小丑持篮重上。

卫　士　就是这个人。

克莉奥佩特拉　出去，把他留在这儿。（卫士下）你有没有把那能够致人于死命而毫无痛苦的那种尼罗河里的可爱的虫儿捉来？

小　丑　不瞒您说，捉是捉来了；可是我希望您千万不要碰它，因为它咬起人来谁都没有命的，给它咬死的人，难得有活过来的，简直没有一个人活得过来。

克莉奥佩特拉  你记得有什么人给它咬死吗？

小　　丑  多得很哪,男的女的全有。昨天我还听见有一个人这样死了;是一个很老实的女人,可是她也会撒几句谎,一个老实的女人是可以撒几句谎的,她就是给它咬死的,死得才惨哩。不瞒您说,她把这条虫儿怎样咬她的情形活灵活现地全讲给人家听啦;不过她们的话也不是完全可以相信的。总而言之,这是一条古怪的虫,这可是没有错儿的。

克莉奥佩特拉  你去吧;再会!

小　　丑  但愿这条虫儿给您极大的快乐!（将篮放下。）

克莉奥佩特拉  再会!

小　　丑  您可要记着,这条虫儿也是一样会咬人的。

克莉奥佩特拉  好,好,再会!

小　　丑  你还要留心,千万别把这条虫儿交在一个笨头笨脑的人手里;因为这是一条不怀好意的虫。

克莉奥佩特拉  你不必担忧,我们留心着就是了。

小　　丑  很好。请您不用给它吃什么东西,因为它是不值得养活的。

克莉奥佩特拉  它会不会吃我?

小　　丑  您不要以为我是那么蠢,我也知道就是魔鬼也不会吃女人的,我知道女人是天神的爱宠,要是魔鬼没有把她弄坏。可是不瞒您说,这些婊子生的魔鬼老爱跟天神捣蛋,天神造下来的女人,十个中间倒有五个是给魔鬼弄坏了的。

克莉奥佩特拉  好,你去吧;再会!

小　　丑  是,是;我希望这条虫儿给您快乐!（下。）

　　　　　　伊拉丝捧冠服等上。

克莉奥佩特拉  把我的衣服给我,替我把王冠戴上;我心里怀着永生的渴望;埃及葡萄的芳酿从此再也不会沾润我的嘴唇。快点,快点,好伊拉丝;赶快。我仿佛听见安东尼的呼唤;我看见他站起来,夸奖我的壮烈的行动;我听见他在嘲笑凯撒的幸运;我的夫,我来了。但愿我的勇气为我证明我可以做你的妻子而无愧!我是火,我是风;我身上其余的原素,让它们随着污浊的皮囊同归于腐朽吧。你们好了吗?那么来,接受我嘴唇上最后的温暖。再会,善良的查米恩、伊拉丝,永别了!(吻查米恩、伊拉丝,伊拉丝倒地死)难道我的嘴唇上也有毒蛇的汁液吗?你倒下了吗?要是你这样轻轻地就和生命分离,那么死神的刺击正像情人手下的一捻,虽然疼痛,却是心愿的。你静静地躺着不动了吗?要是你就这样死了,你分明告诉世人,死生之际,连告别的形式也是多事的。

查米恩　溶解吧,密密的乌云,化成雨点落下来吧;这样我就可以说,天神也伤心得流起眼泪来了。

克莉奥佩特拉　我不应该这样卑劣地留恋着人间;要是她先遇见了鬈发的安东尼,他一定会向她问起我;她将要得到他的第一个吻,夺去我天堂中无上的快乐。来,你杀人的毒物,(自篮中取小蛇置胸前)用你的利齿咬断这一个生命的葛藤吧;可怜的蠢东西,张开你的怒口,赶快完成你的使命。啊!但愿你能够说话,让我听你称那伟大的凯撒为一头无谋的驴子。

查米恩　东方的明星啊!

克莉奥佩特拉　静,静!你没有见我的婴孩在我的胸前吮吸乳汁,使我安然睡去吗?

查米恩　啊,我的心碎了!啊,我的心碎了!

克莉奥佩特拉　像香膏一样甜蜜,像微风一样温柔——啊,安东尼!——让我把你也拿起来。(取另一蛇置臂上)我还有什么留恋呢——(死。)

查米恩　在这万恶的世间?再会吧!现在,死神,你可以夸耀了,一个绝世的佳人已经为你所占有。软绵绵的窗户啊,关上了吧;闪耀着金光的福玻斯再也看不见这样一双华贵的眼睛!你的王冠歪了,让我替你戴正,然后我也可以玩去了。

　　　　　众卫士疾趋上。

卫士甲　女王在什么地方?

查米恩　说话轻一些,不要惊醒她。

卫士甲　凯撒已经差了人来——

查米恩　来得太迟了。(取一蛇置胸前)啊!快点,快点;我已经有点觉得了。

卫士甲　喂,过来!事情不大对;凯撒受了骗啦。

卫士乙　凯撒差来的道拉培拉就在外边;叫他来。

卫士甲　这儿出了什么事啦!查米恩,这算是你们干的好事吗?

查米恩　干得很好,一个世代冠冕的王家之女是应该堂堂而死的。啊,军人!(死。)

　　　　　道拉培拉上。

道拉培拉　这儿发生了什么事啦?

卫士乙　都死了。

道拉培拉　凯撒,你也曾想到她们会采取这种惊人的行动,虽然你想竭力阻止她们,她们毕竟做出来给你看了。(内呼声,"让开!凯撒来了!")

　　　　　凯撒率全体扈从重上。

道拉培拉　啊!主上,您真是未卜先知;您的担忧果然成为

345

事实了。

凯　撒　她最后终究显出了无比的勇敢；她推翻了我们的计划，为了她自身的尊严，决定了她自己应该走的路。她们是怎样死的？我没有看见她们流血。

道拉培拉　什么人最后跟她们在一起？

卫士甲　一个送无花果来的愚蠢的乡人；这就是他的篮子。

凯　撒　那么一定是服了毒啦。

卫士甲　啊，凯撒！这查米恩刚才还活着；她还站着说话；我看见她在替她已死的女王整饬那头上的宝冠；她的身子发抖，她站立不稳，于是就突然倒在地上。

凯　撒　啊，英勇的柔弱！她们要是服了毒药，她们的身体一定会发肿；可是瞧她好像睡去一般，似乎在她温柔而有力的最后挣扎之中，她要捉住另外一个安东尼的样子。

道拉培拉　这儿在她的胸前有一道血痕，还有一个小小的裂口；在她的臂上也是这样。

卫士甲　这是蛇咬过的痕迹；这些无花果叶上还有粘土，正像在尼罗河沿岸那些蛇洞边所长的叶子一样。

凯　撒　她多半是这样死去的；因为她的侍医告诉我，她曾经访求无数易死的秘方。抬起她的眠床来；把她的侍女抬下陵墓。她将要和她的安东尼同穴而葬；世上再也不会有第二座坟墓怀抱着这样一双著名的情侣。像这样重大的事件，亲手造成的人也不能不深深感动；他们这一段悲惨的历史，成就了一个人的光荣，可是也赢得了世间无限的同情。我们的军队将要用隆重庄严的仪式参加他们的葬礼，然后再回到罗马去。来，道拉培拉，我们对于这一次饰终盛典，必须保持非常整肃的秩序。（同下。）